나는
오십에
작가가 되기로 했다

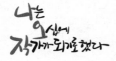

펴낸날 2016년 10월 25일 1판 1쇄

지은이 최병관

펴낸이 김영선
교정·교열 이교숙
디자인 차정아

펴낸곳 (주)다빈치하우스-미디어숲
주소 경기도 고양시 일산서구 고양대로632번길 60, 405호
전화 02-323-7234
팩스 02-323-0253
홈페이지 www.mfbook.co.kr
출판등록번호 제 2-2767호

값 14,800원
ISBN 979-11-5874-017-7 (03800)

이 도서의 국립중앙도서관 출판예정도서목록(CIP)은 서지정보유통지원시스템 홈페이지 (http://seoji.nl.go.kr)와 국가자료공동목록시스템(http://www.nl.go.kr/kolisnet)에서 이용하실 수 있습니다. (CIP제어번호: CIP2016023399)

나는 오십에 작가가 되기로 했다

최병관 지음

미디어숲

나는 왜 오십에 작가가 되기로 했는가?

나는 올해로 딱 오십이 되었다. 요즘은 평균 수명이 점점 늘어나 곧 백세시대가 열린다고 하는데 그 말에 따른다면 정확히 절반을 살아온 셈이다. 마라톤이라면 막 반환점을 돈 셈이고, 축구로는 전반전이 끝난 셈이다. 누구나 내 나이 즈음엔 그렇겠지만 생의 전반전을 돌아보면 아쉽고 부끄러운 장면들이 너무 많다. 멋진 프리킥이나 고공 헤딩슛, 통쾌한 중거리 슛 같은 건 고사하고 골 결정력 부족으로 스스로를 한탄한 적이 한두 번이 아니다. 어이없는 자책골을 넣지 않은 게 그나마 다행이라고 해야 할까.

그럼에도 그 모든 실수나 실패, 좌절들이 지금의 나를 이루는 한 부분이 되었고 나는 그 모든 것을 긍정하고 사랑하려고 애쓴다. 인간으로 태어나 삶을 살아간다는 게 마치 처음 축구화를 신자마자 바로 프로축구 경기장에 내던져진 채 우왕좌왕하다 점차 생이 무엇인지, 자신이 어떤 사람인지, 어떤 재능과 포지션에 맞는지를 깨달아가는 과정이자 흐름인 것 같다. 그런 방황과 실패의 경험 없이는 더 나은 삶이나 변화를 꿈꿀 수조차 없을 것이다.

사실 몇 년 전부터 나는 남모르게 소위 '사추기'를 앓아왔다. 나름대로는 열심히 살아왔고 가정과 직장에 충실한 삶을 살아왔음에도 마음 한구석에 도사리고 있는 기이한 불안이 나를 사로잡았던 것이다. 나이가 들면서 더 성숙해지기는커녕 오히려 나를 잃어가고 있다는 생각, 내면에 도사린 까닭모를 공허와 불안이 점점 더 커져 언젠가는 나를 삼켜버릴지도 모른다는 생각이 나를 아연실색하게 만들었다. 뒤늦게 다시 책을 손에 잡고, 여기저기 강연장을 쫓아다니고, 심지어는 점집에까지 찾아가 내가 어떤 사람인지를 물었던 사건조차 일어날 정도로……. 돌이켜 생각하면 그때의 고민과 방황이 오히려 나를 다시 살려낸 것 같다. 그런 방황과 고민이 결국 내 전반기의 삶을 진지하게 돌아보게 만들었고, 나 자신과 좀 더 솔직한 대화를 하게끔 이끌어주었다.

대부분 직장인들이 그렇듯 나 역시 사회적인 의무에 더 큰 몫을 부여해왔다. 내가 꿈꾸는 것들보다는 내가 책임져야 하는 일들에 쫓겨 살아온 것이다. 나보다는 가족을 먼저 생각하고, 내가 속한 조직이 항상 삶의 최우선 순위에 있었다. 의무를 중시하는 스토아철학자들이 본다면 훌륭해 보일 수도 있고, 스스로 생각하기에도 내게 주어진 의무에 충실했다는 점에서 대견하기도 하지만, 그럼에도 거기엔 나 자신의 실존의 몫은 커다랗게 빠져 있는 듯했다.

다행히도 그렇게 흔들리던 나의 내면을 붙잡아 준 것은 다름 아닌 책이었다. 나는 다시 책을 손에 들고 읽기 시작했다. 처음엔 맥락 없는 '닥치고 독서' 스타일이었지만, 조금씩 독서를 통해 생각의 가닥도 잡혀갔고 또 책을 통해 나의 내면이 조금씩 더 확장되는 기쁨을 발견하게 되었다. 내 손엔 술잔 대신 책이 들려 있고, 무의미한 수다 대신 지성들의 내밀한 사유가 캄캄해져가던 나의 내면에 환한 불을 밝혔다. 그렇게 책과 함께 나의 사춘기도 자연스레 끝이 났다. 더불어 생의 후반기에 대한 명료하고 뚜렷한 하나의 이미지가 자리 잡았다. 마치 강건한 스토아주의자에서 유연한 에피쿠로스주의자로 변한 사람처럼 나는 나라는 한 인간의 욕망, 내면의 목소리에 귀를 기울일 수 있게 되었다.

이제 후반전이 시작되는 휘슬이 울리는 순간, 나는 전반전과는 다른 스타일과 다른 포지션에서 전반전보다 더 열정적이고 능동적인 모습으로 생이라는 뜨거운 경기장에서 온몸을 던질 준비가 되었다. 나는 후반전의 내 인생에 작가라는 보너스 이름표를 하나 더 만들기로 결심했다.

누구나 훌륭한 작가가 될 수 있다는 희망을 품다

많은 고민 끝에 나는 독서가로 만족하지 않고 한발 더 나아가 책을 쓰는 작가가 되기로 결심했다. 그런데 나 같은 평범한 사람도 정말로 작가가 될 수 있을까? 그런 회의가 무수히, 자주 나를 엄습해왔고 그때마다 갈등과 번민에 사로잡히기도 했지만, 끝내 그 결심을 지켜냈다.

나는 읽기를 무척 좋아한다. 다양한 장르의 책을 읽는다. 굳이 편식하지 않는다. 글쓰기는 무척 어렵지만 뒤늦게 재미를 붙였다. 글쓰기가 독서의 연장이며, 독서를 완성하는 일이라는 것도 본격적으로 글쓰기를 하면서 즐겁고 놀라운 마음으로 다시금 깨달았다. 독서와 글쓰기는 나의 내면에 크고 작은 변화를 가져왔다. 그러한 변화들은 나를 또 다른 변화에 대한 욕구로 이끌었다. 이젠 스스럼없이 독서와 글쓰기를 사랑할 뿐 아니라, 내가 잘 할 수 있는 일이라고 말할 수 있게 되었다. 무엇보다 글쓰기라는 것 자체가 재능과 더불어 노력과 기술이 필요한 장인적인 작업인 한, 누구라도 작가가 될 수 있어야 하고 그럴 수 있다는 확고한 믿음을 스스로 증명해 보이고 싶었다.

오십 이후의 생이 내게 주어진 두 번째 생이라면, 두 번째 생은 작가로서의 나 자신에게 시간의 한 편을 나눠주고 싶다. 자기가 하고 싶은 일을 하면서 사는 삶이야말로 가장 행복한 삶이 아니겠는가? 『좋아하는 일로 먹고사는 법』이라는 멋진 제목의 책도 있지 않은가? 작가가 되기로 했다는 것은 나도 그런 인생을 살겠다는 개인적인 선언이다.

책을 쓰려는 이유를 한 가지 더 꼽으라면, 글쓰기를 통해 나의 경험과 생각을 나누고 또 누구에게든 작은 도움이 되어주고 싶은 마음 때문이다. 지금 틈틈이 고등학교에서 무료 직업체험 강의를 하고 있지만 책

쓰기를 통해 한 단계 업그레이드된 좋은 이야기를 나누고 싶다. 또 다른 소망은 이 책을 읽은 독자들이 꼭 작가가 아니더라도 책 읽기의 즐거움이나 방법 등에 대해 공감을 얻었으면 하는 것이다. 독자들이 미처 생각하지 못한 것에 대해 작은 아이디어라도 얻는다면 더욱 좋다.

독자들이 이 책을 좋아하고, 한 걸음 더 나아가 즐겁게 읽을 수 있다면 작가로서 최고의 영예가 될 것이다. 책 읽기는 정녕 즐거운 일이기 때문에 이 책을 통해 그런 경험을 독자들과 나눈다면 그보다 더 큰 기쁨이 어디 있겠는가? 보통 사람들은 글쓰기나 작가가 되는 일은 몹시 어렵다고 생각한다. 넘사벽이라고 여겨 지레 겁을 먹기 마련이다. 나는 이 넘사벽을 뛰어 넘고 싶었다. 우리 모두 목적의식을 가지고 꾸준히 글쓰기 훈련을 실천한다면 좋은 작가가 될 수 있다고 생각한다.

나는 오십에 작가가 되기로 결심한 후에 여러 자료를 찾아보니, 나와 같은 나이에 세계적인 베스트셀러를 썼거나 시집을 내는 등 새롭게 '작가 인생'을 살아가는 사람들이 적지 않았다.

이탈리아의 기호학자, 철학자, 미학자이자 작가인 움베르토 에코는 1980년 48세 때 『장미의 이름』을 발표했다. 그 후 움베르토 에코는 『푸코의 진자』, 『전날의 섬』 등의 소설과 수필집 『세상의 바보들에게 웃으면서 화내는 방법』 등을 썼다. 류경무 시인은 1999년 '시와 반시'에서 데

뷔한 이래 2015년 말, 나이 오십에야 첫 시집 『양이나 말처럼』을 출간했다. 등단 후 무려 16년 만에 첫 시집을 낸 것이다.

나는 움베르토 에코나 류경무 시인처럼 나이 오십에 작가 활동을 본격적으로 시작하는 '지천명 작가'의 일원이 되고 싶다. 그래서 아주 평범한, 아니 평범하다 못해 빈 곳 투성이인 나 같은 사람도 작가가 된 것을 보고, 보다 많은 사람이 작가의 꿈을 실현할 수 있다는 자신감을 가지길 기대한다. 더욱이 요즘은 누구나 자기 이름으로 된 책 하나쯤 갖고 싶은 꿈이 있다. 나는 이런 꿈을 가진 사람들이 '너도 했으니 나도 할 수 있다'는 자신감을 갖는 계기가 되었으면 좋겠다.

요즘 들어 신체적으로는 힘든 시기를 보내고 있다. 척추관협착증으로 시술을 받은 후 한 달에 한두 번씩 정기검진을 받고, 인후두염으로 몇 차례 병원을 들락거리기도 했다. 감기몸살로 두 차례나 비타민 주사를 맞고 출근하기도 했다. 감기조차 쉽게 회복되지 않는다. 젊어서는 경험해보지 못한 병치레가 계속되고 있다. 하지만 책을 완성하겠다는 마음 하나로 아픈 몸을 이끌고 『나는 오십에 작가가 되기로 했다』를 써 나갔다. 그리고 마침내 탈고했다. 스스로에게 박수를 보내고 싶다. 이 책을 쓰던 지난 10개월의 시간은 참으로 힘들고 고통스러웠지만 보람도 큰 여정이었다.

이 책은 크게 세 부분으로 구성되었다. 첫 번째는 책 읽기와 글쓰기에 대한 나의 좌충우돌 분투기를 솔직하게 그렸다. 때론 너무 솔직하게 글을 써서 마치 사람들 앞에 벌거벗고 서 있는 기분이 든다. 그만큼 진실하게 나의 분투기를 썼다.

두 번째는 나의 독서 편력기다. 내가 조르주 페렉, 밀란 쿤데라, 가브리엘 가르시아 마르케스, 니코스 카잔차키스, 어니스트 헤밍웨이 등의 작가들과 은밀하게 나눈 대화와 느낌 등을 적었다. 로자 이현우의 책 제목처럼 '아주 사적인 독서 편력기'이다.

세 번째는 독서와 글쓰기를 원하는 독자들을 위해 나의 개인적인 노하우를 나누고자 했다. 나의 노하우를 보고 즐겁게 독서하고, 나아가 자기만의 경험을 담은 책쓰기로 이어지기를 바란다. 이 책을 덮은 후에 '나도 당장 책 써야지!'라고 말하길 진심으로 소망한다.

이 책이 나오기까지 독서와 글쓰기를 전폭적으로 도와준 친구이자 스승인 김운하 작가에게 진심으로 감사한다. 한결같은 사랑과 관심으로 나를 지지하고 응원해주는 아내와 딸에게도 온 마음을 다해 감사와 사랑을 전하고 싶다.

2016년 10월
대덕연구단지에서 최병관

차례

첫 번째
초보 작가의 **좌충우돌 분투기**

초보 작가의
좌충우돌 분투기

““ 나는 누구이며 무엇인가?
나는 어디서 와서 어디로 가는가?
나는 누구이며 무엇인가?
사람으로 산다는 게 이토록 어려운 이유는 무엇인가?
도대체 삶이란 것은 살 만한 가치가 있는 것인가?
내가 진정으로 갈망하는 삶은 무엇이며 어떻게 살아야 하는가?
삶의 기쁨과 행복은 어디에서 찾아야 하는가…?

『카프카의 서재』 중에서 ””

01

내 인생의 세렌디피티
(Serendipity)

그때 나는 뒤늦게 박사학위를 딴 뒤였다.
늦은 나이에 힘들게, 겨우 학위를 마치고 나자
'나는 왜 이런 박사학위 같은 간판에 집착하나?'
'나란 인간은 껍데기뿐인가?', '도대체 나는 누구인가?'
'나의 존재 이유는 무엇인가?' 등에 대한 의문으로 밤을 지새우곤 했다.

우연일까? 아니면 필연일까?

❀ ❀ ❀

우리 인생의 세렌디피티(Serendipity)는 어디에서 오는 걸까? 세렌디
피티는 흔히 '뜻밖의 기쁨'이나 '행운'을 말한다. 이는 우연히 예기치 않
게, 운수 좋게 새로운 것을 발견하는 능력을 말할 때 사용한다. 하지만
세렌디피티가 가만히 앉아 있어도 찾아오는 것은 아니다. 우연만으로
이루어진 것은 아니라는 얘기다.

발명왕 에디슨이 등사판의 아이디어를 우연히 떠올린 건 다른 연구를
위해 발버둥을 치고 있었을 때였다. '기적의 약' 비아그라는 또 어떤가?

비아그라는 화학자 데이비드 브라운이 협심증 치료제 임상시험 중에 뜻밖의 발견으로 이뤄진 것이다. 이는 우연인 것처럼 생각될 수도 있지만 부단히 노력하다가 뜻하지 않게 얻은 대박 상품이다. 결코 우연히 이뤄진 것이 아니다.

맷 킹돈은 그의 역작 『세렌디피티』에서 "세렌디피티는 뜻밖이기는 하지만 순전히 우연에 의한 것만은 아닌 행복한 결과"라고 정의했다. 행운처럼 보이는 기쁜 사건이 실제로는 힘들게 얻어지는 것이라는 의미를 담고 있다.

당신도 세렌디피티를 원하는가? 그렇다면 부지런하게 움직이고, 때에 따라서는 용기를 내야 한다. 그래야 세렌디피티의 행운이 당신을 외면하지 않는다. 세렌디피티는 준비된 사람에게 찾아오는 네잎 클로버다. 마냥 기다리는 사람은 외면한다.

진부하지만 고교 때 영어 선생님은 "용기 있는 자가 미인을 얻는다 (None but the brave deserve the beautiful woman)"라고 늘 강조했다. 그리고 선생님은 우리를 세뇌시키듯 영어로 그 문장을 외우도록 강요했다. 마치 영어 문장을 외우면 나중에 진짜 미인을 아내로 얻을 수 있는 것처럼. 세렌디피티도 용기 있는 자가 미인을 얻을 수 있는 것과 같이 용감한 사람만이 얻을 수 있는 행운이자 기쁨이다. 페이스북을 만든 마크 저커버그가 "페이스북에는 세렌디피티가 담겨 있다"라고 한 말을 생각해보자.

하지만 인연의 끈이 약하면 세렌디피티는 작동하지 않는다. 나는 2013년 앤 패디먼의 『서재 결혼 시키기』를 읽었다. 이 책은 너무 재미있어서 거의 밤을 새울 뻔했다. 나이를 고려해 무리하면 안 될 것 같아 책을 더 읽으려는 자신을 달래 간신히 잠자리에 들었다. 이후 같은 작가의 『세렌디피티 수집광』도 저자 이름만 보고 구매했는데 도무지 흥미를 끌 수 없었다. 제목에 세렌디피티라는 말도 들어갔는데 웬일인지….

이렇듯 세렌디피티는 인연이 없을 경우에는 이뤄지지 않는 마법을 부린다. 지금 생각해보면 나에게도 세렌디피티가 있었다. 이제 소개할 두 사람은 세렌디피티가 맺어준 인연이라고 할 수 있다. 단순한 뜻밖의 기쁨이 아니라 서로의 필요에 의해 인연으로 이어졌다. 여러분도 나의 경험을 토대로 '인간관계에서의 세렌디피티'를 만끽하길 기대해본다. 그리고 세렌디피티 인연을 계기로 삶이 더욱 풍족해지고, 정신적 동반자와 함께 삶을 영위하길 바란다. 이러한 노력은 현재 자신의 행동반경, 직장생활 안에서만 사고의 범위를 한정할 경우, 세렌디피티가 찾아올 가능성은 줄어들 것이다. 직장인들은 이런 점을 유념해야 한다.

"세렌디피티는 행운과 노력의 이중주다."

밑져야 본전! 안 만나주면 어때!

❀ ❀ ❀

김운하 작가에게 전화를 하지 못하고 갈등만 하고 있었다. 지난번 독서강연 모임 뒤풀이에서 언제든지 전화해도 좋다는 말은 들었지만 그가 그냥 인사치레로 한 말인지도 모른다.

'밑져야 본전이지 뭐! 안 만나주면 어때!' 용기를 냈다. 뭐 어떤가, 『아니면 어때?』라는 제목의 책도 있지 않은가?

전화를 걸었다. 이럴 때는 그냥 밀어붙이는 것이 최고다. 신호음이 울린다. 마치 첫사랑을 기다릴 때의 설렘 같다고 하면 과장일까? 몇 번의 신호음이 더 울릴 즈음 김 작가가 전화를 받는다.

"여보세요?"

"저어어~~."

잠시 머뭇거렸다. 그리고 겨우 용기를 내서 말을 이었다.

"지난번 독서모임에서 만났던 최병관이라고 하는데요."

"아, 네. 기억나요. 반갑습니다."

"시간될 때 식사나 차 한 잔 했으면 합니다."

"네, 좋습니다. 언제 볼까요?"

김 작가와 나의 첫 약속은 이렇게 이뤄졌다.

김운하 작가는 『137개의 미로카드』, 『그녀는 문 밖에 서 있었다』, 『사랑과 존재의 피타고라스』 등의 소설과 번역서인 『너무 이른 작별』 등을 썼다. 중편소설 『자살 금지법』으로 제1회 동아 인산재단 문학창작지원 대상을 수상하기도 했다. 『카프카의 서재』, 『릴케의 침묵』 등으로 독자들의 사랑을 받고 있는 작가이다.

김 작가를 처음 만난 건 독서 모임 '백북스'에서였다. 그날 김 작가는 대전 유성도서관에서 『카프카의 서재』 저자 강연을 했다. 백북스 모임은 대학생들이 4년 동안 적어도 100권의 책을 읽어 교양 있고 경쟁력 있는 인재가 되자는 취지로, 2002년 대전에서 발족한 독서클럽이다. 매월 둘째 주, 넷째 주 화요일 저자 강연이나 회원 발표로 책 읽기를 실천해 나가고 있다. 벌써 300회를 훌쩍 넘겼다.

나는 모임 참가에 앞서 『카프카의 서재』를 읽기 시작했다. 책날개의 작가 소개부터 나를 사로잡았다. 왠지 끌렸다. 그는 자신의 삶에 대해 궁극적으로 '나는 누구이며 무엇인가?' 하는 문제를 해명하기 위한 방황하는 편력에 불과하다고 말한다. 현재까지 1만여 권의 책을 읽었을 정도로 지독한 애서가이지만, 아직 읽을 책이 남아 있다는 한 가지 이유만으로 삶은 살만한 것이라고….

나는 누구이며 무엇인가? 나는 어디서 와서 어디로 가는가?
나는 누구이며 무엇인가? 사람으로 산다는 게 이토록 어려운 이유는 무엇인가? 도대체 삶이란 것은 살 만한 가치가 있는 것인가? 내가 진정으로 갈망하는 삶은 무엇이며 어떻게 살아야 하는가? 삶의 기쁨과 행복은 어디에서 찾아야 하는가…?

『카프카의 서재』는 나의 고민을 상담하기 위한 책이었다. 책의 주인공은 다른 사람이 아닌 바로 나였다. 내가 『카프카의 서재』 주인공이고 주연 배우였다. 그때 나는 뒤늦게 박사학위를 딴 뒤였다. 늦은 나이에 힘들게, 겨우 학위를 마치고 나자 '나는 왜 이런 박사 학위 같은 간판에 집착하나?', '나란 인간은 껍데기뿐인가?', '도대체 나는 누구인가?', '나의 존재 이유는 무엇인가?' 등에 대한 의문으로 밤을 지새우곤 했다. 온갖 상념들이 나를 짓누르고 있을 때 『카프카의 서재』를 만났던 것이다.

드디어 백북스가 열리는 날. 서둘러 유성도서관으로 향했다. 서두른 탓인지 15분이나 일찍 도착했다. 나는 맨 앞자리에 앉았다. 김운하 작가의 강연은 진솔했다. 그는 자신의 삶을 허심탄회하게 털어놨다. 열아홉, 스무 살에 잇달아 부모님을 잃고, 삶과 죽음이라는 실존의 문제로 정신적 방황을 겪은 이야기로 강연을 시작했다. 그는 "독서를 할 수 있다면 150세까지 살고 싶다"며 "끝없는 삶의 나락에서 나를 건져 올린 것은 바로 책"이라고 의미를 부여했다. 책은 김 작가를 위해 존재하고, 김 작가는 책이 있어 존재하는 듯, 그는 책과 떼려야 뗄 수 없는 존재라는 생각이 들었다.

강연 후에 가진 뒤풀이 모임이 끝난 뒤에도 사람들은 집에 갈 생각을 안 했다. 뒤풀이에 함께 참석한 김 작가 또한 마찬가지였다. 헤어지기가 아쉬운 십여 명의 사람들은 커피숍으로 자리를 옮겨 또 책 이야기를 나눴다. 밖을 보니 가을비가 내리고 있었다. 책과 커피, 작가와 독자. 가을비와 늦은 밤. 뭔가 잘 어울린다는 생각이 들었다.

김 작가는 작품 창작과 강연 등으로 항상 바쁘지만 나는 '차 마시자', '밥 먹자', '물어 볼 게 있다', '헌책방 가자' 등 온갖 핑계를 대면서 매번 만나자고 조른다. 그때마다 그는 바쁘지만 못 이기는 척하며 나의 요청을 받아준다. 참으로 고마울 따름이다.

김 작가로부터 독서 리스트를 받았다. 필독 리스트 30권, 서평 리스트 50권이다. 필독 리스트는 릭 게코스키의 『아주 특별한 책들의 이력서』, 보르헤스의 『보르헤스 문학을 말하다』, 알베르토 망구엘의 『책 읽는 사람들』 등이며, 서평 리스트에는 몽테뉴의 『수상록』, 레이먼드 카버의 『사랑에 대해 말할 때 우리들이 하는 이야기』, 커트 보네거트의 『제5 도살장』 등이었다.

"작가님, 이걸 다 읽어요?"

"그럼요, 필독입니다."

"이 많은 걸 언제 다 읽죠?"

한숨이 나왔다. 정말 이 책을 다 읽는 날이 올까 싶다. A4용지 3장으로 구성된 이 독서리스트는 지금 나의 소중한 보물이 되었다. 아직도 읽지 못한 책이 많지만 리스트 자체가 나에게는 무척 소중하다. 가끔 사람들과 책 이야기를 하다 보면 이 리스트를 달라는 사람이 있는데, 이 자리를 빌려 얘기하면 그건 좀 곤란하다. 왜냐하면 이 리스트는 김 작가의 '지적재산'이다. 또 한편으론 김 작가의 애정 어린 선물을 다른 사람과 공유하고 싶지 않기 때문이다.

독서 리스트를 받은 후 열심히 서평을 쓰기로 결심했지만 제대로 독서와 글쓰기를 하지 못하고 있다. 회사일로 이 핑계 저 핑계를 대면서 김 작가의 글쓰기 숙제를 제대로 하지 못하고 있는 것이다. 나는 불량제자가 분명하다. 하지만 선생님의 기다림과 인내로 지금 이 책을 쓰게 됐다. 김 작가를 만난 건 내 인생 최고의 세렌디피티다.

미술의 호사를 누리다

✿ ✿ ✿

미술평론가 김준기 실장과의 인연도 참 묘하다. 사람의 인연이란 알

수가 없다. 김 실장은 당시 대전시립미술관 학예실장으로 있었는데, 2012년 초 백북스에서 『테마 현대미술 노트』라는 책으로 미술 강연을 했다. 나도 당연 참석했다. 그런데 아뿔싸! 이걸 어쩌면 좋단 말인가? 강연에 참석은 했지만 하루 종일 업무에 시달린 데다 김 실장이 들려주는 현대 미술이 너무 어려워 나는 그만 잠이 들어 버리고 말았다. 『테마 현대미술 노트』를 처음 부분만 조금 읽고 대부분은 읽지 못한 것도 원인이었을 것이다. 좌석도 잠자기에 너무 편했다. 잠에서 깼을 때는 강연이 거의 끝나가고 있었다. 김 실장은 미술과 과학의 만남에 관심이 있는데, 대덕연구단지 종사자들이 미술에 많은 관심을 갖고 협업하길 바란다며 강연 마무리를 하고 있었다. 나는 비몽사몽이었다. 강의 내내 자고 있는 모습만 보여 너무 미안했다. 그래서 다음 날 대전시립미술관으로 전화를 했다. 김 실장이 바로 받았다.

"어제 강연 내내 자서 미안해서 전화했습니다."

"자장가를 부른 제 잘못이지요."

"속죄하는 마음으로 제가 도와 드릴 일이 있으면 돕겠습니다."

"우리 지금 당장 만날까요?"

이심전심이었다. 김 실장은 바로 연구원으로 찾아왔다. 그렇게 우리의 인연은 시작됐다.

당시 나는 대덕연구단지 출연연구기관들의 홍보부서 모임인 홍보협의회 회장을 맡고 있었는데, 홍보가 필요한 김 실장과 미술에 배고파하던 나는 죽이 딱 맞아떨어진 셈이었다. 우리는 그 뒤 자연스럽게 의기

투합했다. 나는 그를 통해 그동안 동경하던 미술 세계를 접할 수 있었고, 과학과 예술의 만남 프로젝트인 '에네르기(ener氣)'를 준비하고 있던 김 실장은 내게 과학자들을 소개해줄 것을 요청했다. 이후 나는 김 실장의 프로젝트를 대덕연구단지 과학자들에게 소개하는 미술 홍보대사가 됐다.

우리는 서로 상대방에게 최고의 고객이 되었다. 서로 어려운 문제를 해결해주는 악어와 악어새가 된 것이다. 그 뒤 나는 대전시립미술관에서 하는 전시회의 최고 고객이 됐다. '미국 미술 300년'에서는 최고의 호사를 누릴 수 있었다. 전시회를 기획한 김 실장의 설명으로 그림을 감상할 수 있었던 것이다. 전시 투어에는 홍보협의회 회원들과 미술에 관심 있는 과학자들이 참여했다. 그 후로도 '김동유전' 등에 최고의 고객으로 초대되는 영광을 누렸다. 물론 작품에 대한 자세한 설명을 듣는 것은 덤이었다. 그날 우리 일행들은 존 싱글턴 코플리의 「푸른 드레스를 입은 여인의 초상」에서부터 미술에 대해 잘 모르는 일반인들도 한 번쯤 들어봤을 잭슨 폴록의 「넘버 22」와 앤디 워홀의 재클린 케네디 초상화 연작 시리즈인 「재키」에 이르기까지 160여 점을 관람했다.

하여튼 김 실장과 나는 미술과 과학을 매개로 친구가 되었다. 우리는 대전의 과학과 미술의 만남의 장인 '과학예술포럼'을 같이 운영하였으며, 미술협동조합을 추진하기도 했다. 다만 아쉬운 것은 지난 2015년 김 실장이 대전시립미술관 학예실장을 그만두고 서울로 가면서 자주 만날 수 없게 됐다는 것이다. 지금은 잠깐 공동 프로젝트가 멈췄지만 나는 김 실장과 함께 빠른 시일 안에 멈췄던 프로젝트를 재개했으면 한다.

02

나에겐 3대
불가사의가 있다

'기자출신 맞나? 저런 글 솜씨로 13년 동안이나 밥벌이를 했단 말인가?'
하는 탄식이 절로 나온다.
더 웃긴 것은 아직도 그런 솜씨로,
김훈의 책 제목처럼 「밥벌이의 지겨움」을
계속하고 있다는 것이다.

술에 취해 노래방에서 잠들다

❀ ❀ ❀

　내가 뒤늦게, 오십에 작가가 되기로 결심했다고 하면 배꼽 빠지게 웃을 사람이 한 사람 있다. 바로 아내다. 아내는 아마도 "당신이 작가라면 이 세상에 작가 아닌 사람이 어딨겠어?"라고 할지 모른다. 한마디로 '뻥'치지 말라는 얘기다. 뻥은 결혼 전 자기한테 친 것으로 충분하다고 할 것이다. 내가 이렇게 얘기하는 데는 그럴 만한 이유가 있다.

　신혼 초 어느 날, 아내는 불현듯 "당신에게는 3대 불가사의가 있어"라고 말했다. 3대 불가사의는 나에게 일어난 불가능할 것 같은 세 가지

일을 말한다. 첫째는 내세울 것 딱히 없는 내가 아내에게 프러포즈한 근거 없는 용기, 두 번째는 글을 못 쓰면서 글을 쓰는 직업을 갖고 있는 것(나는 첫 직업을 기자로 시작했다), 그리고 마지막은 나의 유전자로 너무 예쁜 딸을 낳았다는 것이다(결론은 아내 덕분이다). '제 눈에 안경'이라지만 내 딸은 정말 예쁘다.

아내가 말한 3대 불가사의는 모두 사실이다. 이 중에서 특히, 나는 글에 관한 한 평범하다. 아니 평범하다 못해 찌질하다. 정말 못 써도 그렇게 못 쓸 수가 없다. 가끔 내 글을 읽은 아내는 "어떻게 글을 이렇게 쓰지?"하며 간단하지만 아주 강한 면박을 날린다. 그렇다. 쿨하게 인정하자.

'설마 이렇게 책까지 낸 사람이 그렇게 글을 못 썼을까?'라는 생각이 든다면, 아래 편지글을 보면 이해가 될 것이다.

지난 2012년 아내에게 쓴 편지다. 당시 나는 연구원 홍보팀장과 홍보협의회 회장을 맡고 있었는데, 낮에는 관련 업무로 눈코 뜰 새 없이 지내고, 밤에는 이런저런 모임으로 술자리가 잦았다. 2차로 노래방을 가면 가끔씩 나는 빈 룸으로 들어가 잠이 들곤 했다. 일행들은 내가 피곤해서 먼저 집으로 갔을 거라 생각해 그냥 집으로 돌아가 버리고, 나는 새벽 노래방 영업이 끝날 때 주인이 깨워 집에 돌아온 경우가 몇 번 있었다.

한번은 눈이 많이 오는 겨울이었다. 당시 빽치기가 뉴스에 자주 오르내릴 때라 연락이 되지 않는 상황에서 아내는 걱정 끝에 새벽에 경찰서에 전화를 했던 모양이다. 혹시 사고 접수된 일이 있는지. 밤새 얼마나 속을 태웠을지는 충분히 예상되는 일이다. 다음 날 화가 엄청 난 아내

는 침묵시위를 했고, 어쩔 수 없이 나는 아내에게 장문의 편지를 써야
했다.

모두 다 미안해요. 아침 안 챙겨줬다고 투정부린 것은 정말 미안해요.
솔직히 그런데 언제부터인가는 포기했어요. 당신에게도 말했지만 안
차려줘도 좋다고 여러 차례 얘기한 기억이 납니다. 회사에서 먹어도
되고, 요즘처럼 과일 먹어도 아무 지장이 없어요.(중략)
사람들이 얘기해요. 나보고 장가 잘 갔다는 얘기를 많이 합니다. 그
말 전적으로 동의해요. 그런데 내가 이렇게 당신을 힘들게 하고 눈물
을 흘리게 해서 이루 미안하기 이를 데 없습니다. 처절히, 뼛속까지
반성하고 행동 조심하도록 하겠습니다.

이 편지를 보면 알 수 있지만 나는 정말 글을 못 쓴다. 맥락이란 게
없다. 표현도 진심을 넘어설 만큼 과하다. 아내에게 잘못을 만회하려고
급히 썼다고 하더라도 진짜 엉터리다. 사과를 하는 건지, 부채질을 하
는 건지 애매하다. '기자출신 맞나? 저런 글 솜씨로 13년 동안이나 밥벌
이를 했단 말인가?' 하는 탄식이 절로 나온다. 더 웃긴 것은 아직도 그
런 솜씨로, 김훈의 책 제목처럼 『밥벌이의 지겨움』을 계속하고 있다는
것이다.
　　아내는 상황과 맞지 않는 표현, 맥락 없는 전개에 코미디 대본보다
더 웃긴다며 감동의 눈물 대신 혹평을 던졌다. 거기다 논리비약은 말하
기조차 힘들 지경이라고 혀를 내둘렀다.

언젠가는 이런 일도 있었다. 아내와 딸이 집안 정리를 하다가 배꼽이 빠질 듯이 웃고 있었다. 나는 서재에서 책을 보다가 왜 그러나 싶어 가 봤더니 딸이 무슨 편지를 손에 들고 있었다. 그 편지는 딸의 첫돌 기념으로 내가 쓴 것이었다. 딸은 나를 보더니 간신히 웃음을 참으며 "아빠, 이게 무슨 말이야?" 하며 편지를 흔들어댔다. 편지를 받아 읽던 내 얼굴이 순간 화끈 달아올랐다. 아내와 딸이 왜 그토록 자지러지게 웃었는지 이해가 되었기 때문이다.

첫 문장, 참 희한한 첫 문장 탓이었다. 2000년 2월 17일, 나는 딸의 첫돌을 맞아 딸에게 보내는 편지의 첫 문장을 이렇게 시작하고 있었다.

"사회 환경이 급격하게 변화하고 있다…."

내가 그 문장을 읽자, 아내와 딸은 다시 아파트가 울릴 정도로 발을 떼굴떼굴 구르며 웃어댔다. 나도 그만 웃음이 터져 나왔다.

"아빠, 한 살짜리 애기한테 사회 환경이 급격하게 변화하고 있다고 쓸 때 도대체 무슨 생각을 한 거야?"

"아니, 그게~ 그러니까~ 21세기를 맞아 사회가 급격하게 변했잖아…."

그 순간, 나는 정말 수증기가 되어 증발해 버리고 싶었다.

불호령 "이걸 기사라고 썼어!"

❀ ❀ ❀

내친 김에 부끄러운 이야기를 마저 끝내야겠다. 옛날 기자생활을 돌이켜보면 나의 글 실력은 이미 '형편없음'이 입증됐다. 오래된 일이지만 1990년대 내가 기사를 작성하면 데스크(신문사에서 기사를 확인하고 고치는 역할을 하는 차장이나 부장)는 자주 나에게 폭언을 퍼부었다.

"야! 이걸 기사라고 썼어!"

"예?"

"내가 발로 써도 이것보다 낫겠다."

문제는 거기서 그치지 않고 내 기사를 박박 찢어 휙 던져버렸다. 당시만 해도 그런 일은 비일비재했다. 그리고 불호령이 떨어진다.

"빨리 다시 써와!"

당시에는 요즘처럼 노트북으로 기사를 쓰지 않고 원고지에 직접 썼다. 그래서 데스크가 원고를 찢어버리면 처음부터 다시 써야 했다. 지금처럼 기존 원고에 수정하는 것이 불가능하다. 나는 어느 정도 포맷이 있는 단순 사건기사 등은 그럭저럭 쓰지만, 약간의 테크닉이나 소위 글발을 필요로 하는 분석 기사, 해설 기사, 기자 수첩 등은 엉망이었다. 내 생각이 들어가는 기사는 한 번에 통과된 적이 없었다. 몇 번씩 퇴짜를 맞고, 고치고 또 고치고, 그래도 안 되면 답답해서 데스크가 대신 고쳐줘서 겨우 신문지면에 실릴 수 있었다. '비록 지방신문사지만 당당히 수십 대 일의 경쟁을 뚫고 언론고시에 합격했는데 왜 이럴까?' 하는 자책이 머리를 떠나지 않았다. 처음에는 심각하게 전직도 고려했었다. 당시 언론사는 대학 졸업생들에게 인기가 많아 언론사 취직하기가 하늘의 별따기 만큼이나 어려웠다. 언론고시는 재수는 필수, 삼수는 선택이었다.

이제는 기자도 아니니(나는 2005년 기자를 그만뒀다) 솔직히 고백하건대, 아내는 내 이름으로 신문지면에 나온 기사 중에 많은 부분을 고쳐 줬다. 좀 과장해서 말한다면 노트북이 지급된 후부터 데스크 역할은 부장이 아니라 아내가 맡았다. 내가 노트북 앞에서 똥마려운 강아지 마냥 낑낑거리고 있으면 "저리 비켜 봐!" 하고 아내는 답답하다는 표정을 짓곤 했다. 내가 "왜?"라고 영혼 없는 대꾸를 하면 "왜긴 왜겠어!" 하고 나를 옆으로 밀고 내 자리의 주인이 된다. 내 노트북 앞에 앉아 아내가 자판을 두들긴다. 그녀 특유의 독수리 타법으로. 항상 그렇지만 아내의 손길이 거쳐 간 기사는 내가 보기에도 탁월했다. 깔끔하게 고쳤다. 나보다 훨씬 낫다.

아! 여기서 살짝 고민이 된다. 이렇게까지 고백해도 되는지 모르겠다. 하지만 지지리 글을 못 쓰던 나 같은 사람도 작가에 도전했다는 것을 확실하게 독자들에게 이해시키려면 내가 좀 창피한 것쯤은 감수해야 하리라. 나 또한 여러분과 같이 글쓰기를 두려워하는 평범한 사람이다.

내가 독자적으로 기사를 써 가면 나의 데스크는 온갖 꼬투리를 잡아 지적을 해댔지만, 이상하게도 아내의 손을 거쳐 간 기사에는 별다른 이의를 제기하지 않았다. 참 이상한 일이었다. 내가 혼자서 쓴 기사는 마치 빨간펜 선생처럼 데스크가 온통 붉게 물들였지만, 아내가 고쳐준 기사는 아무리 찾아봐도 고치거나 추가된 흔적이 없다. 흔적이라고 해봐야 아주 간단해서 얘기하기도 뭣하다. 그때 '나는 왜 안 될까?' 하는 생각에 자책감마저 들곤 했다.

내가 13년간 기자생활을 할 수 있었던 것은 이제 모두가 짐작하듯이 전부 아내 덕이다. 나는 그 뒤부터 급하지 않은 기사는 미리미리 작성해서 아내에게 1차 검사를 받았다. 아내는 친절하게, 아니 어쩌면 불가피한 일이었을 것이다. 글 못 쓰는 기자 남편을 둔 아내는 어쩔 수 없이 나의 글을 고쳐주었다. 말이 나왔으니 이 자리를 빌려 다시 한 번 감사를 표하고 싶다.

"여보, 고마워! 당신은 아내이기 이전에 나의 데스크였어!"

아내는 드라마 작가가 되는 게 꿈이다. 하지만 지금은 평범한 주부다. 왜인지는 모르겠지만 자기가 지금 작가가 되지 못한 것은 내 탓이란다.(여자들은 뭔가 잘못되면 모두 남편 탓을 한다.) 그 이유는 아마 여러분도 잘 알 거라고 생각해서 설명하지 않겠다.(자꾸 모르겠다고 얘기하는 사람이 있어서 그러는데, 왜 그렇겠는가. 글 못 쓰는 남편 뒷바라지하다 작가가 못 된 거지.) 드라마 작가가 꿈이라서 그런지 아내는 드라마를 좋아한다. 드라마를 보면 그 다음 내용이나, 하물며 대사도 기가 막히게 맞힌다. 스토리를 꿰고 있다. 가끔 막장 드라마도 즐겨본다. '막드'가 그렇게 재미있나?

내가 보기에 국문과를 나온 아내는 남편 글을 고치는 데 천재다. 그다지 고심하는 모습도 없다. 노력도 안 한다. 반면 나는 글 잼뱅이로 엄청 열심히 노력한다. 자화자찬인가, 깨알 자랑인가? 나는 뭔가를 읽고 글을 쓰려고 아등바등한다. 안 된다는 걸 알면서도 시도하고, 또 시도한다. 어릴 때 읽은 평강 공주와 바보 온달 같다고나 할까, 그래서 아내와 나는 천생연분인가 보다.

그 실력으로 칼럼을 작성했으니…

✿ ✿ ✿

앞에서도 말했지만 2005년부터 나는 기자를 그만두고 정부출연연구원의 홍보를 담당하는 일을 해왔다. 기자출신이니 보도자료를 작성하는 것은 그렇다고 쳐도, 이런 글 실력으로 칼럼 초고를 작성하고, 수정하고, 게재했으니 지금 돌이켜보면 매번 무거운 숙제를 해결하는 마음이었던 것 같다.

언젠가 칼럼이 신문사로부터 게재 거절 통보를 받았다. 신문사 담당자는 칼럼이 밀려 있어서 싣기가 어렵다고 했지만 지금 생각해보면 글의 완성도가 떨어져서 그런 게 아닌지 의심이 든다. 기고문의 최종 확인은 내가 했는데…, 당시에는 그 담당자의 말을 그대로 믿었다.

글쓰기와 관련하여 절대적으로 필요한 두 가지 요소 중 하나는 참된 진지함이다. 그리고 다른 하나는 유감스럽게도 재능이다.

『헤밍웨이의 글쓰기』에 나오는 구절이다. 헤밍웨이가 얘기했듯이 글쓰기에는 절대적으로 재능이 필요하지만 '재능 없음' 결론이 이미 난 상황에서 내가 작가가 되기로 결심한 것은 요즘 말로 웃픈(웃기지만 슬픈) 일이다. 하지만 어쩌랴! 유감스럽게도 재능은 없지만 다른 무엇보다 책 읽는 걸 좋아하고, 단언코 말하지만 글쓰기를 좋아하니 더 늦기 전에 좋아하는 일을 해야 하는 것은 당연한 일이 아니겠는가. 다른 잘하는 일이 없으니 어쩌나. 때론 원고지 한 장 채우기도 힘들지만 묵묵히 나의 길을 가려고 한다.

나는 왜 오십이라는 늦은 나이에 작가가 되기로 했나? 스스로에게 묻지 않을 수 없다. 이유는 간단하다. 그냥 지금 내가 좋아하고, 잘 하고 싶은 것이 이 일이기 때문이다. 집중할 수 있는 일을 찾은 것이다. 지난 오십 년을 '보편적 나'로 살아왔다면, 앞으로 남은 오십 년은 조금은 '특별한 나'의 삶으로 만들고 싶기 때문이다.

3대 불가사의를 흔쾌히 접수한 나는 '특별한 나'의 삶을 찾아 오십이라는 늦은 나이에 작가가 되기로 결심했다. 오십은 무언가를 새로 시작하는데 결코 늦은 나이가 아니다. 2016년 한국일보 신춘문예 소설부문에서 당선된 조선수 씨도 그 당시 나이가 쉰여섯이었다. 한술 더 해 최근 시집을 출간한 김연숙, 권기만, 류성무 시인은 각각 예순셋, 쉰일곱, 쉰이다. 어느 광고 카피처럼 '나이는 숫자에 불과'하다.

『오후반 책 쓰기』의 저자 유영택의 경우는 어떤가. 여기서 말하는 '오후반'은 오륙십 대들의 후회 없는 인생 2막을 위한 반격 프로젝트의 약자다. 이들과 비교하면 나는 어린애다. 공자는 나이 오십이면 지천명知天命이라고 해서 하늘의 명령을 안다고 했는데, 나는 이제야 뜻을 세우는 이립而立과 같은 30세의 행동을 하고 있다. 하지만 뭐 어떤가! 더 늦기 전에 글쓰기에 뜻을 두고 정진하는 것 또한 나쁘지 않을 것이다. 지금은 백세 시대 아닌가.

03

남자들은 왜 밤이 되면 넥타이를 이마에 맬까?

만약 아인슈타인이 예전의 나처럼
매일 폭탄주와 함께 지냈다면
상대성 이론을 완성할 수 있었을까?
어느 순간 나도 아인슈타인이 되고 싶었던 것일까.
이젠 술독에서 빠져 나와 책에 취하고 싶었다.

술 대신 책에 취하겠다

❀ ❀ ❀

"내일 모레가 모임인데 또 안 나오면 알지!"

"그럴 리가요. 나가야죠!"

선배의 애정(?) 어린 협박이다. 읽어야 할 책이 쌓이는 만큼 이런저런 모임에 참석하는 횟수는 자연스레 줄었다. 스스로 낸 숙제를 해결하려니 어쩔 수 없는 선택이고, 과정이었다. 선배의 협박에도 대답과는 다른 결정을 마음속으로는 내리고 있었다. 이미 내 대답은 영혼 없는 메아리다.

그런데 제대로 걸려버렸다. 서울 출장을 가려고 대전역 노천카페에서 한가롭게 커피를 음미하며 사노 요코의 『사는 게 뭐라고』를 뒤적거리고 있었다. 그때 무슨 소리가 들려 고개를 들었는데 그만 선배와 눈이 딱 마주친 게 아닌가! 선배는 모임의 열성분자이자 군기 반장이었다.

내가 이 모임에 안 나간 지는 꽤 오래됐다. 매달 열리는 이 모임에 마지막으로 나간 게 언제인지 기억조차 희미하다. 앞서 얘기했듯이 이유는 간단하다. 어느 순간 술이 부담스러워졌기 때문이다. 아니 정확히 말하면 좋아하는 책을 읽고 싶은데 책 읽는 시간이 부족하기 때문이었다. 무언가 하나에 몰두하려면 다른 것에는 소홀해질 수밖에 없는 건 당연한 일 아닌가.

고교 전현직 언론인으로 구성된 이 모임은 술을 많이 마시기로 유명하다. 과거에 언론계에서 일했거나 현재 종사하고 있는 사람들로 구성되어 있다. 기자란 직업 또한 매일 '산고'를 치르는 일이니 술을 많이 마시는 문화는 어찌 보면 자연스럽다. '술 권하는 모임'의 대표주자다. 회원 중에 누가 승진을 하는 등 경사가 있으면 축하인사와 함께 폭탄주를 돌린다. 재미있는 것은 경사뿐만 아니라 애사가 있어도 '슬픈 일은 빨리 잊어야 한다'는 논리로 폭탄주를 제조한다. 이래저래 술이다. 때문에 모임에서 술을 안 마실 도리가 없다. 달리 피할 길이 없다. 모임에 빠지는 방법뿐이다. 그래야 숙제를 할 수 있는 것을….

모임에서는 술에 억압당하기 일쑤다.

"너 첨 보는데? 몇 회냐?"

지난번에 인사했는데 오늘도 초면이란다. 자주 있는 일이다. 모임 때마다 주객전도(?) 현상이 일어나니 기억이 안 나는 것은 당연지사다. 기억과 관련된 뇌세포는 수시로 사망신고를 한다. 폭탄주와 함께 장렬히 전사하는 건 아닐까?

"10횝니다."

"난 5횐데, 한 잔 해라."

"아, 네! 선배님!"

"(한 잔) 받엇! 아니 따블. 후배니까 두 잔 받아랏!"

폭탄주 2발 장전! 술을 안 먹을 수도 없다. 잘 마시는지, 슬쩍 버리는지 바로 앞에서 눈을 크게 뜨고 확인한다. 요령이 안 통한다. 이 또한 선배의 애정(?) 어린 관심인 것을.

건수를 만들며 2차, 3차로 이어지는 건 우리나라의 '오랜 역사를 자랑하는' 술 문화다. 반주로 곁들이는 술자리를 시작으로 보통 2차에서 술잔은 본격적으로 돌아간다. 술잔을 쌓고 폭탄주를 제조하는 모습은 드라마에서도 흔히 나오는 장면이다. 하나 더 있다. 만취한 사내들의 모습을 표현할 때 나오는 단골이다. 흥취 가득한 그들은 목에 맸던 넥타이를 이마로 올린다. 그리고 돌린다. 세상도 돌고, 그들도 돈다. 왜 만취한 사내들은 넥타이를 목이 아닌 이마에 매는 걸까? 원래 넥타이는 이마에 맸던 걸까? 어찌 보면 모두 머슴 같다.

"나는 술 대신 철학고전에 취하겠다!"

상대성 이론을 발표한 알베르트 아인슈타인이 열일곱 살 때 한 말이다. 그 나이에 이런 생각을 하다니 충격이다. 아인슈타인은 열세 살에 유클리드, 열네 살에 칸트를 만나 그들의 철학에 심취한 후 3년 뒤 위와 같은 말을 남겼다. 그는 십대에 서양철학 고전을 독파하고 대학에 들어가서는 전공보다 철학 강의를 즐겼다. 직장에 들어가서는 상사로부터 아리스토텔레스 논리학에 근거한 사고 훈련을 받는데 몰두했고, 퇴근 후에는 자신이 만든 인문고전 독서 모임인 '올림피아 아카데미' 회원들과 독서토론을 하는데 열을 올렸다.

만약 아인슈타인이 예전의 나처럼 매일 술과 함께 지냈다면 상대성 이론을 완성할 수 있었을까? 십대 때부터 술독 대신 철학에 빠지고, 독서 모임을 만들어 독서와 토론으로 밤을 보내면서 상대성 이론의 토대를 마련하지 않았을까? 어느 순간 나도 아인슈타인이 되고 싶었던 것일까. 술에서 빠져 나와 책에 취하고 싶었다. 한때 나도 술을 좋아했다. 아니 좋아했다기보다 습관적으로 마셨다. 술 마시는 것은 습관성 질환이다. 직장 생활을 하면서 술을 완전히 끊을 수는 없지만 지금은 많이 줄였다. 예전에는 한 달에 3, 4일을 빼고 마셨다면 지금은 한 달에 3, 4회만 마실 뿐이다.

짐작하겠지만 내가 술을 줄인 이유는 분명하다. 독서를 하기 위해서다. 술을 마시면 정신이 혼란스러워 책을 읽을 수가 없다. 헤롱헤롱한 상태에서 어떻게 고전소설과 철학을 접하겠는가? 맨 정신에 읽어도 겨우 의미의 끝자락을 붙잡고 매달리는데 말이다. 나 스스로 정한 커리큘럼에 맞춰 책을 읽어야 하는데 술을 마시면 지키기가 불가능해진다. 술을 마시는 시간에는 물론 책을 읽을 수 없지만, 마신 후에도 정신이 몽

롱해서 자리에 앉아 있을 수가 없다. 그 다음 날 속이 쓰려 독서를 할 수 없는 것은 제외하더라도 얼마나 큰 손해인가. 사실 직장인이 술자리에 불참한다는 것은 치명적이다. 어느 정도 소외감을 감수해야 한다. 나에게는 그만큼 모험이었다.

다른 것은 몰라도 나는 술에 관한 한 점점 아인슈타인이 되어가는 것인가! 이러다가 독서계에서 '상대성 이론'과 같은 업적을 내는 건 아닐까? 안 해도 되는 괜한 걱정을 해본다.

골프 퍼터를 두 동강 내다

🌸 🌸 🌸

한때 그렇게 좋아한 골프도 마찬가지다. 부킹이 되는 순간부터 주말까지 나는 자청해서 설거지를 비롯한 집안일을 하며 아내에게 목적 있는 충성을 다한다. 그런 후에도 충분치 않아 새벽에 도둑고양이처럼 발끝을 들고 나간 적도 있다. 그만큼 나는 한때 골프에 미쳤었다. 골프 연습장에 하루 두 번씩 가기도 했다. 출근 전, 퇴근 후 식사도 연습장에서 간단히 먹고 연습에 올인했다. 그야말로 전력투구했다. 그때는 식사하자는 사람이 반갑지 않았다. 한번은 눈이 너무 와서 차가 못 가 차를 밀고 갔을 정도다. 정말이다. 그렇게 연습에 몰두한 덕분에 보기 플레이어가 됐고, 아마추어에게는 꿈의 상징인 싱글 플레이어에 근접했다. 나는 가끔 싱글을 기록하는 싱글족이 되는 등 발군의 실력을 뽐냈다. 그뿐만이 아니다. 당시 나는 세미프로(Semi-Pro), 티칭프로(Teaching-Pro)가되는 즐거운 상상을 제법 신중하게 했었다. 일하는 시간을 제외하면 종일 골프 생각을 했고, 골프 채널만 봤고, 모르는 사람들과 얘기할 때도 골프로 대화를 풀어 나갔다. 오로지 골프가 최대의 관심사였다.

그런 내가 한순간에 골프를 그만둔 것이다. 이 역시 독서 때문이다. 길게 생각하지도 않고 칼로 무 자르듯 하루아침에, 단칼에 끝장냈다. 그리고 야심한 달밤에 혼자서 '골프 퇴출식'을 엄숙히(?) 거행했다. 이젠 골프와 이별이다. 퇴출식은 골프를 그만두기로 결심한 날, 클럽에 보관하던 골프백을 집에 가져오면서 아파트 주차장 구석에서 진행됐다. 일단 가장 먼저 손에 잡힌 퍼터를 두 동강 냈다. 상징적 골프채 하나를 절단한 것이다. 다른 채도 중요하지만 퍼터가 없으면 게임을 나갈 수 없으니 잘 골랐다는 생각이 들었다. 나머지 골프채는 아는 사람에게 빌려줬는데 돌려줄 생각을 않는다. 천만다행이다. 돌려받을 생각도 없다.

"그냥 가지세요. 골프채."

골프와 술을 끊고 독서에 열중했다. 골프 연습장에서 보낸 시간과 주말 라운딩 시간에 독서에 탐닉했다. 시간이 엄청 남았다. 이렇게 좋은 걸 왜 그렇게 골프에 매달렸는지 모를 일이다. 주말 라운딩을 위해 새벽 4, 5시에 일어나는 일은 더 이상 없다. 얼마나 행복한가! 직장 동료의 라운딩 요청을 거절한 2011년 5월 주말, 나는 김정운의 『나는 아내와의 결혼을 후회한다』를 읽었다. 정말이지 골프보다 책이 훨씬 재밌었다. 김정운의 구라에 푹 빠졌다. 예전 『노는 만큼 성공한다』를 읽은 후 책의 재미를 일깨워준 작가라서 골프를 그만두고 처음으로 산 책이다.

책의 제목을 『나는 아내와의 결혼을 후회한다』로 했다고 하자, 아내가 묻는다.

"당신, 진짜로 나와 결혼한 걸 후회해?"

나는 약간 주저하다 대답했다.

"응, 가끔…."

아내는 잠시 창가로 고개를 돌렸다.

그러나 바로 몸을 내 쪽으로 향하며 이렇게 말했다.

"난, 만족하는데…."

내가 어찌 반응해야 할지 몰라 쭈볏거리는데, 아내의 나지막한 한마디가 내 가슴을 깔끔하고도 깊숙하게 찌른다.

"아주 가끔…."

이렇게 '가끔' 후회하는 남편과 '아주 가끔' 만족하는 아내가 함께 사는 집이 우리만은 아닐 것이다.

책을 펼치자마자 나는 책 첫머리에 나오는 이 문장을 읽고 거의 까무러칠 뻔했다. 나도 모르게 '와우!' 하고 탄성을 질렀다. 나뿐만 아니라 대한민국의 남편과 아내의 결혼생활 만족도를 이렇게 압축적으로 표현한 말이 있을까?

40세 이상에는 술 + 골프 〈 책

❀ ❀ ❀

정말 신기한 일은 그 후부터 골프치고 싶은 생각이 싹 사라졌다는 것이다. 맹세코 단 한 번도 골프를 치고 싶은 생각이 들지 않았다. 물론 골프 금단현상도 없었다. 한때 그렇게 미친 듯이 즐겼던 취미를 어떻게 까맣게 잊을 수가 있단 말인가? 니체가 『도덕의 계보』에서 '사람은 망각의 동물'이라고 하더니 그 말이 딱 맞다. 어쨌든 골프를 그만두고 나는 본격적으로 독서에 빠져 들었다.

보통 골프를 치러 가면 비용은 최소한으로 잡더라도 20만 원이 넘는다. 나는 그 돈으로 책을 샀다. 새 책(1만5천 원 기준)은 13권 이상 살 수 있고, 중고책(8천 원)은 25권을 살 수 있다. 주말이면 골프장 대신 서점에서 놀았다. 예전에는 골프장에서 네 명이 놀았다면 지금은 혼자 노는 것이 다를 뿐이다. 컴퓨터 즐겨찾기에서 골프 사이트가 삭제되고 알라딘, 예스24, 독서신문 등이 새로 추가됐다. 예전 골프 라운딩에 목숨 걸던 나를 본 사람이라면 천지개벽할 일이라고, 세상 오래 살고 볼 일이라고 할 것이다.

내 인생의 초반은 술과 골프를 좋아했다. 한때는 미치기도 했다. 그 후에는 골프, 술, 책을 똑같이 사랑했다. 지금은 골프, 술보다 책에 더 끌리고 있다. 수학의 부등호로 표현하면 이렇다고 할 수 있을까?

30세 이전에는 술 + 골프 〉 책

30~40세에는 술 + 골프 = 책

40세 이상에는 술 + 골프 〈 책

내가 이유 없이 좋아하는 개그맨 이윤석은 한 언론 인터뷰에서 이같이 말한 적이 있다.

"전 할 수 있는 게 별로 없어요. 늘 집에 있는 제게 딱 맞는 건 독서죠. 학창시절엔 문학과 철학, 나이가 들어서는 과학과 인문학, 최근에 정치 책을 많이 읽었어요. 사람들은 '읽어야 한다'는 의무감 때문에 오히려 책을 읽지 않게 되는 것 같아요. 읽다가 재미없으면 안 읽어도 되고, 꼭 처음부터 읽을 필요도 없어요. 그저 쉽고 편안하게 즐기면 되죠."

"(나는) 게을러서, 재미있어서, 겸손해지기 위해서 책을 읽는다. 골프도 귀찮고 여행도 귀찮아서 못해요. 늘 집에 혼자 앉아 있어요. 그런 제 체력과 성격에 맞는 게 책입니다. 책장은 '제 힘으로' 넘길 수 있잖아요."

요즘 내가 딱 '국민약골' 이윤석과 같다. 나도 할 수 있는 게 별로 없다. 잘 하는 것도 없다. 그렇다고 특별히 못 하거나 싫어하는 것도 없다. 한마디로 무색무취다. 모임에 가도 별다른 존재감도 없다. 어떨 땐 모임 중간에 내가 사라져도 모른다. 여전히 그들끼리 재밌게 논다. 다음 날 내가 중간에 간 걸 얘기하면 십중팔구 모른다.

나는 어느덧 나이 오십이 되고 말았다. 반세기를 살아왔지만 나는 특별히 잘 하는 게 없다. 다만 아주 잘 하지는 않지만 책 읽는 걸 좋아한다. 글 쓰는 것도 잘하진 않지만 좋아하려고 노력 중이다. 앞으로 남은 인생의 한 편은 책 읽고 글 쓰는 데 취하고 싶다. 아인슈타인이 철학고전에 취했던 것처럼.

04

너에게 포상휴가를
허許하노라

첫 번째 원칙은 '휴대북(Book)'이다.
휴대북은 휴대폰에서 빌려온 개념인데
항상 휴대폰을 들고 다니듯 책을 들고 다니자는 개념이라고 보면 된다.
책을 읽든 읽지 않든, 손에 들든 가방에 넣고 다니든
항상 책을 갖고 다니자는 것이다.

북카페에서 반차를 즐기다

❀ ❀ ❀

오후에 휴가를 냈다. 반차 휴가다. 반차半次는 하루 전체를 휴가 내는 것이 아니라 오전 또는 오후만 쉬는 휴가의 한 형태다. 웬 뜬금없는 반차 휴가? 그건 내가 지난 일주일 동안 독서 4원칙을 잘 지켜 스스로에게 포상휴가를 준 것이다. 셀프 휴가다. 모든 일에는 당근과 채찍이 있는 법이다. 나는 좀처럼 책을 읽거나 글을 쓰지 않는 스스로를 독려하기 위해 독서 4원칙을 정해 지키도록 강요(?)하고 있다. 독서와 글쓰기의 습관화를 위해 2015년 도입한 나만의 독서 규율이다.

포상이라고 해봐야 거창할 것도 없다. 평범하고 소박하다. 반차를 내고 평소 좋아하는, 어느 유행가 가사처럼 아무도 날 찾는 이 없는, 경치가 좋은 카페에서 책을 읽거나, 글을 끄적거리거나, 멍 때리기를 할 수 있는 자유 시간을 주는 것이다.

나는 이번 포상휴가를 함께 할 책으로 백창화, 김병록의 『작은 책방, 우리 책 쫌 팝니다!』를 골랐다. 너무 심각하지 않고 편안하게 읽을 수 있는 책이어서 휴가에 딱 맞는 책이라고 생각했다. 이 책은 오십 대 부부가 충북 괴산에 정착해 살아온 이야기를 담고 있다. 여기에 전국의 작은 책방 70여 곳을 소개하고 있어 책 여행을 떠나기에는 제격이다.

북카페로 갈 때는 초콜릿을 준비하면 금상첨화다. 책을 읽거나 글을 쓰면 너무 배가 고프기 때문이다. 배가 고프면 책 읽기 진도가 더뎌진다. 잠깐 휴식시간에 초콜릿을 먹으며 가끔 옆 테이블 젊은 청춘들의 얘기를 엿듣기도 한다. 일부러 들으려고 하는 건 아니다. 자연스럽게 들려올 뿐이다. 얘기를 듣다 보면 요즘 젊은이들이 어떤 고민들을 하는지도 알 수 있게 된다.

어느 날, 20대 초반의 여대생 두 명이 심각하게 이야기를 하고 있었다.

"이제 졸업인데, 심리학 전공으로 취업이 될까?"

"전공은 전공이고, 취업은 취업이잖아."

"졸업하고 바로 취업해야 할 텐데 걱정이야."

"잘 되겠지, 뭐."

요즘 세태를 반영하듯 대학생들은 취업 고민을 주로 한다. 나의 이십 대를 떠올려 보았다. 정확한 기억은 아니더라도 이렇게 심각하지는 않았던 것 같다.

여기서 유의할 점이 하나 있다. 반차를 냈다고 집에 얘기하면 안 된다. 노코멘트해야 한다. 휴가라고 하면 아내는 필시 이것저것 할 일을 시킬 것이다. 아내는 귀신같이 업무지시를 내린다. 내가 보기에 사십을 넘긴 여성은 신神이다. 적어도 남편에게는 신과 동급이다. 휴가의 '휴'자, 반차의 '반'자도 꺼내면 안 된다. 마치 아무 일도 없던 것처럼 해야 한다. 저녁에 퇴근해서는 오늘도 과중한 업무로 얼마나 피곤했는지를 은연중 드러내야 한다. 그래야 의심을 안 한다. 완전범죄를 꿈꿔 보자. 그렇게 해야 다음에도 남몰래 휴가를 즐길 수 있다. 그러나 저러나 이제 어쩌나. 이렇게 셀프 포상휴가 이야기를 책에 썼으니 포상휴가는 끝났다고 봐야겠다.

반차 말고도 다른 포상방법이 있다. 한 10만 원 정도에서 맘껏 책을 사는 것이다. 새 책 7, 8권은 살 수 있다. 지난주에는 오에 겐자부로의 『개인적인 체험』, 헤밍웨이의 『태양은 다시 떠오른다』와 『누구를 위하여 종을 울리나』, 강원국의 『대통령의 글쓰기』, 김중혁의 『가짜 팔로 하는 포옹』 등을 샀다. 사다 보니 10만 원을 훌쩍 넘겼다. 4원칙을 잘 지켜 책도 사고 포상 휴가도 떠났으니 일석이조가 따로 없다. 이렇게 당근을 듬뿍 줘야 다음에도 4원칙을 잘 지킨다. 하긴 이 글을 쓰는 요즘에는 4원칙을 잘 지켜 따로 대대적 포상을 하지 못하고 있다. 어느 정도 독서와 글쓰기의 습관화가 달성된 것이다.

포상휴가와는 반대로 독서 4원칙을 지키지 않으면 벌이 내려지기도 한다. 다행히 이를 지키지 않는 경우는 거의 없다. 2015년 하반기에 4

원칙을 어긴 적이 딱 한 번 있다. 그럼 벌칙은 뭘까? 벌칙은 밥 한 끼를 굶는 것이다. 벌칙으로 점심을 굶었는데 나는 밥을 굶고는 못 사는 체질이라 그런지 정말 배고파 죽는 줄 알았다. 나는 굳게 다짐했다. 초등학교 시절 국기에 대한 맹세를 하듯이.

'어떤 일이 있어도 매일 책을 읽든지 글을 쓰자!'

만약 다음에 독서 4원칙을 어기면 나에게 하루 동안 커피를 마시지 못하게 하는 중형重刑을 내릴 생각이다. 나에게는 밥 한 끼 굶는 것보다 하루 커피를 못 마시게 하는 것이 훨씬 가혹한 벌이다. 사무실에서 원두를 직접 갈아 마시는 커피는 맛이 정말 좋다. 하루 2, 3잔을 마신다. 하루 동안 커피를 마시지 못한다면…, 아마 금단현상으로 괴로운 하루를 보낼 것이 뻔하다. 커피를 마시지 못하는 날이 없도록 나는 책 읽기나 글쓰기를 하루도 빼놓지 말고 열심히 해야 할 것이다.

형! 그 애, 내 딸이야

☺ ☺ ☺

멍 때리기라는 말이 나왔으니 잠깐 삼천포로 빠져 보자. 몇 달 전 오랜만에 후배를 만나서 이런저런 얘기를 나눴다. 우리는 주로 책 얘기를 하고 세태를 푸념했다. 그런 와중에 후배는 요즘 책을 읽으면 인터넷에 서평을 남긴다고 자랑했다. 그 얘기에 내가 불쑥 말을 이었다.

"사람들은 다들 여유가 없이 사는데 넌 참 대단해!"

"그렇지, 형! 내가 생각해도 대단해" 하고 후배가 맞장구를 쳤다.

"여유를 가지고 삶도 한 호흡 쉬어가면 좋은데 사람들은 멍 하는 일이 없는 것 같아. 그런데 참, 멍 때리기라는 대회에서 우승한 꼬마 표정 봤어?"

후배가 갑자기 말이 없다. 그런 대회가 있었다는 걸 모르는 건가. 그러다 불쑥 목소리를 높였다.

"형! 그 애 내 딸이야!"

"헉! 정말?"

세상에 이럴 수가! 기사에서 우리나라 첫 멍 때리기 우승자 표정을 보고 깜짝 놀랐었다. 대회의 우승자가 겨우 초등학교에 다니는 꼬마 여자 애였는데 어떻게 그런 표정을 지을 수 있단 말인가? 세상을 달관한 표정이었다. 대단했다. 숱한 어른들을 물리치고 우승한 그 표정은 아무도 따라갈 수 없는 최고의 모습이었다.

후배는 오히려 담담했다. 그는 딸의 학원 선생님이 아이가 수업시간에 가끔 멍한 상태로 있다는 얘기를 듣고 아내에게 "한번 멍 때리기 대회에 보내 볼까?"라고 제안했다며 출전배경을 설명했다.

이후 멍 때리기 대회는 중국, 독일 등으로 퍼져 나갔다는 얘기를 들었다. 이것은 아마 현대사회가 얼마나 삭막하게 돌아가는지를 대변해주는 것 같다. 전 세계가 비슷한 것 같다.

나에게는 독서 4원칙이 있다

❀ ❀ ❀

앞에서도 얘기했지만 독서 4원칙은 좀처럼 책을 읽지 않는 나에게 책 읽기를 습관화하기 위해 스스로 정한 규율이다. 책 읽기와 관련된 원칙을 만들어 무조건 지키도록 하자는 취지다. 내가 강력한 독서 4원칙을 만들어 책 읽기를 실천하기 전까지 나는 숱하게 많은 실패를 해왔다. 마음먹고 책 좀 읽으려고 하면 온갖 핑곗거리가 생긴다. 친구의 저녁먹자는 전화는 기본이고, 회식에 야근까지 생겨 책 읽기나 글쓰기를 하려는 마음은 온데간데없이 사라진다. 그와 같은 실패를 숱하게 해왔다. 오죽했으면 독서 4원칙이라는 것을 만들어 대내외에 선포했겠는가. 아마 여러분은 나의 마음을 충분히 이해할 것으로 믿는다.

첫 번째 원칙은 '휴대북(Book)'이다. 휴대북은 휴대폰에서 빌려 온 개념인데 항상 휴대폰을 들고 다니듯 책을 들고 다니자는 개념이라고 보면 된다. 책을 읽든 읽지 않든, 손에 들든 가방에 넣고 다니든 항상 책을 갖고 다니자는 것이다. '책을 갖고 다니다 보면 반드시 읽게 된다'는 독서 애호가들의 조언을 적용했다.

나는 첫 번째 원칙인 휴대북을 실천하면서 덤으로 아내와의 사이도 좋아졌다. 아내는 가끔 서울을 가는데 나는 항상 도착할 시간에 맞춰 역에서 기다리다가 태워 오곤 한다. 아내는 항상 "택시 타고 갈게"라며 나오지 말라고 하지만 그 말을 덥석 믿으면 낭패를 본다. 그랬다가는 나중에 어떤 후유증에 시달릴지 모른다. 남자들은 모두 알 거다. 그래서 나오지 말라고 하면 할수록 꼭 나가야 한다. 그런데 고속버스를 이용할 경우에는 정체 때문에 늦게 도착하는 일이 많다. 그럼 예전의 나는 십중팔구 짜증을 냈다.

"왜 이렇게 늦어?"

"차가 밀리잖아."

이어서 아내의 짜증은 나의 것보다 곱빼기가 되어 돌아온다.

"다음부턴 나오지 마!"

상황이 이렇게 되면 아내에게 점수를 따려던 작전은 역효과를 낸다. 점수를 따기는커녕 오히려 부부싸움으로 비화되기 일쑤이다. 하지만 휴대북을 실천하면서 상황은 역전됐다. 아내가 20, 30분 늦는 것은 내게 아무 일도 아니다. 아니 오히려 아내가 늦는 것은 내가 책을 읽을 수 있는 시간을 확보하는 것이니 기쁜 일이다. 난 아내가 아무리 늦어도 "여보, 이제 왔어!" 하고 코맹맹이 소리로 맞는다. '짜증 남편'에서 '애교 남편'으로 변신 완료!

두 번째 원칙은 첫 번째와 연관이 있다. 첫 번째의 보조원칙이라고나 할까? 바로 BMW원칙이다. BMW는 버스(Bus), 지하철(Metro), 도보 (Walking) 즉 대중교통을 말한다. 노벨문학상을 수상한 프랑스 작가 앙드레 지드의 "나는 걸으면서 책 읽기를 좋아하여 무엇인가 인쇄물을 갖고 나가곤 했다"는 구절을 상기하면 좋을 듯하다. 앙드레 지드는 독서뿐만 아니라 원고도 길에서, 혹은 지하철에서까지 썼다는 점을 생각해 보면 나를 이해할 수 있을 것이다.

2015년 나는 근무하는 연구원에서 보내주는 과학기술 최고위과정을 다녔다. 이 과정을 운영하는 자연사박물관은 계룡산 중턱에 있었다. 연구원에서 계룡산까지는 승용차로 가면 20분밖에 안 걸리지만 대중교통을 이용하면 한 시간 이상이 소요된다. 나는 이 과정을 다니는 동안 대부분 대중교통을 이용했다. 대전에서 계룡산이 있는 충남 공주까지 가는 버스를 기다리고, 타고 가는 동안 나는 멍 때리기를 즐겼다. 날이 밝은 경우에는 버스에서 내려 박물관까지 걷는 동안 책을 읽기도 했다. 그때 집어든 책이 공교롭게도 밀란 쿤데라의 『느림』. 이 글을 쓰면서 서재에 있는 『느림』을 꺼내서 펼치니 책 앞부분에 그날의 계룡산 가는 길의 감흥이 적혀 있다. 적어도 계룡산 자락을 걸을 때는 나도 시인이었다.

"가을날 느리게, 아주 느리게 밀란 쿤데라의 『느림』을 만끽하면서⋯."

책은 상황에 따라 묘하게 잘 맞아 떨어질 때가 많다. 이 책이 그렇다. 밀란 쿤데라의 『느림』이 어떤 책인가. 한 작가 부부가 18세기의 고성古城에서 들은 200년 전의 사랑이야기를 통해 '빠름'만이 미덕으로 통하는 오늘의 세계에서 '느림'이 갖는 미덕을 깨닫는다는 이야기가 아닌가. 밀란 쿤데라는 이 작품에서 현대의 기술문명이 누리고 있는 속도에 대한 숭배를 비판하면서 저물어가는 20세기의 세기말적 삶의 반성을 촉구한다. 나는 계룡산을 버스로 다니면서 틈틈이 『느림』을 읽었다. 그러면서 정보통신기술의 빠름에 어떻게 대처해 나갈 것인지를 생각했다. 전광석화 같은 이 초스피드의 시대를 어떻게 적응하며 살아갈 것인지를 고민하고, 계룡산의 가을 풍경을 만끽하며 느림의 즐거움은 어디가고 온통 LTE급 속도경쟁만 하는지를 생각했다. 그 길은 내게 어떻게 '느림의 미학'으로 올바른 인간으로 살아갈 것인지 고민하는 계룡산 등반길이었다.

서평 블로거가 된 빌 게이츠

✿ ✿ ✿

세 번째 원칙은 빌 게이츠 따라하기다. 그가 평일에는 한 시간, 주말에는 세 시간을 독서에 투자한다는 얘기를 듣고 나도 빌 게이츠처럼 따라하자는 것이다. 생각보다 별로 어렵지 않은 일이었다. 실천 가능했다. 오히려 그 이상 책을 읽고 있다. 점심시간만 잘 활용해도 된다. 구내식당에서 조금 서둘러 식사를 하면 열두 시 조금 지나면 식사가 끝난다. 그러면 나머지 점심시간을 독서에 활용할 수 있다. 혹 점심때 외부에서 식사 약속이 있을 경우에는 업무시간을 마친 후 약 한 시간가량 책을 보고 퇴근한다. 쉽게 실천할 수 있는 원칙이다.

나는 이러한 빌 게이츠 따라하기 시간활용으로 사이토 다카시의 『독서는 절대 나를 배신하지 않는다』를 읽었다. 정확히 5일 걸렸다. 하지만 아쉬운 점은 이 책의 내용이 '독서는 가끔 나를 배신할 수도 있다'는 사실을 주지시켰다는 것이다. 제목이 그럴 듯하다고 책을 사면 후회할 확률이 높다. 하지만 끌리는 책을 안 읽었을 경우 '읽어야지, 읽어야 할 텐데…'라고 할 것이 분명하기 때문에 후회하더라도 빨리 사서 읽는 것도 나쁘지 않다. 어차피 읽을 거면 빨리 읽어 치우는 것도 방법이라면 방법이다.

빌 게이츠의 블로그 '게이츠 노트(Gates Notes)'의 독서목록에 2010년부터 지금까지 읽은 200여 권의 책 표지와 함께 서평이 올라와 있다. 빌 게이츠가 서평을 올린 책은 판매가 증가하는 등 게이츠는 서평가로서 날로 인기가 오르고 있다고 한다. 누가 아는가. 빌 게이츠 따라하기를 열심히 하다가 나도 빌 게이츠처럼 서평 블로그로 뜨게 될지!

　마지막 원칙은 한 달에 두 번 클럽(CLUB) 가기다. 클럽에 '가지 말기'가 아니라 '빠지지 말기'다. 여기서 클럽은 독서클럽을 말한다. 2000년대 중반부터 참여하고 있는 독서클럽에 빠지지 말고 참석하는 것이다. 요즘 나는 이런저런 핑계를 대며 독서클럽 백북스 모임에 많이 빠졌는데 혼자서 책을 읽기 어려울 때는 책을 좋아하는 사람들과 모임을 하면서 같이 읽는 것이 좋다. 다른 사람들의 생각과 내 생각을 비교해 보기도 하고, 다른 사람들의 생각을 이해하는 시간이 되기도 한다. 그런 이유 때문인지 미국의 시인 에머슨은 '같은 책을 읽는다는 것은 사람들 사이를 이어주는 끈'이라고 강조하지 않았던가!

　바쁜 일상 중에도 하루 세 끼 식사를 챙기듯 스스로 시간을 내어 독서를 한다면 얼마나 좋겠는가. 얼마나 책을 안 읽으면 책을 읽을 수밖에 없도록 독서 4원칙을 만들어 자신에게 실천을 강요하고 있는가 하고 답답해하는 사람도 있을 것이다. 하지만 어쩌겠는가. 이조차도 안 하면 의미 없이 하루하루가 지나갈 것이 뻔한데….

　스스로 독서가 안 되는 사람은 나처럼 강압적으로 자신을 밀어붙일 수밖에 없다. 다른 방법이 없지 않은가? 처음에는 힘들지만 곧 습관이 된다. 습관이 될 때까지 조금만 참으면 된다. 그렇게 되면 독서 4원칙을 지키는 것이 그렇게 어렵지 않다. 식은 죽 먹기다. 나도 벌써 그렇게 됐다. 나도 하는데 여러분은 나보다 훨씬 낫지 않은가?

05

내가 어디로 퇴근하는지
궁금하세요?

바쁜 일상에서 내가 속해 있는 체제에 대해.
별 생각 없이 살아온 것에 대해 지금 이 순간,
『멈춰라, 생각하라』를 읽는 순간만이라도
'일단 정지'할 것을 제안한다는 생각이 들었다.
"지금은 빨간불, 잠깐 멈춰서야 한다."

너무 가벼운 책만 보는 건 아닐까?

❀ ❀ ❀

"책 읽기 가장 좋은 곳은 침상, 말 안장, 화장실이다. 책을 읽고자 하
는 뜻이 진실하다면 장소는 문제 될 게 없다."

중국 송나라 때 정치가 겸 문인 구양수는 책 읽기 좋은 곳으로 위와
같이 세 곳을 꼽았다. 침상과 화장실은 공감이 가지만 말 안장은 경험
을 해보지 못해 알 수가 없다.
"혹시 독서나 글쓰기를 어디서 하세요?"

대부분 사람들은 집이나 서재, 사무실, 카페라고 답할 것이다. 물론 구양수처럼 확실한 '자기만의 아지트'를 가진 사람도 있을 것이다. 나도 다른 사람들과 마찬가지로 카페에서 책을 읽거나 글을 쓴다. 카페에 익숙해지면 조용한 곳보다는 어느 정도 소음이 있어야 독서나 글쓰기가 잘 된다. 너무 조용하면 오히려 집중이 안 된다. 이른바 백색소음(white noise)이다. 조그만 소리조차 내기 힘든 도서관보다는 약간의 소음이 발생하는 환경에서 공부가 더 잘 된다는 것이다.

　2012년 미국 시카고대 소비자연구저널은 50~70데시벨(dB)의 소음이 완벽하게 조용한 상태보다 집중력과 창의력을 향상시킨다는 연구결과를 발표했다. 한국산업심리학회의 연구에서도 정적 상태보다는 약간의 소음이 있을 때 집중력은 47.7%, 기억력은 9.6% 좋아지고, 스트레스는 27.1% 감소한다는 연구결과를 선보이기도 했다. 오죽하면 내가 좋아하는 작가인 사이토 다카시는 자신의 다작 비결을 '카페에서 일하기'라고 했을까? 그의 책은 우리나라에 번역된 것만도 20여 권이 넘는다. 지난 30여 년 동안 카페를 집필 장소로 애용해온 그는 이 경험을 살려 『15분이 쓸모 있어지는 카페 전략』이라는 책을 내기도 했다. 다카시는 타인의 시선과 개방된 공간, 자유로운 분위기를 카페의 장점이라고 설명한다.

　앞에서도 얘기했지만 나는 주로 카페에서 책을 읽거나 글을 쓴다. 그렇지만 문제가 있기도 하다. 카페에서는 어쩐지 쉬운 책만 읽게 된다. 심각하게 머리를 쥐어뜯는 책은 읽지 않는다. 나의 무식이 탄로날 만한 책은 피한다. 프란츠 카프카가 얘기한 것처럼 머리를 도끼로 칠 만한 책은 읽지 않는 것이다.

어느 순간 나는 카페에서 『나이 서른에 책 3,000권을 읽어보니…』, 『여자와 책』, 『책 읽는 여자는 위험하다』, 『독서는 절대 나를 배신하지 않는다』, 『어느 책 중독자의 고백』, 『최준영의 책고집』, 『사는 게 뭐라고』 등과 같이 별 고민 없이 읽을 수 있는 책만 붙들고 있었다. 그러다 어느 날 나는 건명원建明苑이라는 곳에 꽂혔다. 입학하고 싶었다. 건명원이 어떤 곳인가? 건명원은 노자의 '도덕경道德經' 전문을 암기하고, 키케로·플루타르코스 같은 작가의 라틴어 원전을 통째로 외우는 방식으로 수업을 진행하는 21세기의 스파르타식 서당이다. 건명원은 매주 출석과 시험, 과제를 종합해 부적격 수강생을 탈락시키는 21세기의 강압적인 학사일정을 추구한다. 그런데 재미있는 것은 2015년 처음 30명을 뽑는 이 건명원의 지원자가 1천 명을 넘었다는 것이다. 건명원에 왜 이렇게 사람이 몰리는 걸까?

'뭔가 좀 심각해져야 하지 않을까?' 며칠째 그런 생각을 하며 출근을 하는데 '최신 독서실 오픈!'이라는 플래카드가 눈에 번쩍 뜨였다. '아, 바로 저거다!' 퇴근 후 곧장 독서실로 갔다. 키가 큰 반바지 차림의 매니저가 쭈뼛쭈뼛하는 나에게 말을 건넸다.

"어서 오세요!"

"독서실 좀 보려구요."

"자녀분 보내시게요? 최신 시설이라 학생들이 좋아해요."

"아뇨, 제가 오려구요."

"아! 그러세요. 요즘 직장인분들도 많이 와요."

매니저는 뒤늦게 수습에 나섰지만 이미 늦었다. 하지만 상관없다. 그녀는 나에게 열람실과 카페 등을 소개했다. 말처럼 최신식 시설이 내 맘에 쏙 들었다. 여기서 좀 심각한 책을 읽어 보자!

"오픈 기념으로 2만 원 깎아 드리고 있어요."

"아, 그래요? 등록할게요."

카드를 긁었다. 거액 17만 원을 투자했다.

책의 목차를 짜다

❀ ❀ ❀

나의 '지천명 독서실 프로젝트'는 이렇게 시작됐다. 이번 프로젝트의 목표는 간단하다. 딱 두 가지다. 하나는 지금 여러분이 읽고 있는 이 책의 목차를 짜는 것이고, 다른 하나는 그동안 기피했던 심각한 책 서너 권을 읽는 것이다. 물론 심각하다고 해봐야 얼마나 심각할지 모르지만 카페에서 가볍게 읽는 책은 극복해 보자는 것이다. 요즘 사람들은 무겁고 부담되는 것은 피하고, 가벼운 것만 찾는다는 생각이 든다. 이런 현상은 독서 습관에서도 마찬가지다.

독서실 등록 첫날, 분위기를 파악하기 위해 가방에 있는 책을 뒤적이다 좀 이른(?) 열한 시에 집으로 돌아가려는데 그 시간까지 중·고등학생들은 집에 갈 생각을 안 한다. 독서실은 새벽 두 시에 문을 닫는데 고등학생들은 주로 문을 닫는 두 시까지 독서실에 있다가 집에 간다고 한다. '하긴 고등학생인 딸도 새벽 두세 시까지 공부하는 건 예사 아닌가.' 정말 이렇게까지 학생들이 공부에 내몰려야 하는가. 고교 시절, 새벽까지 놀아보기는 했지만 그 시간까지 공부해본 적이 없는 나로서는 요즘 세태를 이해할 수가 없다.

아내에게 독서실 등록 사실을 보고(?)했다. 아내의 반응이 시큰둥하다.
"얼마나 대단한 걸 하려고?"
"뭘 좀 할 게 있어서……."라고 나는 말끝을 흐렸다.
딸의 반응은 한술 더 뜬다.
"아빠 참! 희한한 사람이야! 남들이 안 하는 이상한 거만 해!"
나의 '지천명 독서실 프로젝트'는 아내와 딸의 전폭적 지지를 받지는 못했지만, 반대 없이 순조롭게 막을 올렸다. 이후 회사에서 퇴근하면 집으로 향하는 대신 독서실로 갔다. 마치 수험생처럼 독서실에서 지냈다. 그리고 두 개의 프로젝트를 진행했다. 주말에는 온전히 독서실에서 보냈다. 독서실이 문을 여는 오전 9시에 출근해 밤늦게까지 프로젝트를 완수해 나갔다. 옆 자리의 중·고등학생들과 함께 사생결단의 자세로 독서실 프로젝트에 임했다. 나는 다시 고3이 된 듯한 기분이 들었다.
이미 말한 것처럼 첫 번째 독서실 프로젝트는 이 책의 목차를 정하고 어떻게 쓸 것인지 밑그림을 그리는 것이었는데 결과물을 얻었으니 성공이라고 할 수 있겠다.

두 번째 프로젝트는 심각한 책을 읽자는 것이다. 그 시작은 몽테뉴로 시작했다. 아마 몽테뉴의 『수상록』을 모르는 사람은 없을 것이다. 인생에 대한, 인간에 대한, 삶에 대한 몽테뉴의 통찰과 철학을 담고 있다. 프랑스 법관이었던 몽테뉴가 은퇴 후 인생에 대한 자신의 견해를 담은 에세이다. 중·고교 시절, 교과서에서 말로만 들었던 『수상록』을 졸업 후 30년 만에 독서실에서 펼쳤다.

키케로(Cicero)는 "철학을 하는 것은 죽음을 준비하는 것에 지나지 않는다"라고 말했다. 철학의 연구와 사색은 우리에게서 영혼을 끌어내어 그로 하여금 육체 이외의 일에 분주하게 하며, 따라서 그것은 일종의 죽음의 연습이며 죽음의 모방이기 때문이다. 또한 세상의 모든 지혜와 이지理智는 결국 죽음을 두려워하지 말 것을 가르친다는 점에 귀착하기 때문이다.

고대인들 대부분의 견해가 "인생에 즐거운 일보다 괴로운 일이 더 많아지면 죽어야 할 때가 된 것이다. 고통과 불행을 견디면서까지 목숨을 부지하는 것은 자연의 법칙에 어긋나는 것이다"라는 점에서 일치하는 것을 보아 왔다.

나는 『수상록』을 통해 인간이 인간답게 살려면 어떻게 살아야 하는가? 죽음이란 무엇인가? 살아 있는 동안 어떻게 살 것인가? 고민했다. 인생의 지혜란 세월이 흘러도 변하지 않는 것인가? 500년 전에 몽테뉴의 통찰이 현재도 이렇게 큰 울림으로 다가오는 것을 보면 몽테뉴의 혜안을 엿볼 수 있다. 인생의 맛과 깊이를 깨닫게 해준 『수상록』이었다. 몽테뉴는 서른여덟 살의 나이에 『수상록』과 같이 후세에 남을 역작을 썼는데 나는 뭔가 하는 생각에 이르렀다. 무려 500년 전 몽테뉴는 어떻게 이와 같은 에세이를 썼을까.

몽테뉴의 『수상록』에 이어 빼든 책은 슬라보예 지젝의 『멈춰라, 생각하라』이다. 이 책은 내게 명령하는 것 같았다. 잠시 동안 모든 걸 멈추고 현 체제의 본질과 유지 원리를 곰곰이 생각하고, 세계의 근본적인 변화를 위해 냉철히 고민할 것을 요구하는 것처럼 느껴졌다. 바쁜 일상에서 내가 속해 있는 체제에 대해, 별 생각 없이 살아온 것에 대해 지금 이 순간, 『멈춰라, 생각하라』를 읽는 순간만이라도 '일단 정지'할 것을 제안한다는 생각이 들었다.

'지금은 빨간불, 잠깐 멈춰서야 한다.'

정말로 자본주의라는 짐승과 함께 가는 것만이 우리가 생각할 수 있는 유일한 최선의 방법이었을까? 아무리 자본주의가 생산적이라고 해도, 이 체제를 유지하기 위해 치러야 할 대가가 너무 커진다면 어떻게 해야 할까?

2012년 현재, 우리는 어디에 서 있는가? 2011년은 급진적인 해방정치가 전 세계적으로 부활하며 위험한 꿈을 꾼 한 해였다. 그로부터 1년이 지난 지금, 그러한 각성이 얼마나 취약하고 모순적인지를 입증하는 새로운 증거들이 매일같이 날아들고 있다.

『멈춰라, 생각하라』를 읽으며, 지난 2011년 월가점령시위부터 아랍의 봄을 통해 번져 나온 '해방의 꿈'과 총기 난사로 70여 명의 목숨을 앗아간 노르웨이의 브레이비크 사건과 같은 '파괴의 꿈'을 동시에 볼 수 있었다.

슈테판 볼만의 『길어진 인생을 사는 기술』은 그의 또 다른 책 『여성과 책』을 읽고 너무 재미있어 중고서점에서 산 책이다. 단돈 4천 원의 싼 맛에 『길어진 인생을 사는 기술』을 사서 책꽂이에 꽂아 두고 있었는데 이번에 읽게 됐다. 요즘 공공연히 얘기하는 백세 시대를 맞아 어떻게 살아야 하는지 고민을 듬뿍 안긴 책이다. 그 해답은 다음의 인용문처럼 괴테의 삶에서 찾아보는 것은 어떨까?

우리는 길어진, 그리고 점점 더 길어지는 인생이 어떤 새로운 삶의 가능성을 제공하는지에 대해 생각해야 하고, 서로서로 의견을 교환해야 한다. 이런 방식으로 개인의 긴 인생과 고령화 사회가 동반하는 여러 가지 개인적, 사회적 문제들을 해결할 수 있을 뿐 아니라, 질적으로 만족스럽고, 풍성하고 자유로운 삶을 살게 될 것이다.

괴테의 삶이 흥미로운 것은 그가 다양하고 풍성한 인생을 살았기 때문이다. 괴테의 삶은 우리가 우리에게 허여된 긴 인생을 짧은 인생 플러스 30년, 40년, 혹은 50년의 구조로 파악하면서 긴 인생에 대한 미흡한 개념을 가지고 있음을 보여준다.

지천명 독서실 프로젝트 '대성공'

✿ ✿ ✿

슈테판 볼만의 『길어진 인생을 사는 기술』이 내가 이번 독서실 프로젝트에서 추구하는 '심각한' 독서라고 할 수 있냐고 반문하면 반박하기는 궁색하다. 하지만 나는 이 책을 몽테뉴의 『수상록』, 슬라보예 지젝의 『멈춰라, 생각하라』와 함께 그냥 심각한 책으로 분류하고 싶다. 적어도 나한테는 그랬으니까.

결론적으로 내 독서실 프로젝트는 어려웠지만 끝까지 잘 마무리됐다. 지천명 독서실 프로젝트는 대성공이다. 앞서 얘기했지만 책의 목차를 정리해서 이 책이 나오는데 결정적으로 기여했다. 그동안 책을 써야지, 목차를 짜야지 하는 등 막연히 계획만 세웠었는데 구체적인 실행을 한 것은 크나큰 성공이다. 자평해 보자면 밑그림을 잘 그린 것처럼 느껴진다. 지금 이 책이 나오기까지 독서실은 절대적 공헌을 했다. 일등공신이다.

때로는 퇴근 후 사무실에서의 피곤이 몰려와 집으로 가서 늘어지게 쉬고도 싶었지만 나는 꾹 참고 독서실로 퇴근했다. 지금 생각해도 대견하지 않을 수 없다. 가끔 열람실에서 꾸벅꾸벅 졸기도 했지만, 옆에서 열공하는 딸 또래의 학생들과 함께 나도 독서 의지를 불태웠다.

06

나는 매일
런치 스페셜을 먹는다

『삶을 바꾸는 책 읽기』에서 책을 읽을 시간이 없다고
투덜대는 사람들에게 뭐라고 했던가.
명확하게 기억은 안 나지만 '의지의 문제'라고 했다.
책 읽을 의지만 있다면 어떻게 해서든
시간은 마련할 수 있다는 것이다.
나도 더 이상 책 읽을 시간이 없다고 핑계대지 말고
'런치 스페셜'을 활용키로 했다.

말띠는 가을에 살찐다?

❀ ❀ ❀

가을이다. 천고마비天高馬肥의 계절이다. 가을 하늘이 높으니 말이 살찐다. 그런데 이게 웬일인가. 내가 왜 이렇게 살이 찌는가? 나는 말이 아니다. 사람이다. 다만 좀 찔리는 것은 말띠라는 것이다. 그뿐이다. 그런데 왜 이렇게 살이 찌는가? 170센티미터에 80킬로그램이라니, 그야말로 '헉'이다. 최근 TV 프로그램에서 배가 나오고 팔다리가 가는 사오십 대 중년 남성들을 '거미'라고 빗댄 말이 떠오른다. 나는 사람이 아니고 거미란 말인가? 하긴 언제부턴가 아내와 딸의 눈초리가 예사롭지 않다. 마치 징그러운 거미를 보고 있는 듯한 느낌을 지울 수가 없다.

"그래! 결심했어!"

나는 오래 전 오락 프로그램에서 당시 잘 나가던 개그맨 이휘재가 한 것처럼 다짐했다. 운동도 운동이지만 일단 먹는 양을 줄이기로 했다. 결심한 것은 점심식사 양을 줄이고, 저녁도 회사에서 간단히 먹는 것이다. 물론 야식은 금물. 하지만 아내와 딸이 유혹할 때 한 번씩 넘어가 주는 센스를 잃으면 집에서 쫓겨날지도 모르니 가끔 야식은 같이 먹어 줘야 한다. 나는 아내에게 선포했다. 아니 부탁했다. 점심에 고구마, 떡 등으로 간단히 도시락을 준비해 달라고. 살 뺀다는 말에 아내도 흔쾌히 수락했다. 요즘은 점심시간에 아내가 준비해준 간편 도시락을 먹는다. '사랑의 도시락'이다.

사랑의 도시락을 먹으며 책을 읽는다. 점심식사를 하면서 책을 보는 나만의 시간을 '런치 스페셜(Lunch special)'이라고 명명했다. 왜 식당에 가면 항상 점심 메뉴로 런치 스페셜이 있지 않은가. 런치 스페셜은 피자집에도, 일식집에도, 중국집에도, 한식집에도 다 있는 메뉴 아닌가. 심지어 나는 분식집에서도 런치 스페셜을 봤다. 점심도 먹고 책도 보고, 그야말로 일석이조다. 나는 두 마리 토끼사냥에 나섰다.

정혜윤은 『삶을 바꾸는 책 읽기』에서 책을 읽을 시간이 없다고 투덜대는 사람들에게 뭐라고 했던가. 명확하게 기억은 안 나지만 '의지의 문제'라고 했다. 책 읽을 의지만 있다면 어떻게 해서든 시간은 마련할 수 있다는 것이다. 나도 더 이상 책 읽을 시간이 없다고 핑계대지 말고 '런치 스페셜'을 활용키로 했다. 이 시간만 활용해도 족히 한 시간은 책을 읽을 수 있다. 하루 한 시간이면 굉장한 시간이다. 직장에 얽매여 있는 사람에게는 황금 같은 시간이다. 출장, 외부와의 점심약속 등 아주 불가피할 경우를 제외하면 일주일 중 네 번은 런치 스페셜을 즐긴다. 일주일이면 웬만한 책 한 권은 다 읽는다. 최근 내가 결정하고 행동한 것 중 최고의 아이디어다. 다른 사람들에게 막 자랑하고 싶다.

첫 번째 런치 스페셜은 기생충?

자! 그럼 이제 나와 같이 런치 스페셜을 즐겨 보자. 나의 첫 번째 런치 스페셜은 기생충학자 서민 교수의 『서민적 글쓰기』. 왜 '첫 번째 메뉴가 기생충학자의 책이냐'고 따질 사람도 있을 테지만, 나는 서민 교수의 책을 읽어 보고 싶었다. '기생충 점심'을 먹을 수밖에 없다. 그의 전공인 기생충이 생각나서 다소 역겨울 수도 있겠지만 나는 『서민적 글쓰기』를 읽기 시작했다.

우려와는 달리 무척 재미있어서 역겨움보다는 즐거움으로 책을 읽어나갔다. 책의 곳곳에서 흥미진진한 에피소드를 감칠 맛나게 들려줘 밥 먹다가 몇 번을 웃었는지 모른다. 먹던 음식이 밖으로 튀어나온 적도 있다. 서민 교수는 못생긴 걸 무기삼아 현재까지 살아온 얘기를 솔직히 들려준다. 못생긴 걸로 따지면 나도 만만찮은데 그 캐릭터를 서민 교수한테 빼앗긴 것 같다. 읽으면서 때론 서민 교수가 너무 진솔해서 이런 얘기까지 해야 하나 하는 생각도 들었다. 대학 때 미팅얘기를 할 때는 너무 안쓰러워 눈물이 나려고 했다. 나이 먹은 오십 대 아저씨들은 다른 사람들 얘기에 쉽게 감동해 눈물을 찔끔거린다.

미팅이라도 나가면 내 얼굴을 본 여학생들은 깜짝 놀라곤 했다. 겉으로 놀란 체 하지 않으려고 애쓰는 모습을 보는 것도 마음 아팠다. 한 여학생은 도저히 못 참겠는지, 주선해준 분이 "그럼 둘이 얘기해"라며 자리를 뜨는 순간 주선자의 팔을 황급히 붙잡더니 이렇게 말했다.
"언니, 잠깐만 기다려요. 금방 일어날게요."
만난 지 5분도 안 되어 "금방 일어날게요"라고 말하는 파트너라니, 내 생각은 전혀 안 한 게 분명했다. 어떤 분은 내 얼굴을 보면서 한숨을 짓더니 다짜고짜 "우리 그만 일어나죠"라고 했던 적도 있다.

서민 교수는 여대생들로부터 까이고, 버림받고 나서 소위 뜨기 위해 글쓰기 지옥훈련을 했다. 블로그를 개설하고 독서와 글쓰기를 병행했다. 한 달에 10권 이상 책을 읽고 하루 두 편씩 글을 썼다. 대단하다. 글쓰기 고수가 괜히 나오는 것이 아니다. 그는 술이 떡이 돼서도 글을 쓰고 잤다고 고백했다. 10여 년 동안 이렇게 하다 보니 어느 순간 자신을 표현하는 방법과 글쓰기의 특징을 파악할 수 있었다고 한다.

우선 하루에 두 편 이상 글을 썼던 게 비결이었다. 워낙 그런 훈련을 많이 한 덕분에, 이제는 두 편 정도의 글감을 찾는 건 일도 아니었다. 완성도 높은 글이 아닐지라도 꾸준히 올리다 보니 블로그가 풍성해 보였다. 읽을거리가 많아지니 자연스럽게 사람들도 몰려들었다.

서민 교수의 기생충 런치 스페셜에 이은 다음 메뉴는 김훈의 『라면을 끓이며』. 언젠가 최재천 생태원장의 '나윤선의 진화'라는 칼럼에서 아래와 같은 구절을 읽고 '김훈 라면'을 내 런치 스페셜 식탁에 올리기로 마음먹었다.

소설가 김훈의 『라면을 끓이며』에는 "다윈은 아직도 관찰 중이고, 진화론은 지금 진화 중이다"라는 명문이 나온다. 그렇다. "나윤선은 아직도 관찰 중이고, 재즈는 지금 진화 중이다."

김훈의 『라면을 끓이며』는 오래전 절판된 『밥벌이의 지겨움』, 『너는 어느 쪽이냐고 묻는 말들에 대하여』, 『바다의 기별』에서 산문을 가려 뽑고, 새로 쓴 원고 400매 가량을 합쳐 펴낸 책이다. 읽고 싶어도 읽을 수 없었던 글을 만날 수 있다는 기쁨에다 새로운 원고를 읽는 설렘까지 더해졌다. 다른 무엇보다 아버지 등 가족 이야기부터 기자 시절에 쓴 글, 최근 도시를 견디지 못해 동해와 서해의 섬에 들어가 생활하며 쓴 글들은 맛깔스러웠다. 책 광고에서 얘기한 '김훈 산문의 정수'를 느낄 수 있다.

『라면을 끓이며』에는 김훈이 2012년 초가을부터 2013년 봄까지 8개월 동안 경북 울진군 죽변면 후정리 바닷가에서 머물 때 얘기가 몇 차례 나온다. 이때 김훈은 한국해양과학기술원 동해연구소에서 머물렀다. 연구원은 저자에게 집필실 한 칸과 원룸식 숙소, 그리고 구내식당의 밥을 제공해주었다. 5년 정도 정부출연연구원의 홍보팀장을 한 나로서는 연구원을 홍보할 수 있는 방법에 '이런 것도 있구나' 하고 생각했다. 김훈은 바닷가에 머문 경험을 토대로 「바다」, 「남태평양」, 「갯벌」 등 주옥같은 이야기를 쏟아냈다. 자연스레 한국해양과학기술원의 연구개발(R&D) 분야가 알려졌다. 홍보로서는 최고의 방법이라는 생각이 든다. 이거 직업병인가?

「목숨 2」라는 글에서 나는 김훈의 삶의 경지를 온 몸으로 느꼈다. '우리의 삶이 병과 공존하는 것'이라는 것이 어디 보통 경지인가. 『라면을 끓이며』를 읽어보지 못한 사람은 다음의 글에서 김훈의 내공을 느껴보시라.

젊은 의사는 나에게 "어디가 아프냐", "얼마나 아프냐"고 묻는다. 병은 나 자신의 생명 속에서 발생한 실존적이고도 사적인 현상이다. 내 병은 나의 생명현상인 것이다. 나는 나의 병을 나 자신의 몸으로부터 분리시키지 못한다. 나는 나의 병을 객관화하지 못하고 대상화하지 못한다. 그러나 젊은 의사는 기어코 나의 병을 대상화시킨다.

런치 스페셜, 바이러스가 되어 퍼지다
❀ ❀ ❀

다음 런치 스페셜 메뉴로는 앙투안 콩파뇽의 『인생의 맛』을 골랐다. 이 책은 2012년 여름 프랑스 국영 라디오 '프랑스 앵테르'에서 방송된

'몽테뉴와 함께 하는 여름'이라는 방송에서 그의 사상을 짧지만 밀도 있게 소개했던 40개의 꼭지로 구성되어 있다. 『인생의 맛』은 『수상록』의 발췌문이다. 그 방송은 프로그램과 프로그램 사이의 5분이라는 짧은 시간 동안 매일 청취자들을 찾아가 엄청난 인기를 누렸다고 한다. 일정한 틀이나 순서에 구애받지 않고 몽테뉴의 『수상록』을 들려줘 청취자들의 마음을 빼앗아 버린 것이다. 『수상록』에서와 마찬가지로 몽테뉴의 깊은 철학과 삶을 엿볼 수 있다.

이 책은 40꼭지 모두에서 깊은 공감이 갔지만 책과 관련된 부분은 더욱 머리를 끄덕이게 했다. 몽테뉴는 『수상록』에서 세 종류의 친교를 비교했는데 바로 '아름답고 정직한 여성', '드물지만 귀중한 우정' 그리고 '책'이다. 나는 그 중에서 책과 관련된 다음 부분에서 앙투안 콩파뇽에 공감했다.

사랑과 우정과 독서 간의 우위는 언제든 흔들릴 수 있다. 고독을 필요로 하는 독서가 기본적으로 우리를 자신으로부터 멀어지게 하는 여가 활동인 타인과 맺는 모든 관계보다 우위에 있을까? 책은 인간보다 더 좋은 친구나 연인이 될 수 있다.

책의 장점을 열거하는 부분에서는 빈정거림도 희미하게 감지된다. 책은 살아 있는 여자와 남자들과는 달리 아무리 방치되더라도 항의하거나 반발하지 않는다. 친구나 연인이 감정의 기복을 겪는 것에 반해 책은 늘 호의적이고 차분한 모습이다.

위의 글은 언젠가 개그맨 이윤석이 했던 말과 상통하는 것처럼 들리기도 한다,

"책이 연애보다 좋은 이유요? 무궁무진하죠. ① 첫날 딱 한 번, 고작 2만 원 정도만 데이트 비용(책값) 쏘고 나면 평생 내 곁을 지켜줍니다. ② 내가 버리지 않으면 절대 나를 버리지 않아요. ③ 내가 버려도, 다시는 속살을 들춰보지 않아도 '오빠, 변했어' 하지 않아요. 그저 가만히 이불(표지) 덮고 기다립니다. ④ 침대에서 보다가 툭 떨어뜨리고 잠들어도 불평도 안 하구요. 반면 아내는 제가 먼저 잠들면 '오빠, 자?' 하고 투덜대지요. ⑤ 이 책 읽다가 다른 책으로 넘어가도 질투도 안 합니다. 얼마나 좋습니까?"

나의 '런치 스페셜'은 마치 바이러스처럼 다른 사람들에게 전염됐다. 긍정적 반응이 일어났다. 홍준영 변리사도 후다닥 점심을 먹고 내 맞은편에 앉아 책을 본다. 그는 이번에 카이스트 박사과정에 들어갔는데 내가 런치 스페셜을 즐기는 동안 학교 공부를 했다. 우리는 런치 스페셜 동안에는 절대 말을 하지 않는다. 서로의 공부에 방해가 되니까. 하여튼 나는 요즘 런치 스페셜 맛에 푹 빠져 있다. 회사 업무로 바빠 다른 시간에는 책을 읽지 못하고, 퇴근 후에는 피곤해서 그런지, 나이가 들어서 그런지 도무지 집중력을 발휘해 독서를 하지 못한다. 지금으로서는 내가 독서할 수 있는 최고이자 최적의 시간이다. 벌써 『서민적 글쓰기』, 『라면을 끓이며』, 『인생의 맛』을 잇달아 먹어치웠다.

그리고 이 글을 쓴다. 다음 번에는 뭘 먹을까? 여러분 같으면 어떤 책을 새 런치 스페셜로 고르겠는가? 지금 고민 중이다. 현재 다음 메뉴로는 카이스트 김대식 교수의 『빅 퀘스천』이 유력할 것 같다. 더글라스 케네디의 『빅 퀘스천』도 아니고, 줄리언 바지니의 『빅 퀘스천』도 아닌 카이스트 김 교수의 『빅 퀘스천』을 다음 메뉴로 고를까 한다. 뇌과학을 공부한 김 교수의 인문학적 통찰력을 보면 벌어진 입을 다물 수가 없다. 나는 김 교수와 함께 '삶은 의미 있어야 하는가', '우리는 왜 정의를 기대하는가', '우리는 왜 먼 곳을 그리워하는가'와 같은 31가지의 질문에 대해 같이 고민하는 시간을 갖고 싶다.

하지만 나의 런치 스페셜은 직장 동료에게는 미안한 일이다. 무슨 고시를 준비하는 것도 아니면서 밥 대신 고구마를 붙들고 책을 읽는 건 충분히 유난스럽게 보일 수 있다. 직장인들은 점심시간에 단지 식사만 하는 것은 아니다. 동료들과 서로 관심사에 대해, 영화에 대해, 삶에 대해 이야기하는 시간이 아닌가. 심지어 어떤 일본인은 『부자가 되려면 부자에게 점심을 사라』는 책도 쓰지 않았던가. 직장 동료에게는 같이 식사를 하지 못한 것이 정말 미안하다. 이 자리를 빌려 사과한다.

사족 하나. 나는 런치 스페셜을 먹으면서 무려 3개월이나 다이어트에 나섰지만 살은 빠지지 않고 있다. 겨우 3킬로그램을 뺐을 뿐이다. 얼마나 많은 런치 스페셜을 먹어야 원하는 만큼의 살이 빠질까.

07

나는 속았다,
완전히 속고 말았다

교양을 쌓았다는 것은 이런저런 책을 읽었다는 것이 아니라
그것들 전체 속에서 길을 잃지 않을 줄 안다는 것,
즉 그것들이 하나의 앙상블을 이루고 있다는 것을 알고,
각각의 요소를 다른 요소들과의 관계 속에 놓을 수 있다는 것이다.
『읽지 않은 책에 대해 말하는 법』 중에서

『읽지 않은 책에 대해 말하는 법』을 말하다

❀ ❀ ❀

나는 요즘 책 읽으랴, 글 쓰랴 허우적거리느라 다른 사람에게 먼저 만나자는 얘기를 안 한다. 아니 오히려 전화가 와도 이런저런 핑계를 대며 만남을 피한다. 술자리로 이어질 것 같으면 자연스레 발을 뺀다. 저녁 약속이라고 해봐야 스승이자 친구인 김운하 작가를 만나는 게 전부다. 직장 동료들과 함께 하는 회식이나 불가피한 자리를 빼면 거의 약속이 없다. 술자리는 말할 것도 없다. 내가 나에게 낸 셀프 과제를 마쳐야 하는 즐거운 부담감이 꽤 컸다.

한번은 시각 디자인을 전공한 친구 전희관 교수에게서 전화가 왔다. 자기 주관이 뚜렷해 본인 의지대로 살아가는 전 교수는 정말 멋진 친구다. 그래서 내가 참 좋아한다.

"어떻게 지내?"

"그냥그냥 살지 뭐."

"소주나 한 잔 할까?"

"다른 일이 있는데……."

나는 급히 둘러대며 말꼬리를 흐렸다. 그러자 전 교수는 '나는 너의 모든 것을 알고 있다'는 듯이 말했다.

"야! 너 약속 없지? 술 마시기 싫은 거지?"

'귀신! 귀신임에 틀림없다. 대학 교수는 괜히 고스톱 쳐서 따는 것이 아니구나. 완전히 꿰뚫어 보고 있어.'

나는 혼잣말을 중얼거렸다. 전 교수는 "뭐 하는데 그래?" 하며 틈을 주지 않고 다그쳤다.

"그냥 책 읽고 있어. 글도 쓰고…."

"그거 잘 됐네. 그럼 우리 동네 와서 강연해라. 무료로."

"무료 강연? 그럴까?"

이렇게 해서 나는 전 교수가 사는 대전 근교의 도농복합형 도시 충북 옥천의 초등학교 폐교 부지에서 책과 관련된 강의를 시작했다. 그는 그곳에서 천연염색으로 머플러, 넥타이 등을 만들고 있다.

청중은 대략 부부 열다섯 쌍 정도라고 했다. 강의는 토요일 오후 7시. 틈틈이 강의 자료를 준비했다. 준비한 프레젠테이션 자료는 약 30장 정도. 주로 사진으로 시각적 자료를 만들었다. 강의 제목은 '내가 요즘 카페에서 몰래 읽은 책은?'이다. 부담은 없었다. 무료니까 부담 가질 이유가 없다. 발표라기보다는 친구에게 얘기하듯이 최근 내가 카페에서 읽은 재미있는 책에 대해 얘기하면 되겠다는 생각에 마음이 편했다. 괜히 발표라고 하면 긴장되기 마련이지만 이번에는 전혀 떨리지 않았다.

강연에서 내가 먼저 언급한 책은 피에르 바야르의 『읽지 않은 책에 대해 말하는 법』. 나는 본인이 읽지 않은 책에 대해서도 읽은 것처럼 대화가 가능하며, 이것이 바로 진정한 독서의 목적이자 진실이라고 피에르의 말을 인용했다. 소위 지식인, 또는 교양인과 그렇지 않은 사람은 책을 읽지 않고도 그 내용을 능히 파악하는지, 아닌지로 구분된다는 피에르의 주장도 전했다.

처음 이 책을 접했을 때 고대 그리스의 아르키메데스가 된 기분이었다. 나는 하마터면 '유레카(Eureka)!'를 외칠 뻔했다. 제목만으로도 큰 위안을 삼았다. 정말 끝내주는 제목 아닌가? '나도 책을 쓴다면 이처럼 멋진 제목을 달아야지' 하는 생각을 했다. 그런데 사실 읽지 않은 책에 대해 말하는 것은 쉬운 일이 아니다. 어려운 일이다. 보통 내공으로는 불가능하다. 비트겐슈타인이 말한 것처럼 '침묵 속에서 지나쳐야 하는 것(What should be passed in silence)'인지도 모른다. 잘 알지 못하는 것에 대해 마치 아는 것처럼 얘기하는 것은 말처럼 쉬운 일이 아니다. 어설프게 아는 척했다가 창피를 당할 수도 있다.

강연에서 나는 『읽지 않은 책에 대해 말하는 법』의 명문장을 같이 읽었다.

우리는 사람들과 대화를 나누거나 글 쓰는 일을 완전히 중단하지 않는 한, 언제라도 자신이 읽지 않은 책에 대해 말을 할 수밖에 없는 상황에 놓이게 되는 것이다.

비록 그가 그 책의 '내용'을 정확히 모른다고 하더라도, 종종 그 책의 '상황', 즉 그 책이 다른 책들과 관계 맺는 방식은 알 수 있기 때문이다. 어떤 책의 내용과 그 책이 처한 상황의 이러한 구분은 중요하다. 왜냐하면 교양을 두려워하지 않는 사람들이 어떤 주제에 대해서든 별 어려움 없이 말할 수 있는 것은 그것 덕택이기 때문이다.

교양을 쌓았다는 것은 이런저런 책을 읽었다는 것이 아니라 그것들 전체 속에서 길을 잃지 않을 줄 안다는 것, 즉 그것들이 하나의 앙상블을 이루고 있다는 것을 알고, 각각의 요소를 다른 요소들과의 관계 속에 놓을 수 있다는 것이다.

참! 순진하구나… 그 말을 믿었어?

❀ ❀ ❀

강의는 『읽지 않은 책에 대해 말하는 법』과 비슷한 책인 딴지일보 김용석 편집장이 쓴 『고전문학 읽은 척 매뉴얼』로 이어졌다. 이 책은 제목은 누구나 다 알고 있지만 내용을 몰라 '으메 기죽어'를 연발하는 고전문학 13개 작품에 대해 저자가 독창적으로 해석한 책이다. 특유의 직설적이면서도 신랄한 문체로 이 책만 읽으면 앞으로 그 작품에 대해 얘기할 때 걱정 없는 것처럼 쓰여 있다. 책 제목을 말하면 누구나 '아! 그 책' 하지만 읽지는 않은 책이다.

『죄와 벌』, 『차라투스트라는 이렇게 말했다』, 『에덴의 동쪽』, 『이반 데니소비치의 하루』를 1부에서 소개하고, 2부에서는 『농담』, 『1984』, 『호밀밭의 파수꾼』, 『채털리 부인의 연인』을 다루며, 3부에서는 『데미안』, 『이방인』, 『위대한 개츠비』, 『그리스인 조르바』, 『목로주점』.

솔직히 실토하겠다. 나도 여기 나온 13개의 작품 중 겨우 9권을 읽었을 뿐이다. 심지어 나는 『죄와 벌』도 읽지 않았다. 얼마 전 강연에서 조중걸 교수가 『죄와 벌』도 읽지 않았다며 면박을 줘서 구입해 놓기는 했다. 조 교수는 라스콜니코프의 말을 인용하다가 청중들이 이해하지 못하는 표정을 짓자 특유의 독설을 퍼부었다.

"한심한 독자들아! 제발 제대로 된 책 좀 읽어라!"

그런데 재미있는 것은 조 교수의 그런 독설에도 사람들은 "그는 원래 그래!" 하고 넘어간다는 사실이다. 그나마 읽은 몇 작품은 내용은커녕 주인공 이름도 생각나지 않는다. 그래도 사람들과 고전문학을 얘기하는 데 전혀 어려움을 겪지 않는다. 왜 그럴까? 이는 대화가 단순히 그 작품에 대한 단편적 얘기에 그치지 않고 종합적으로 이뤄지기 때문이다.

『읽지 않은 책에 대해 말하는 법』과 『고전문학 읽은 척 매뉴얼』을 읽고 나니 어떤 장소에서도 책을 읽지 않아 기가 죽던 모습이 사라졌다. 나와 같은 근거 없는 자신감을 얻을 목적으로 이 두 책이 쓰인 게 아닌가 하는 생각도 든다.

이 책은 한 해 평균 독서량이 짐승만도 못한 독자라 할지라도 각종 고전에 대해 누구 앞에서건 아무 거리낌 없이 읽은 척을 할 수 있게 함으로써, 원만한 대인관계를 형성시키는 데 총체적 목적이 있는 공리주의적 텍스트라 할 수 있으며, 일종의 인문학적 데자뷰 현상을 도모하는 학구적 심령 기사라 해도 무방할 것이다.

고전문학을 읽은 척할 때 범하기 쉬운 자충수 중 하나가, 대가들이 쓴 위대한 작품의 주인공이니만큼 당연히 반듯하고 훌륭할 것이라는 지레짐작에서 비롯된, 인물에 대한 과대평가라 할 수 있다. 그도 그럴 것이 고전으로 불릴 정도로 유명해진 작품은 벅찬 감동에 대한 수많은 사람들의 간증으로 자리매김된 것이라 할 수 있기 때문에 읽은 척의 팔 할은 유사간증 혹은 묻지 마 오두방정으로 이뤄지는 것이 통상적이라 하겠다.

그 후 얼마가 지났을까. 전 교수로부터 다시 전화가 왔다. 그는 이번에도 모임이 있어 강의를 부탁한다고 했다. 설마 이 친구가 나를 무료 강의하는 시간 때우기 강사로 활용하는 것인가. 그는 점점 상습범(?)이 되어가고 있다. 그런데 아뿔싸! 그는 전화 말미에 하지 말아야 될 말을 내뱉고 말았다.

"또 재미없으면 끝이야!"

전 교수는 농반진반으로 겁박했다.

나는 믿는 구석이 있어 호기롭게 대들었다.

"지난번 어떤 사람이 내 덕분에 멋진 신세계를 접했다고 극찬했는데….."

그는 올더스 헉슬리의『멋진 신세계』를 알지 못하는 것 같았지만 나에게 분명 멋진 신세계를 접했다는 표현을 썼다.

수화기 너머 전 교수는 말이 없다.

그리고 잠시 후 말했다.

"너 참! 순진하구나…. 그 말을 믿었어?"

아! 멘붕이다. 믿는 도끼에 발등까지는 아니어도 작은 쇠망치로는 가격당한 기분이다. 내가 다른 사람의 강의를 듣고 하는 '립서비스'와 똑같았구나. 나는 항상 강의를 들으면 고생한 사람을 위해 "정말 감동적이었어요!", "잘 들었어요!"라며 비록 사실과 다르더라도 이런 얘기를 해왔다. 예를 들면 내가 좋아하는 백북스에서 강의가 끝나면 아무리 재미없는 강의였어도 저자에게 사인을 받으면서 "정말 좋았어요!"라고 인사를 건넨다. 이번에는 내가 당했다!

섹스 심벌이 독서광?

❀ ❀ ❀

앞서 얘기했듯이 나는 퇴근 후의 다른 일을 거의 하지 않는다. 재밌고 유익한 모임 두세 개를 빼고는 스스로 탈퇴했다. 내 스스로 모임에서 잘랐다. 불필요한 모임의 가지치기에 들어간 것이다. 생활을 단조롭게 하기 위해서다.

하지만 지금도 꾸준히 나가고 있는 모임 중에는 '행울림(행복한 울림을 주는 모임)'이라는 것이 있다. 고교생들에게 행울림의 회원 15여 명이 직업에 대한 강연을 하는 것인데 나는 주로 책과 관련된 강의를 한다. 강의는 한 달에 1, 2번꼴로 이뤄진다. 하지만 웬일인지 내 강의는 학생들에게 인기가 별로 없다. 역시 학생들에게 책은 별로 재미있는 이야깃거리가 아닌가 보다. 청강생은 보통 열다섯 명 내외다. 다른 반은 삼십 명을 넘기도 하는데 절반도 안 될 때가 많다. 행울림 강연은 특강 제목과 강사를 한눈에 파악할 수 있도록 한 후 학생들이 직접 강의를 선택해서 들을 수 있다. 선택적 강의인 셈이다. 그렇기 때문에 강의 인기를 한눈에 볼 수 있다.

2015년 S고에서 있었던 일이다. 나는 특강 제목을 지난 1년 동안 읽은 책 중에서 가장 재미있는 책 제목으로 정했다. 그래서 나온 제목이 『나는 이런 책을 읽어 왔다』이다. 다치바나 다카시의 『나는 이런 책을 읽어 왔다』를 가장 재미있게 읽어 강연 제목으로 빌려온 것이다. 제목을 정한 후, 청강생 중에는 항상 여학생이 많아 『여자와 책』, 『책 읽는 여자는 위험하다』 등 여학생이 관심가질 만한 책도 참고했다. 여기에 당시 뜨고 있던 『7번 읽기 공부법』 등을 준비했다.

이번 강연의 대표 콘텐츠인 메릴린 먼로의 독서에 대해서도 얘기했다. 나는 섹스 심벌인 메릴린 먼로도 촬영장에 항상 책을 갖고 다니며 독서를 했으며, 이를 통해 무지하다는 통념을 극복하려고 노력했다고 들려주었다. 흔히 지적인 이미지와는 거리가 먼 섹스 심벌 여배우도 이렇게 열심히 독서를 했으니까 우리도 분발하자는 취지였다.

"그녀가 읽었을까, 아니면 읽지 않았을까?" 이런 질문을 자제하기는 상당히 힘들다. 20세기 금발의 섹스 표상인 메릴린 먼로가, 20세기 고급문화의 표상이며 많은 사람들의 현대 소설 중에서 가장 위대한 창조물이라고 평하는 제임스 조이스(JamesJoyce)의 『율리시스』를 읽었을까 혹은 그냥 읽는 척하는 것일까?

강의 후 한 여학생이 찾아왔다. 흔한 일이지만 피곤해서인지, 흥미가 없어서인지 눈동자에 힘이 없는 대부분의 학생들 사이에서 강의 내내 눈을 맞추며 열심히 듣던 학생이라 기억이 났다. 강사 입장에선 참 고마운 청중이다.

"박사님! 강의 너무 재밌었어요."

"정말요?"

"그럼요. 최고였어요!"

여학생은 눈을 크게 뜨며 엄지를 치켜 올렸다.

하지만 그 순간 나는 지난번 전 교수의 말이 갑자기 스쳐 갔다.

'참 순진하구나… 그 말을 믿었어?'

나는 악몽을 떨쳐 내듯 좌우로 고개를 흔들었다.

"근데 박사님! 책을 읽고 싶은데 시간이 없어요. 공부해야 하잖아요. 그래도 시험 끝나면 주말에 한 권은 읽어요."

"그게 어디예요. 아마 학생 같은 사람 없을 거예요."

"연구원 놀러가도 돼요? 저 지질학 전공하려구요."

"지질학요? 언제든 오세요. 견학시켜 줄게요."

여학생은 명함을 달랜다. 그리고 이어 담금질을 한다.

"전화하면 딴소리하기 없기예요?"

당돌하다. 그래서 멋지다. 그 여학생은 내 대답은 들을 필요도 없다는 듯 벌써 저만치 가버렸다.

하지만 아직 학생에게서 연락은 없다. 공부하랴, 학원다니랴 바쁘니까 실제 찾아오지 못하는 것 같다. 하지만 나는 그 학생의 "강의 너무 재밌었어요"라는 말도 립서비스가 아니었을까 하는 생각을 떨칠 수가 없다. 그 말은 사실이었을까? 립서비스였을까?

우리는 살다 보면 '선의의 거짓말'을 한다. 사회는 우리에게 때때로 '립서비스'를 요구한다. 때로는 입에 발린 말을 강요할 때도 있다. 수많은 자기계발서에서는 이와 같은 립서비스를 세상을 살아가는 지혜라도 되는 양 강조한다. 성공의 지름길이라도 되는 것처럼 떠든다. 여기에 그치지 않고 다른 사람의 노고에 대해 그 정도의 말을 해주는 것이 센스인 것처럼 얘기한다. 그렇지 못할 경우에는 무례한이라는 눈초리를 감수해야 한다. 나도 그렇게 살아왔고, 특별한 일이 없는 한 앞으로도 그렇게 살아갈 것이다. 내가 강의 후 칭찬을 받은 것은 죄다 이 같은 맥락 속에서 이뤄진 것일지도 모른다. 나만 몰랐다. 나는 속았다. 완전히 속았다.

각설하고, 이후 나는 사람들이 어설픈 내 강의를 듣고 립서비스를 하고 있다는 것을 알았다. 하지만 나는 강의가 즐겁다. 재밌고 흥미롭다. 강의를 위해 준비하는 과정도 보람된다. 그동안 읽은 책을 마치 소처럼 되새김질하고, 정리하고, 다시 생각해보는 시간은 참으로 유익하다. 특히 사람들이 내 얘기에 귀를 쫑긋하며 들어줄 때는 기쁨이 샘솟는다. 아이-컨택(eye-contact)을 할 때는 짜릿한 전율도 느낀다. 내 말에 추임새를 넣어주는 청중까지 만나는 것은 큰 행복이다.

지금 나는 무료강의를 다닌다. 봉사활동이고 친구가 시간 때우기를 요청하면 하는 '킬링타임용'이다. 하지만 이 기회를 빌려 그동안 재미없는 내 강의를 들어준 사람들에게 감사의 말을 전하고 싶다. 당신들의 인내심에 감동했다. 왜? 그 재미없는 강의를 들으면서 "그렇지! 그렇지!" 하면서 고개를 끄덕이며 격한 반응까지 해줬으니 어찌 고맙지 않을 수 있겠는가.

08

야구는
내 인생의 적

독서와 글쓰기를 등한시하는 자신을 자책하는
나에게 또 '다른 나'가 외친다.
'그럴 바에는 야구에 대해 제대로 공부하는 건 어때?'
나는 마음을 고쳐먹었다. 이번 기회에 야구 공부를 하기로 했다.

결혼 1순위 남편감은?

❀ ❀ ❀

참! 이상하다. 희한하고 아이러니하다. 마음을 굳게 먹고 뭣 좀 하려
고 하면 딱 맞는 타이밍에 훼방꾼이 나타난다. 야구에서 도루를 하려는
바로 그 순간에 투수가 견제구를 던지듯이. 나의 독서와 글쓰기에도 강
력한 적이 있다. 바로 프로야구다. 야구는 진정 내 인생의 적인가? 독
서와 글쓰기의 방해자인가?

아시는 바와 같이 우리나라 프로야구는 지역 연고를 기반으로 하고
있다. 대전에 살고 있는 내가 응원하는 팀은 한화 이글스. 하지만 한화

는 최근 몇 년 동안 꼴찌를 밥 먹듯이 했다. 한마디로 다른 팀의 '밥'이었다. 승수쌓기의 제물이었다. 대부분 경기에서 힘 한 번 써보지 못하고 맥없이 패했다. 단순히 경기에서 진 것을 가지고 얘기하는 게 아니라는 건 여러분이 더 잘 알 거다. 경기다운 경기를 하지 못했다. 내 말을 믿지 못하는 사람이 많은 것 같다. 그럼 증거를 제시하겠다. 유튜브를 한번 보자. 유튜브에서 한화 이글스 실책이라고 쳐보라. '한화의 최악의 경기'라는 동영상이 있다. 이 영상을 보면 내 말에 고개를 끄덕일 것이다. 심지어 해설자는 동영상 중간 중간에 "수준 낮은 경기", "해도 너무 한다", "프로가 아니다"라고 혹평한다. 길게 얘기 안 하겠다. 여기서 퀴즈를 하나 내겠다.

"결혼 1순위 남편감은?"

이 같은 퀴즈에 대부분의 사람은 의사, 변호사, 판사, 프로야구 선수, 고위 공무원 등을 거론할 것이다. 틀렸다. 정답이 아니다. 적어도 여기서 원하는 답은 아니올시다.

"그럼 정답은?"

바로 '한화 팬'이다. 왜 그러냐 하면 한화 팬들은 팀이 터무니없는 경기력으로 매일 져도 여전히 열렬히 응원하는 넓은 마음을 가진 사람들이기 때문이다. 그래서 한화 팬들은 부처니, 보살이니 하는 별명이 붙었다.

한화는 지난 2012년에도 최하위를 하자 한국시리즈에서 열 번이나 정상 자리에 오른 '우승 청부사' 김응룡 감독을 영입했다. 하지만 그 해에도 꼴찌를 벗어나지는 못했다. 탈꼴찌에 실패했다. 2014년에도 대대적인 투자로 FA(자유계약) 선수를 데려왔지만 한 계단도 올라서지 못했다. 또 다시 꼴찌를 했다. '8-7-8-9-9' 이것이 무슨 숫자인지 아는가? 지난 2009년부터 한화의 등수다. 3년 연속 최하위를 기록하고 있다. 프로야구 팀이 여덟 개면 8위, 아홉 개면 9위다. 팀이 열 개였다면?

매년 한화가 다른 팀의 '밥'이 되자 팬들은 꼴찌 팀 조련사로 유명한 김성근 감독을 한화 감독으로 청원하는 동영상을 유튜브에 올렸다. 나도 동영상을 봤는데 조회 수가 무려 11만 건이었다. 가히 폭발적이다. 여기에 그치지 않고 급기야 한화 그룹 본사에서는 김 감독 선임을 요구하는 1인 시위로까지 이어졌다. 보살들이 화가 단단히 난 것이다. 부처들이 시위를 할 줄은 아무도 몰랐을 것이다. 동영상의 다음과 같은 문구가 눈에 띄었다.

"한화 야구를 살릴 수 있는 것은 김성근 감독뿐입니다. 존경하는 회장님! 꼴찌해도 변함없이 한화만을 응원한 한화 팬들에게 회장님의 의리를 보여주세요!"

한화는 결국 팬들에게 무릎을 꿇었다. 항복했다. 백기투항했다. 2014년 10월 25일. 드디어 한화는 김성근 감독을 감독으로 선임했다. 그리고 2015년 시즌이 시작되자 한화 이글스는 돌풍을 일으켰다. 예전 한화의 경기를 보면 화가 난다고 해서 '화나 이글스' '마니 화나'로 놀림과 조롱을 받던 팀은 어느덧 별명이 '마리 한화'로 바뀌었다. 마리 한화는 마약의 일종인 마리화나와 한화를 합친 말이다. 꼴찌를 따놓은 당상처럼 하던 한화가 역전승을 거듭하면서 마약처럼 중독성 있는 야구를 한다는 의미로 이런 별명이 붙여진 것이다. 상전벽해가 따로 없다.

나는 그동안 뒷전이던 야구 경기에 관심을 갖게 됐다. 다른 한화 팬들과 마찬가지로 '마리 한화'에 중독됐다. 한번 마리 한화에 빠져 들면 야구 경기를 안 볼 수가 없다. 실제 마리화나에 한번 중독되면 끊을 수 없는 것과 같다고나 할까. 말하자면 이런 식이다. 한화와 LG경기가 열린 2015년 9월 8일. 그 경기는 한화의 선발투수 로저스가 2군에 내려갔다 복귀하는 무대로 치열한 5위 싸움을 하던 한화에게는 매우 중요한 경기였다. 인터넷에서는 벌써 관련 기사로 열기가 뜨거웠다.

그날, 나는 '회사 일이 끝나면 책을 읽거나 글을 써야지' 하고 다짐했다. 난 야구 경기를 보지 않고 책을 읽거나 글을 쓸 수 있는 유성도서관이나 둔산도서관으로 가기로 단단히 결심했다. 하지만 내 차는 어느새 집으로 향하고 있었다.

한화 로저스의 투구는 역시 기대를 저버리지 않았다. 3회말 LG 박용택에게 홈런을 맞긴 했지만 괴력의 투구를 선보였다. 그 당시 한 경기당 대략 1억 원의 돈을 받고 있었으니 그런 경기를 하는 것은 당연한 것처럼 보였다. 경기 당 1억 원이라니? 평범한 직장인들에게는 '억' 소리 나는 돈이다. 하지만 한화는 연장 12회까지 가는 혈투 끝에 LG에 8-7로 지고 말았다. 제길, 임도 잃고 뽕도 잃고.

결국 한화는 2015년 가을야구를 할 수 있는 5위 경쟁에서 밀려 6위로 시즌을 마쳤다.

'독서광 야구 감독'에 빠져 들다

❀ ❀ ❀

독서와 글쓰기를 등한시하는 자신을 자책하는 나에게 또 '다른 나'가 외친다. '그럴 바에는 야구에 대해 제대로 공부하는 건 어때?' 하고 말이다. 나는 마음을 고쳐먹었다. 이번 기회에 야구 공부를 하기로 했다. 우선 그동안 간헐적으로 언론을 통해 듣던 김성근 감독에 대해 알고 싶었다. 그와 관련된 책을 5권 샀다. 『김성근 김인식의 감독이란 무엇인가』, 『김성근 그리고 SK와이번스』, 『리더 김성근의 9회 말 리더십』, 『김성근이다』, 『리더는 사람을 버리지 않는다』 등.

나는 순식간에 그와 관련된 책을 읽었다. 정말 재미있었다. 물론 김 감독을 미화한 게 많았지만 에피소드를 읽는 것만도 흥미진진했다. LG와 SK에서 투수를 했던 신윤호 선수가 9.11테러가 났을 때의 일화를 들려준 대목에서는 '아! 이 사람은 야구에 미쳤구나' 하는 생각이 절로 들었다. 미쳐야 최고가 될 수 있다는 평범한 사실을 깨달았다. 정민 교수의 『미쳐야 미친다』가 떠올랐다.

신 선수의 회고록에 나오는 대목으로, 미국에서 9.11 테러가 났을 때 김 감독과 신 선수가 나눈 대화다.

감독님은 TV에 시선을 고정시킨 채 저한테 말씀하셨습니다.

"저게 뭐냐?"

"예?"

"저게 뭐냐고? 영화냐 드라마냐?"

"아! 감독님, 저거 진짜예요. 미국에 있는 쌍둥이 빌딩이 테러를 당했답니다."

저는 이 대목에서 항상 이야기를 멈춥니다. 제 말에 감독님이 한 말씀 던지셨는데 도대체 뭐라고 하셨을까, 사람들에게 오히려 제가 물어보는 거지요. 지금까지 맞춘 사람은 없습니다. 결국 늘 제가 답을 알려주고는 했죠. 감독님은 저한테 이렇게 말씀하셨습니다.

"그러면, 메이저리그는 하냐?"

저는 그때 제대로 깨달았습니다. 아, 감독님과 야구는 하나다. 감독님은 오로지 야구만 생각하고 야구 속에서 사시는 분이구나.

김성근 감독은 야구밖에 몰라 심지어 가족들에게서도 놀림을 받는다고 털어놨다. 다음은 김 감독의 회상이다.

아내는 나를 만나기 전부터 야구팬이었다. 그런데 야구 감독과 결혼하고 나서는 오히려 야구장에 가지 못했다. 언론에는 내가 징크스 때문에 가족들을 경기장에 못 오게 한다고 알려진 거 같은데 그건 아니다. 이기든 지든 항상 안 좋은 소리가 나오니까 그런 꼴 안 보게 하려고 오지 말라고 한 거다. 결혼하고 나서 아내가 야구장에 처음 온 게 내가 1,000승을 했을 때니까 거의 40년 만에 온 것이 아닌가 싶다.

딸들은 나한테 "집에 놀러 오세요."한다. 1년에 두 번 밖에 안 들어간 해도 있으니까 나도 "그래, 놀러 갈게."한다. 어쩌다 집에서 자다가 새벽에 화장실 가려고 깨면 여기가 어디지 할 때가 있을 정도였다.

김 감독은 책을 좋아한다. 심지어 화장실에 앉아 책을 오래 봐서 치질에 걸리기도 했다. 흔히 김성근의 야구를 '공부하는 야구'라고 한다. 그만큼 김 감독은 손에서 책을 놓지 않는다. 그는 자료와 텍스트에 대한 병적인 집착을 하는 감독이다. 독서 분야도 야구는 물론이고 다른 종목인 축구, 경제경영, 인문학 등 다양한 분야의 책을 탐독하는 것으로 알려져 있다.

내가 캠프 때마다 꼭 챙겨가는 게 책이다. 두세 박스씩 담아간다. 미팅 때 선수들한테 들려주기 위해서다. 내가 읽고 좋은 내용을 다 기록해 놓았다가, 미팅 때 이야기해준다. 어떤 마음으로 연습해야 하는지, 인생을 어떻게 살아야 하는지 그런 얘기를 많이 한다. 항상 강조하는 것이 순한 마음이다. 순한 마음으로 태도를 바르게 갖고, 그 위에 강한 몸과 정신을 만들라는 것. 그래야 야구를 더 잘할 수 있다고 강조하고 또 강조한다.

야구 덕후가 되다

❀ ❀ ❀

나는 내친 김에 좀 더 야구에 관한 책을 파고들었다. 야구 덕후가 되어 갔다. 그래서 야구와 관련된 책을 닥치는 대로 사들였다. 『야구란 무엇인가』, 『포수란 무엇인가』, 『야구 교과서』, 『야구의 역사』, 『한국의 야구경제학』, 『백인천 프로젝트』, 『풀하우스』에서부터 야구를 과학적으로 분석한 『야구의 물리학』, 『야구의 과학』, 『타격의 과학』, 『세이버메트릭스 레볼루션』 등에 이르기까지 점점 다양해지고 있다.

심지어는 이런 일도 있었다. 로버트 어데어의 『야구의 물리학』은 절판된 데다 중고서점에서도 구할 수가 없었다. 그래서 나는 카이스트 도서관에서 책을 빌려 제본해서 읽었다. 그뿐 아니다. 국내 '야구 구라'인 허구연·고故 하일성 해설위원의 『허구연의 야구』, 『여성을 위한 친절한 야구교과서』, 『나는 밥보다 야구가 좋다』는 재미삼아 훑어봤다. 『머니볼』, 『만약 고교야구 여자 매니저가 피터 드러커를 읽는다면』과 같은 야구 고전은 한편의 영화를 보는 것 같다. 『머니볼』은 영화로도 만들어진 고전이다.

나는 여기서 그치지 않고 CD '0.4초의 과학, 야구'를 사서 보기도 하는 등 지나친 열성을 보였다. 나는 점점 야구 덕후가 되어 가고 있었다. 한 가지만 더 말하겠다. 나는 심지어 『아내가 결혼했다』라는 소설로 유명한 김경욱의 또 다른 소설 『야구란 무엇인가』를 사서 읽기도 했다.

야구와 관련, 누가 나에게 가장 매력적인 책을 추천해 달라고 하면 나는 레너드 코페트의 『야구란 무엇인가』, 스티븐 제이 굴드의 『풀하우스』, 정재승 외의 『백인천 프로젝트』를 꼽는다. 감히 야구 3대 천왕이라고 할 만하다. 물론 내 기준이다. 야구와 관련된 재미와 전문지식을 모두 갖춘 드문 책이라고 하겠다.

『야구란 무엇인가』는 명예의 전당에 오른 전설적인 야구 기자 레너드 코페트가 쓴 야구 고전. 평생을 기자로 활약한 저자는 이 책에서 일반적인 야구 기술서적이나 역사서, 또는 일화 모음과는 달리 야구의 본질을 파헤쳤다. 야구를 보고, 생각하고, 느끼는 각도와 범위를 키워주는 야구 철학을 담았다. 물론 전적으로 내 생각이지만 야구에 무관심한 사람이라도 이 책을 읽는다면 야구에 푹 빠지게 될 가능성이 크다. 따라서 조심해야 한다. 자칫 방심하면 당신도 야구 덕후의 수렁에 빠질 수 있다.

이 책에는 산업 사회의 발전과 함께 정치적 문화적 분위기의 변천은 물론 야구의 역사와 의미를 담고 있다. 곳곳에서 야구와 관련된 정곡을 찌르는 문장을 자주 발견하는 기쁨도 크다. 흔히 '야구는 인생과 같다'고 하는 이유를 알 수 있을 것이다.

타자는 타석에 들어설 때마다 최선으로 공을 때리려는 욕망과 피하려는 본능의 억제 사이에서 싸우는 것이다.

일반적으로 생각하기에는 노장들은 스윙이 무뎌져 좋은 타구를 쳐내지 못할까 봐 걱정할 것 같지만 실제로는 위협적인 공이 날아왔을 때 잽싸게 피하지 못해 몸에 맞으면 어떡하나 하는 불안에 떠는 게 사실이다.

야구란 실수투성이인 인간이 하는 운동이기 때문이다. 그리고 투수가 던진 회심의 일구가 평소에는 그 공에 꼼짝없이 당하기만 하던 타자에게 통렬하게 얻어맞는 경우도 심심찮다. 사실 야구가 끊임없이 팬들의 흥미를 끄는 것도 그런 불확실성이 작용하기 때문이다.

『풀하우스』는 골수 야구팬이었던 고생물학자, 고故 스티븐 제이 굴드 교수가 미국 프로야구에서 4할 타자가 사라진 문제에 대해 자신의 가설을 제시하고 이에 대한 답을 찾는 책이다. 굴드는 4할 타자가 사라진 것은 타자의 나태함이나 경기 환경 탓이 아니라 미국 프로야구라는 '시스템의 진화적 안정화' 때문이라고 결론지었다.

『백인천 프로젝트』는 한국 프로야구 30년 데이터를 비교, 정리, 분석함으로써 굴드 가설이 한국 프로야구의 4할 타자 실종 문제에도 적용될 수 있음을 증명했다. 한국 프로야구도 타자, 투수, 수비의 역량이 발전하고, 전체 시스템이 발전하면서 안정되어 4할 타자라는 특출 난 존재가 사라지게 되었다는 것. 책 제목에 백인천이 들어간 것은 프로야구 원년인 1982년에 타율 0.412를 기록한 백인천의 이름을 따왔기 때문이다. 『백인천 프로젝트』는 카이스트 정재승 교수가 제안해 야구에 관심 있는 58명이 추진했다는 데 의미가 크다. 집단 지성이 일궈낸 결과물이라고나 할까.

야구 관련 서적을 탐독하면서 느낀 점은 다른 분야와 마찬가지로 우리나라 전문가가 야구와 관련된 책을 남긴 사례는 찾아볼 수 없다는 것이다. 기껏해야 에피소드를 모아 놓은 정도이지 분석적이고 체계적인 책은 모두 번역서이다. 나는 몇 달 사이 40여 권의 야구 관련 책을 보면서 야구에 푹 빠져 '마리 한화' 경기를 보며 지냈다. 지금 이 책에서도 굳이 야구와 관련된 얘기를 하는 것은 그동안 내가 본 야구 책, 야구경기가 아까워서라고 하면 이해가 될는지 모르겠다.

생각해보면 야구와 관련된 재미있는 일은 또 있다. 2000년대 초 나는 2개월 정도 스포츠 기사를 맡은 적이 있었다. 그 당시 나는 스포츠 취재가 재미없었다. 가장 인기 있는 야구 기사가 대부분이었지만 야구장에 가서 취재를 하거나 야구와 관련된 사람들을 만나는 등의 적극적인 행동은 하지 않았다. 완전 태업이었다. 당시 스포츠 기자가 속해 있는 문화체육부는 아웃사이더 부서였고, 나는 핵심 부서인 정치부나 경제부를 원했다. 2개월여의 태업 후에 나는 운 좋게 정치부로 발령을 받아 야구에서 탈출할 수 있었다.

생각해보면 인생은 정말 아이러니하다. 예전에는 일과 관련된 야구가 싫어서 멀리 했고, 이제는 야구가 좋아 이렇게 글까지 쓰고 있으니 말이다. 그런데 아뿔싸! 나의 야구병은 아직 치료되지 못한 것인가. 온라인 서점을 둘러보다가 그만 서효인의 『이게 다 야구 때문이다』를 보고 바로 구입을 하고 말았다. 바로 내가 쓰고 싶었던 책이라는 느낌이 들었기 때문이다. 이 책까지만 읽고 야구 독서는 마침표를 찍을까 한다. 왜냐하면 나는 야구와 관련된 책 말고, 읽어야 할 다른 책들이 너무 많기 때문이다. 나는 시간을 아껴야 한다. 나는 어느덧 오십이다.

09

책에 나온 헌책방을
찾아가는 즐거움

헌책방은 혼자 놀기에 최고의 장소다.
마음에 드는 책을 고르고, 이물질을 제거하고,
찢어진 부분을 테이프로 붙이고, 물티슈로 얼룩을 지우고,
연필로 쓴 낙서를 싹싹 지우는 일은 큰 기쁨이다.
이런 엄숙한 과정을 거쳐야 헌책은 비로소 '나의 책'이 된다.

인천 명물 아벨서점에 가다

🌸 🌸 🌸

글자 뒤에선 비탈이 빼꼼히 입술을 내밀 것이다.

혹은 꿈길이 금빛 머리칼을 팔락일 것이다.

잘 안 열리는 문을 두 손으로 밀고 들어서면

헌책들을 밟고 선 문턱이 세상의 온갖 무게를 받아 안고 낑낑거리고

있는 것을 볼 것이다.

구불거리는 계단으로 다가서면

눈시울들이 너를 향해 쭈뼛쭈뼛 내려올 것이다.

강은교 시집 『바리연가집』에 나오는 '아벨 서점'의 일부다. 강 시인은 2014년 말 독서모임 백북스에서 '사이의 시학– 닿지 않기에 아름답다'라는 강의에서 헌책방 아벨 서점과의 인연을 소개해 주었다. 시 아벨서점도 그렇게 태어난 것이다.

강 시인에게 아벨서점은 헌책방 그 이상이다. 바로 시의 산실이요, 문학의 시발점이다. 그는 "내 문학은 헌책방 아벨서점에서 시작됐다"라고 자신있게 말한다. 중·고교시절 강 시인은 아벨서점에 들락거리며 아르센 루팽과 셜록 홈즈의 책을 찾아 읽다가 어느 날 서점 주인이 릴케의 시집을 공짜로 줘서 그의 시를 읽은 후 시인이 됐다고 고백했다. 아벨서점이 강 시인을 만들고 키운 것이다.

인천의 명물, 아벨서점은 어떤 곳인가? 1973년 문을 연 '역사와 전통을 자랑하는' 헌책방 중의 헌책방이다. 인천 배다리의 역사를 고스란히 간직하고 있는 곳으로, 현재까지 40여 년 동안 책을 좋아하는 사람들의 안식처가 되고 있다. 앞으로도 그러길 바란다.

온갖 우여곡절을 겪은 끝에 현재도 아벨서점은 많은 사람의 사랑을 받고 있다. 물론 위기도 있었다. 10여 년 전 고층빌딩을 올린다는 재개발 계획이 잡혔을 때 폐쇄될 위기에 처하기도 했다. 하지만 전국에서 고객들이 찾아들자 서점은 명맥을 유지하고 있다. 2003년부터 매달 마지막 주 토요일에는 '배다리 시 낭송회'를 열기도 한다. 지역문화를 이끌어가는 선봉장이라고 할 수 있다.

　지금은 전남 고흥 동백마을에서 '사진책 도서관 함께 살기'를 꾸리고 있는 최종규 작가에게도 아벨서점과의 인연은 각별하다. 최 작가의 『책빛숲- 아벨서점과 배다리 헌책방거리』에는 그가 고등학교 2학년 때 아벨서점을 처음 찾은 후 현재까지 왕래를 계속하는 이야기가 나온다. 이듬해에는 입시공부에도 아랑곳하지 않고 자율학습을 '땡땡이' 치고 아벨서점의 한쪽 구석에 틀어 박혀 책을 읽던 일을 고백한다.

　최 작가는 아벨서점에서 현재까지 카드로는 결재를 받지 않는 사연도 들려준다. 이유는 뭘까? 알고 보니 주머니에 있는 돈만큼 책을 사지 않고 한꺼번에 잔뜩 들고 가서는 그 책이 어떻게 사랑받을는지 모르기 때문이라는 제법 그럴듯한 이유가 있었다. 꼭 읽을 책만 알뜰히 장만해서 읽고, 그 책을 다 읽고 나서 다음에 또 즐겁게 헌책방 나들이를 하기를 바라는 마음에서 카드결재를 하지 않는다는 것이다.

　그는 이 책에서 2010년 아벨서점에서 만난 『널 섬으로 데려갈 거야』, 『님의 침묵의 어휘와 그 활용 구조』, 『아동시론』, 『마녀는 싫어』, 『못 말리는 내 동생』 등을 만나게 된 사연들을 촘촘히 들려준다. 최 작가는 전남 고흥에 살지만 지금도 아벨서점에 들린다고 한다. 한 번 맺은 인연은 쉽게 끊지 못하는가 보다.

　나는 인천과는 별다른 인연이 없지만 강은교 시인과 최종규 작가의 책을 읽은 후 아벨서점에 가고 싶었다. 드디어 2015년이 저물어 갈 무렴 나는 아벨서점을 찾았다. 서울 출장길에 업무를 끝내고 오후 아벨서점에 들른 것이다. 서점에 도착했을 때는 날씨가 몹시 추웠는데도 손님 네다섯 명이 책을 고르고 있었다. 아벨서점은 분명 유명한 헌책방임에 틀림없다. 책이 많아 고르는 재미가 쏠쏠했다. 나는 사이토 다카시의 『독서력』, 신우성의 『미국 글쓰기 교육 일본 책 쓰기 교육』, 김정운의 『남자의 물건』 등을 샀다. 세 권 합해야 1만 8천 원이다. 신간일 경우 책한 권 값밖에 되지 않는다. 더 살까도 했지만 '읽을 만큼 살 것'의 아벨정신에 따라 욕심을 접었다.

책을 고르는 동안, 주인과 이웃주민인 듯한 사람들의 대화가 들려왔다. 가만히 들어보니 인천시가 배다리 마을 관통도로를 추진하겠다는 계획을 발표해 대책을 마련하는 중이라는 것이다. 지역신문에 난 기사를 보면서 대책을 논의하는 모습이 심각해보였다. 아벨서점 사장은 "관통도로가 생기면 아벨서점을 비롯한 지역이 고립돼 배다리 문화는 위기에 직면한다"고 반대의사를 밝혔다. 나는 관통도로 반대 서명란에 서명하고 서점을 나섰다. 그때 불현듯 몇 년 후 아벨서점이 없어질지도 모른다는 불길한 생각이 들었다.

'아벨서점이여! 부디 영원하기를! 내 예감은 보기 좋게 틀리기를!'

주인장 작업실에 무단 침입?

❀ ❀ ❀

나는 개인적으로 윤성근 작가를 좋아한다. 그의 『심야책방』을 심야에 무척 재미있게 읽었다. 흥미로운 것은 윤 작가는 다른 사람들이 잘 읽지 않는 책을 읽고 자기만의 색깔을 입혀 책을 쓴다는 점이다. 나는 윤 작가를 통해 토마스 핀천의 『브이를 찾아서』, 존 파울즈의 『콜렉터』, 가와나리 요의 『세계의 고서점』, 존 업다이크의 『부부들』, 장 그르니에의 『마지막 페이지』 등에 관심을 갖게 됐다. 그러다 문득 알렉산더 페히만의 『사라진 책들의 도서관』에서 읽은 이야기가 생각났다. 책을 사면 우편으로 저자에게 책을 보내 사인을 받은 후 읽기 시작했다는 내용이다.

나도 그렇게 해보고 싶었다. 윤 작가의 『침대 밑의 책』을 사서 그가 운영하는 '이상한 나라의 헌책방'으로 갔다. 서점에 도착하니 주인장인 윤 작가는 혼자서 책을 매만지고 있었다. 아마도 새로 들어온 책을 손님에게 내놓을 수 있도록 손질하는 것 같았다. 서점에 들어서자 인사를 건네고 『침대 밑의 책』을 꺼냈다. 대전에서 왔노라고 하면서 정중하게 사인을 부탁했다. 그러자 윤 작가는 내가 지금까지 본 것 중 최고의 정성을 들여 사인을 해줬다. 물론 '풀꽃' 나태주 시인도 직접 풀꽃을 그리고 시를 써서 최고의 사인을 해줬었다.

"자세히 보아야 / 예쁘다 / 오래 보아야 / 사랑스럽다 / 너도 그렇다."

이 책을 읽는 분들도 정성이 깃든 사인을 받고 싶다면 '이상한 나라의 헌책방'을 찾으면 된다. 윤 작가는 멀리서 온 내게 차를 건넸다. 윤 작가와 이런저런 대화를 나누던 중 손님이 찾아와 얘기가 끊겨 나는 헌책방을 둘러보았다. 이곳저곳을 살펴보았다. 책을 따라 '이상한 나라의 헌책방'을 샅샅이 뒤졌다. 그러면서 조르주 페렉의 『사물들』, 『W 또는 유년의 기억』 등을 눈으로 찜해 두었다. 슈테판 츠바이크에게도 눈길이 갔다. 『츠바이크가 본 카사노바, 스탕달, 톨스토이』, 『광기와 우연의 역사』를 마음속으로 챙겼다. 이어 스탕달의 『적과 흑』, 『파르마의 수도원』과 톨스토이의 『살아갈 날들을 위한 공부』 등을 눈여겨보았다. 나는 속으로 쾌재를 불렀다.

'헌책방 같지가 않아! 완전 대박이군!'

하지만 걱정도 됐다. 이 책을 어떻게 대전까지 가지고 가지? 하는 걱정이 밀려왔다. 그런 생각을 하며 나는 십여 권의 책을 들고 계산대로 갔다. 회심의 미소를 들키지 않으려고 태연한 척하면서. 그런데 윤 작가에게서 뜻밖의 말을 들었다.

"이 책은 파는 게 아니에요."

"예?"

"제가 아끼는 책을 다 들고 오셨네요."

나는 비로소 깨달았다. 그제서야 보았다. '외부인 출입금지' 나는 그만 책에 이끌려 손님 금지구역인 작가 작업실까지 침입해서 주인장이 아끼는 책을 들고 나왔던 것이다. '윤 작가는 얼마나 황당했을까?' 난 창피해서 미리 봐둔 『보르헤스, 문학을 말하다』만 얼른 계산하고 이상한 나라를 떠났다. 마치 도망치듯이.

나에게 헌책방 추억을 안겨준 곳은 또 있다. 바로 부산 보수동 거리다. 2014년 8월 가족과 함께 부산 여행을 떠났다. 아내와 딸은 입시 설명회에 참석하고, 나는 그동안 보수동 헌책방 거리를 쏘다녔다. 말로만 듣던 '부산 명물' 헌책방 거리를 찾은 것이다. 비가 내리는 가운데 나는 헌책방 거리를 구경했다. 헌책방 거리에는 대략 60여 곳의 서점이 있었다. 비가 오는 가운데서도 주말이라 그런지 사람들로 북적였다. 좁은 골목길을 우산을 부딪치며 걷는 사람들의 표정이 재미있었다. 보수동 헌책방을 찾는 사람들의 얼굴 표정이 즐거움으로 가득했다.

나는 천지서점에서 『서머셋 몸 단편선』을 사서 우리글방에 있는 북카페에서 커피를 마시며 책을 읽었다. 비가 와서 더 돌아다니기도 불편했다. 커피를 마시고 있는 있는데 대학생인 듯한 녹색 원피스를 입은 예쁜 이십 대 학생이 들어왔다. 초록색이 눈에 확 띄었다. 그녀는 먼저 커피를 주문한 후 내 뒷자리에 앉았다. 10분쯤 후 그녀의 친구인 듯한 학생이 맞은편에 앉았다. 녹색 원피스 일행과 나는 거리가 가까워 대화가 고스란히 들려왔다.

"난 정말 바보 같아."

녹색 원피스가 먼저 고민을 털어놨다.

"왜?"

"내가 뭘 잘 하는지 모르겠어."

"……."

나는 순간 녹색 원피스에게 이렇게 말하고 싶었다.

'그 나이에 내가 뭘 잘 하는지, 앞으로 무엇을 할 것인지, 그렇게 진지하게 고민하는 것만으로도 이미 충분하다!'

나이 오십이 돼서야 겨우 독서와 글쓰기를 좋아한다는 것을 깨닫고,

이렇게 첫 책을 쓰고 있는 사람도 있지 않은가 하고 녹색 원피스를 위로해주고 싶었다.

술 먹은 책? 취한 책? 찢어진 책?

온라인 서점에서 웹서핑을 하다 『술 먹는 책방』이라는 책을 구매했다. 충동구매다. 나는 책과 술은 전혀 어울리지 않는다고 생각했다. 상극이라고 믿었다. 그런데 가만 생각해보니 꼭 그럴 필요는 없다는 생각도 들었다. 어쩌면 술과 독서는 아주 잘 어울리는 조합인지도 모른다. 『술 먹는 책방』에 나오는 '책맥'처럼 말이다. 책맥은 치맥을 빗댄 신조어다. 그런데 배송되어 온 책은 한마디로 술 먹은, 취한 책이었다. 209페이지에서 216페이지까지 제본이 잘못되어 너덜너덜한 상태로 나에게로 왔다. 제목이 『술 먹는 책방』이어서 그런 것인가. 술 먹고 제본해서 그런가? 알라딘이 술 먹고 포장해서 이런 책을 배달했나. 이상한 생각이 꼬리에 꼬리를 물었다.

반품을 하려다가 생각을 고쳐먹었다. 이렇게 된 바에야 내가 손을 봐서 읽기로 했다. 간단한 책 수술을 했다. 가위로 지저분한 부분을 오려서 깨끗한 상태로 만들었다. 책을 읽는 데는 전혀 지장이 없었다. 그렇게 해서 '술 취한 찢어진' 책을 읽었다.

『술 먹는 책방』을 재미있게 읽었다. 다른 무엇보다 국내에서 최초로 술 먹는 책방을 만들기까지의 저자의 고군분투가 느껴졌다. 공감 백배! 더구나 지역 커뮤니티를 만들며 사회에 공헌해 나가는 부분에서는 응원을 보내고 싶었다. 내용은 서울 상암동에 있는 맥주, 보드카를 파는 동네서점 이야기다. 책방 이름은 '북바이북(Book By Book)' 서점 주인장이자 이 책자의 저자인 김진양 씨가 2013년 북바이북 1호점에 이어 이듬해 2호점을 열고 운영하는 과정을 재미있게 그렸다.

그리고 역시나 생맥주를 판매하고 있었다!!! 세상에 책과 맥주라니, 눈으로 보고 있어도 신기하고 생소했다. 맥주를 주문해보니 생맥주 따르는 것을 전담으로 하고 있는 듯한 직원 한 명이 컵에 크림이 가득한 생맥주를 따라 주었다. 집에서 맥주 한 캔을 마시며 알딸딸한 기분을 즐겼던 것처럼 생맥주 한 컵을 손에 쥐고 홀짝이며 서가를 둘러보는 기분은 꽤나 괜찮았다.

위 글은 북바이북 오픈 한 달 전에 도쿄 책방 투어에서 『도쿄의 서점』이라는 책에 소개된 'B&B(Book&Beer)'을 찾아서 느낀 점을 『술 먹는 책방』에 적은 것이다. 그런데 『술 먹는 책방』을 읽고 나니 술을 마시며 책을 읽는 약간 이상한(?) 공간이 의외로 많다는 사실에 놀랐다. 한 번은 어느 신문에서 술 마시는 책방을 소개하는 기사를 읽었다. '책바(ChaegBar)'는 책을 읽으며 술을 마시는 바이며, '퇴근길 책 한 잔'은 서점에서 맥주를 안주 삼아 책을 읽을 수 있다. '여행자' '비플러스' 등은 북카페의 메뉴에 술을 추가하는 방식으로 메뉴를 넓혀가고 있다.

언젠가 주말에 아내와 「내부자들」이라는 영화를 봤다. 영화 장면 중에 정치 깡패 안상구(이병헌)의 도피처로 검사 우장훈(조승우)의 아버지가 운영하는 숲 속 헌책방이 나온다. 자료를 찾아보니 그 헌책방의 이름이 새한서점이다. 새한서점은 충북 단양군 적성면 현곡리의 작은 시골마을에 있는 큰 서점이다. 현곡리는 전체 주민이 136명에 불과하고, 하루에 버스 3대가 들어오는 오지 중의 오지다. 하지만 서점에는 책이 13만 권이나 된다고 한다. 한 사람당 955권씩 나눠가질 수 있는 규모다. 언젠가 새한서점을 꼭 한 번 가봐야겠다.

나는 왜 헌책방을 즐겨 찾을까? 헌책방은 혼자 놀기에 최고의 장소다. 마음에 드는 책을 고르고, 이물질을 제거하고, 찢어진 부분을 테이프로 붙이고, 물티슈로 얼룩을 지우고, 연필로 쓴 낙서를 싹싹 지우는 일은 큰 기쁨이다. 단연 최고이다. 이런 엄숙한 과정을 거쳐야 헌책은 비로소 '나의 책'으로 변신한다.

헌책방이 주는 세렌디피티도 빼놓을 수 없다. 나의 친구이자 선생님인 김운하 작가로부터 받은 필독서 명단에 파울 파이어아벤트의 『킬링 타임』이 있었는데 서점에서 찾아보니 절판된 책이었다. 당시 인터넷에는 헌책도 없었다. 어느 날 중고서점에서 책 구경을 하고 있는데 거기에 『킬링 타임』이 턱하니 버티고 있는 것이 아닌가! 마치 자기가 여기 있다는 것을 알리려고 하는 것처럼. 어쩌면 우리 인생은 화려하고 거창한 것보다 우연히 찾아오는 작은 기쁨으로 살아가고 있는 것은 아닐까?

두 번째

초보 작가의
독서 편력기

Des Bauhaus

홍진경 기증도서
Jinh-Kyeong Hong

한경구 에세이
Han, Kyung-Koo

대다수의 사람들은 죽음에 대한 준비가 없다,
제 자신의 죽음이건 남의 죽음이건.
사람들에게 죽음은 충격이고 공포다.
뜻밖의 엄청난 사건 같다.
염병, 어디 그래서 되겠나.
난 죽음을 왼쪽 주머니에 넣고 다닌다.
때때로 꺼내서 말을 건다,
"이봐, 자기, 어찌 지내? 언제 날 데리러 올 거야?
준비하고 있을게."

『죽음을 주머니에 넣고』중에서

01

'헌책방 페렉'은
살아 있다

대전에 사는 헌책방 페렉을 만나기 위해
나는 가끔 그 책방을 들른다.
지나가다 그가 있는지 기웃거리기도 한다.
그 뒤, 나는 조르주 페렉을 알고 있는 사람에게
"프랑스 조르주 페렉은 고인이 됐지만
한국의 조르주 페렉은 살아 있다"고 뻥을 치곤 했다.

'닮은 꼴' 서점 주인을 만나다

❀ ❀ ❀

"사장님! 이 『인생사용법』은 얼맙니까?"

"그거, 만원!"

"아, 예."

"그건 내가 읽던 책이야!"

나는 나의 스승이자 친구인 김운하 작가와의 헌책방 순례에서 조르주 페렉의 『인생사용법』을 발견하고 즉시 구입했다. 3만 원인 책을 단돈 1만 원에 샀다. 사실 난 조르주 페렉을 모른다. 『인생사용법』도 알 리가 없다. 하지만 김 작가가 꼭 읽어봐야 할 책이고, 조르주 페렉은 '관심 작가' 중 한 명이라고 강조했다. 나는 조르주 페렉의 책을 발견하자마자 주저 없이 지갑에 모셔 두었던 '세종대왕' 한 장을 건네고 『인생사용법』을 손에 넣었다. 가끔 헌책방에서는 뜻밖의 책을 만난다. '헌책방 세렌디피티'라고나 할까?

그런데 이게 웬일인가? 『인생사용법』 표지의 조르주 페렉과 헌책방 사장님이 너무 닮은 꼴 아닌가? 이 책의 저자 조르주 페렉은 장난기로 똘똘 뭉친 아이 같은 표정을 짓고 있었다. 천진난만한 얼굴이다. '뭐 재밌는 일 없나?' 하는 호기심 가득한 눈빛을 하고 있다.

김 작가와 카페에 앉아 커피를 음미하며 『인생사용법』을 살펴봤다. 그 중 제51장 발렌(다락방 9)을 읽고 배꼽 빠지게 웃었다. 어쩜 이렇게 웃기지? 배꼽 실종사건으로 비화될 뻔했다. 51장 중 재미있는 부분을 소개하고 싶다.

3. 맨 꼭대기 층에 사는 두 눈의 색깔이 서로 다른 귀머거리 새끼 고양이

28. 외딴 섬에서 편하고 자유롭게 사는 로빈슨 크루소

30. 헌책방 일대를 돌아다니며 괴로워하는 '언어의 암살자'

36. 호화로운 침대를 산 탓에 2년 동안 빚을 진 채 살아가는 젊은 부부

42. 사위가 면도할 때 더운물을 끊어버리는 장모

52. 한국에서 자신의 순찰대를 죽게 만드는 미국인 탈주병

61. 888m의 기록을 세우는 터키의 술탄 셀림 3세

62. 지우개 과다 복용으로 사망하는 육군 상사

109. 채식주의자의 수프에 고기 가루를 넣은 학생

121. 한 신문에서 자신의 부고기사를 발견하는 마크 트웨인

그 뒤 나는 몇 차례 그 헌책방을 찾았다. 책방 사장님은 볼수록 조르주 페렉과 외모뿐 아니라 생각하는 것도 많이 닮았다는 생각이 든다. 물론 이건 전적으로 내 생각이다. 나는 아직 조르주 페렉의 정신세계를 모른다. 언젠가 그는 "내가 헌책방을 하는 것은 읽고 싶은 책을 쉽게 구해서 읽기 위한 것"이라고 헌책방 철학을 얘기했다. 사장님은 돈을 벌기 위해 헌책방을 운영하는 것이 아니라고 핏대를 올렸다. 누가 뭐라고 했나? 나는 헌책방 운영과 관련해 어떤 질문도 하지 않았다. '헌책방계 공룡' 알라딘에 대해서도 '저렴한 가격에 책을 파니 얼마나 좋냐?'는 식이다. 이건 영세한 소규모 헌책방 주인인지, '알라딘 대변인'인지 모를 일이다. 돈 버는 일에는 관심이 없는 걸까? 조르주 페렉은 실제 어땠는지 궁금하다. 대화 도중 사장이 자꾸 반말을 쓰길래 나이를 여쭤보았다.

"사장님! 몇 학번이세요?

"나? 몰라."

"모른다는 게 말이 돼요?"

"나이! 잊고 산지 오래야."

"나이 잊는 사람이 어딨어요."

"아마 스물아홉쯤 됐을 거야. 나이 먹는 게 정지됐어. 그 후론 나이를

안 먹어."

하여튼 조르주 페렉 같은 사장님과 나는 점점 안면을 트게 됐다. 알 듯 모를 듯 선문답을 나누며 나는 '헌책방 페렉'과 친해졌다. 이젠 반말을 해도 별로 기분 나쁘지 않은 사이가 됐다. 나중에 안 사실이지만 그는 그때 오십을 넘겼다. 나보다는 두세 살 위였다. 지천명의 나이지만 이십 대처럼 살고 있는 그가 갑자기 멋있어 보이는 이유는 뭘까?

"근데 『사물들』은 읽어 봤어? 간결체의 결정판이지. 호르헤 루이스 보르헤스의 『픽션들』도 꼭 읽어 봐!"라며 '헌책방 페렉'은 문학고전을 추천해 주기도 했다. 그의 추천으로 인터넷 서점에서 『사물들』과 『픽션들』을 주문했다.

이렇게 조르주 페렉과의 인연이 시작되었다. 프랑스의 조르주 페렉은 1982년 45세 때 폐암으로 죽었으니 책으로 만날 수밖에 없고, 대전에 사는 헌책방 페렉을 만나기 위해 나는 가끔 그 책방을 들른다. 지나가다 그가 있는지 기웃거리기도 한다. 그 뒤, 나는 조르주 페렉을 알고 있는 사람에게 "프랑스 조르주 페렉은 고인이 됐지만 한국의 조르주 페렉은 살아 있다"고 뻥을 치곤 했다.

리포그램과 팔렝드롬의 작가
❀ ❀ ❀

그렇다면 조르주 페렉은 누구인가?

한마디로 그는 나같은 평범한 사람이 보기에는 부럽기 그지없는 천재 작가다. 조르주 페렉은 '울리포(OuLiPo)'라는 단체에서 활동했다. 울리포는 '잠재적인 문학의 공동작업실(Ouvroir Litterature Potentielle)'의 줄임말이다. 이는 글쓰기에 특정한 제약이나 장치를 둬서 작가가 더욱 창의적인 작품을 쓸 수 있도록 하는 문학운동이다. 조르주 페렉은 작품의 규칙을 가장 철저하게 지킨 울리포 회원이다.

그는 글을 쓰는 데 있어 리포그램(Lipogram)과 팔렝드롬(Palindrome)이라는 방법을 사용한다. 물론 리포그램과 팔렝드롬은 보통 사람들이 사용할 수 있는 것은 아니다. 천재 작가들만이 가질 수 있는 특권이다. 리포그램은 글을 쓸 때 특정한 알파벳이 들어간 단어를 제외하는(또는 그 반대)방법이다. 그의 작품 『실종』은 실제 'e'가 들어가지 않은 단어만 갖고 쓴 소설이다. 프랑스어에서 'e'는 가장 중요한 철자다. 'e'가 들어간 단어를 빼면 전체 단어 중에서 절반 이상의 단어는 쓸 수 없게 된다. 우리말로 따지자면 '아'나 '어'가 들어가지 않은 단어로만 글을 쓰는 셈이다. 그런데 이 같은 제약조건에서도 얼마나 완벽하게 문장을 구사했는지 『실종』을 출판사에 넘겼을 때 이 소설이 리포그램 방식으로 쓰였다는 것을 아무도 몰랐다고 한다.

팔렝드롬은 또 어떤가? 이 방식은 오른쪽에서 왼쪽으로 읽어도 문맥이 이어지고, 그 반대로 읽어도 말이 되는 단어만으로 문장을 구성하는 것이다. 당혹스럽기는 리포그램과 마찬가지다. 조르주 페렉은 리포그램과 팔렝드롬 방식으로 아주 자연스럽게 글을 썼으니 평범한 작가들에게는 부러움의 대상이 아닐 수 없다. 이게 가능하기는 한 걸까? 아무런 제약 없이 오히려 마음대로 쓰라고 해도 원고지 한 장 채우기

가 힘든 나는 뭔가? 애초 나와 조르주 페렉을 비교하는 것이 무리라는
건 잘 안다.

조르주 페렉은 아주 사소한 일상에 의미를 부여하여 작품을 쓴 사람
이다. 그는 그의 이와 같은 작품론을 다음과 같이 설명했다.

제가 말하는 일상성의 사회학은 우리 곁에 있고, 너무 익숙해진 채 늘
있어서 그에 대한 담론이 존재하지 않는 것에 대해 기술하는 작업입니
다. 저변에 있는 것, 일상의 하부, 우리 일상의 매 순간 들려오는 배경
음을 포착하려는 것입니다.

그래서인지 폴 오스터(Paul Auster)는 조르주 페렉에 대해 "그의 손에
걸리면 벌레가 갉은 탁자마저도 흥미의 대상"이라고 찬사를 보냈다. 조
르주 페렉이 범부가 접근하기 어려운 천재임을 재확인할 수 있는 부분이
다. 일찍이 그가 밝힌 것처럼 "작가로서의 내 욕심은 이 시대 가능한 모
든 문학 장르를 두루 써보는 것이고, 두 번 다시 같은 방식으로 작품을 쓰
지 않는 것"이라고 했다. 참 오만방자한(?) 글쓰기 원칙이 아닐 수 없다.

'결핍의 결핍 시대'를 사는 사람들

❀ ❀ ❀

이제 헌책방 주인 페렉이 강력 추천해 준 『사물들』에 대해 한번 본격
적으로 얘기해보자. '진짜 페렉'의 『사물들』을….

『사물들』은 스물을 갓 넘긴 주인공 실비와 제롬이 학생 신분을 떠나

사회에 진입하기까지의 과정을 그린 행복에 관한 담론이다. 이 책을 1960년대 프랑스 사회에 대한 사회학적 보고서라고 할 수 있을 정도로 그 당시의 사회상을 압축적으로 묘사하고 있다.

1부, 2부, 에필로그 세 부분으로 나뉘는데, 이는 조르주 페렉이 자주 사용하는 좌우 대칭구조다. 세 부분 중 가운데는 현실이고, 앞과 뒤는 미래시제다. 중간에 현실을 두고 마치 거울처럼 마주보는 형식이라고 할까? 하지만 이런 글은 내용이나 주제가 어렵다는 단점이 있다. 다행히『사물들』은 내용이 짧고 줄거리 또한 단순하다. 작품해설을 빼면 소설은 139쪽에 불과하다. 큰 걱정은 덜었다. 책의 두께로부터 받는 위압감은 없으니 말이다. 이에 반해『인생사용법』은 무려 700쪽이 넘는다. 『인생사용법』을 헌책방에서 샀을 때 내용은 고사하고 책의 두께로부터 중압감을 느꼈었다. '이걸 언제 읽지?' 하는 생각이 들었다. 『인생사용법』은 누워 잘 때 베개로 쓸 만한 '벽돌책'이다. 이런 게 직장인들의 독서 한계다. 독서시간의 절대 부족으로 책이 두껍거나 어려울 것 같으면 겁부터 덜컥 난다.

『사물들』의 주인공 실비와 제롬은 프티 부르조아가 되고 싶어 하는 청춘들이다. 두 젊은이는 멋진 양탄자와 번들번들 윤기가 나는 가구, 길이 잘 든 가죽 소파가 놓인 방에서 한가롭게 공상이나 떠는 게 두 사람이 하는(또는 하고 싶은) 일이다. 첨단 가전제품 때문에 생활은 편리하고, 마음 맞는 친구들도 많다. 가끔 파티를 즐기기도 한다. 시끌벅적한 파리 시내에서 맛보는 프티 부르조아의 삶이란 지금 우리나라의 젊은이들이 상상하는 '뉴요커'의 그것과도 일치한다.

그들도 다른 사람과 마찬가지로 무엇인가에 온전히 자신을 바치고 싶었을 것이다. 흔히 사람들이 천직이라 부르는 내부의 강력한 이끌림을 느끼며, 그들을 뒤흔들 만한 야망, 충만케 할 열정을 느끼며 자신을 쏟아 붓고 싶었을 것이다. 하지만 어쩌란 말인가, 그들은 단 하나만을 알았다. 더 잘살고 싶다, 이 욕망이 그들을 소진했다.

생활용품을 실은 트럭들이 마을을 가로질러 기근이 한창인 남쪽으로 향해갔다. 그들의 삶은 날마다 똑같았다. 수업시간, 「레장스」의 엑스프레소, 저녁의 오래된 영화들, 신문, 말십자놀이…… 그들은 몽유병자와 같았다. 더 이상 자신들이 무엇을 원하는지 몰랐다. 그들은 완전한 이방인이었던 것이다.

당시 프랑스는 오를리 공항의 개장(1961년)과 더불어 소비자를 유혹하는 각종 신기술의 전자 제품들이 광고에 등장하기 시작한 시점으로 현대 소비사회로의 빠른 진입을 보이는 시기였다. 이 같은 작품 배경은 1965년 조르주 페렉이 레 레트로 프랑세즈(Les Lettres francaise)와의 인터뷰에서도 잘 나타난다.

"오늘날 물질과 행복은 불가분의 관계에 있습니다. 현대 문명의 풍요로움이 어떤 정형화된 행복을 가져다주었지요. 현대 사회에서는 행복해지기 위해 전적으로 '모던'해져야 합니다. (중략)
실비와 제롬이 행복하고자 하는 순간, 자신들도 모르게 벗어날 수 없는 사슬에 걸려든 것입니다. 행복은 계속해서 쌓아 올려야 할 무엇이 되고 만 것이지요. 우리는 중간에 행복하기를 멈출 수 없게 되고 말았습니다."

『사물들』은 표현하자면 물질적으로는 '결핍의 결핍 시대'이지만 정신적으로는 '결핍의 풍요 시대'를 표현했다고 할 수 있다. 이 책을 통해 물질과 행복의 상관관계에 대해 생각해 볼 수 있었다.

2007년인가. 세대 간 불균형이 우리나라의 가장 심각한 문제임을 지적한 우석훈·박권일의 『88만원 세대』가 이 시점에서 생각나는 이유는 뭘까? 청춘들의 불평등에 대한 비판이 담긴 장하성 교수의 『왜 분노해야 하는가』에 청춘들을 비롯한 많은 사람이 열광하는 이유는 뭘까? 표현 방식이야 바뀌었지만 불평등에 대한 담론이 현재까지 광범위하게 펼쳐지고 있고, 지금도 별반 달라지지 않았기 때문일 것이다.

조르주 페렉에 대한 자료를 찾다가 그의 홈페이지에 우연히 접속했다. 불어를 잘 몰라서 구체적인 내용은 알 수 없지만, 만약 조르주 페렉에 대한 자료를 찾아보고자 한다면 무엇이든지 찾을 수 있을 만큼 자료가 풍부했다. 그의 소설이 현재도 널리 읽히는 것처럼, 죽은 지 30여 년이 지났지만 조르주 페렉의 자료는 넘쳐나는 듯했다.

조르주 페렉 협회는 그가 아르스날 도서관에서 잠깐 일했던 인연으로 도서관 한편을 사무실로 얻어 쓰고 있었다. 매주 목요일마다 일반인들에게 페렉 관련 자료들을 공개하는 한편, 회원들에게 페렉 관련 소식지를 발송하는 일을 한다. 천재 작가에 대한 예우는 여기서 그치지 않는다. 조르주 페렉을 기리기 위해 1982년 발견된 2817호 행성에 '페렉'이라는 이름을 붙였다. 1982년은 조르주 페렉이 사망한 해이다. 1994년에는 파리 20구의 거리에 '조르주 페렉가街'를 만들었다. 프랑스인들의 문화, 문학, 작가에 대한 사랑을 엿볼 수 있는 부분이다.

몇 개월이 지난 어느 날, 나는 헌책방 페렉의 그 장난기 가득한 얼굴이 그리워 그곳을 찾았다. 그런데 서점이 온데간데없이 사라졌다. 흔적만 덩그러니 남아 있었다. 헌책방 페렉 대신 낡은 간판만이 헌책방을 지키고 있었다.

'이곳에 와도 페렉을 만날 수 없구나'라는 생각에 허전함이 밀려왔다. 이젠 정녕 '살아 있는' 페렉은 만날 수 없단 말인가. 나의 페렉은 어디로 갔을까? 그에게 무슨 일이 생긴 걸까?

02

아! 나도 멋진
문신을 하고 싶다

아마도 나는 언젠가 간단하게나마 피어싱이나 문신,
타투를 하게 될 것 같다.
그리고 그것을 볼 때마다 가네하라 히토미와
『뱀에게 피어싱』을 생각할지도 모른다.
아마, 루이, 시바 등 세 주인공의
거침없는 삶도 떠올릴 것이다.

『뱀에게 피어싱』을 읽다

🐢 🐢 🐢

나는 헤나 가게 앞에서 20분째 서성이고 있다. 선뜻 들어갈 용기가
나지 않는다. 가게에는 젊은 사람들만 들락거린다. 내 나이 또래는 없
다. 피어싱까지는 아니더라도 간단한 문신이나 타투, 헤나 중 하나는
해보고 싶었다. 하지만 용기가 나지 않는다.

결국 나는 발길을 돌렸다. '아! 중년 아저씨의 용기 없음이여!' 먼저
아내에게 혼날 일이 걱정됐다. "이게 뭐야?" 하고 버럭 소리를 지를 게
뻔하다. 다른 무엇보다 직장에서의 걱정도 앞선다. 내가 근무하는 정부

출연연구원의 직장 분위기에서 문신을 한 나를 이해해줄 수 있는 사람이 얼마나 될까? 물론 눈에 띄지 않는 은밀한(?) 곳에 해도 된다. 하지만 아무도 볼 수 없는 곳에 하는 문신이 무슨 의미가 있겠나. 문신이나 타투 등은 원래 다른 사람에게 보이려고 하는 것이 아닌가. 내 나이 오십밖에 안 됐는데 피어싱이나 문신을 하면 안 되나? 젊은이들만 하라는 '문신법'이라도 있나. 그들만의 전유물인가. 이렇게 평생 범생이처럼 살아야만 하는가?

몇 년 전, 영화 「은교」를 본 사람이라면, 특히 중년 남성들은 고등학생 은교(김고은)가 노교수 이적요(박해일)를 자신의 무릎에 눕히고 쇄골 밑 가슴팍에 헤나 문신을 그려 넣는 장면을 기억할 것이다. 비록 짧은 장면이기는 했지만 나에겐 강렬한 인상과 메시지를 남겼다. 아마도 몇몇 남성 관객들은 이적요처럼 헤나를 그리고 싶은 충동에 휩싸였을지도 모른다. 헤나는 영구적인 문신과 달리 2~3주가 지나면 자연스럽게 사라지는 것이 장점이다.

처음으로 피어싱이나 문신이 하고 싶다는 생각이 든 것은, 일본 작가 가네하라 히토미의 『뱀에게 피어싱』을 읽고 나서였다. 그만큼 『뱀에게 피어싱』은 충격적이었다. 그동안 문신이나 피어싱은 조폭이나 날나리들만 하는 전유물로 생각했었다.

소설 『뱀에게 피어싱』을 읽게 된 것은 우연이었다. 내가 참여하고 있는 봉사모임에서 고등학생 대상으로 책과 관련된 특강 일정이 잡히면서 강연 내용을 고민하기 시작했다. 고등학생들의 고민이나 방황, 좌절을 어떻게 하면 이해할 수 있을까 고심했다. 그들을 조금이라도 더 이해할 수 있는 책을 찾다가 『뱀에게 피어싱』을 발견했던 것이다. 처음에는 책보다는 작가인 가네하라 히토미에 관심이 갔다. 그녀는 나의 관심을 끌기에 충분했다. 아마 다른 사람이라도 마찬가지였을 것이다.

열아홉 살에 『뱀에게 피어싱』을 쓴 가네하라 히토미는 그야말로 문제아요, 비행 청소년이었다. 초등학교 4학년 때부터 등교를 거부했고, 중학교 때에는 손목을 그어 정신과 치료를 받기도 했다. 이뿐만이 아니다. 고등학생 때는 남자친구와 동거하면서 파친코 가게에서 살다시피 했다. 여고생 때는 최악이지 않았나 싶다. 나도 지금 고등학생인 딸을 두고 있는데 만약 나에게 이런 상황이 닥친다면? 생각만 해도 끔찍하다.

하지만 문제아였던 그녀는 일본의 촉망받는 작가로 변신한다. 그렇게 된 데에는 그녀의 아버지 영향이 컸다. 아니 거의 절대적이었다. 가네하라 히토미는 초등학교 6학년 때 호세이대학 교수며 번역가이기도 한 아버지 가네하라 미즈히토를 따라 샌프란시스코에서 1년을 살았다. 당시 아버지는 일본 소설을 잔뜩 사와서 이렇게 말했다.

"혹시 이중에 흥미 있는 책이 있으면 읽어 보렴."

가네하라 히토미는 당시를 회상하면서 '강제로 읽으라고 했으면 안 읽었겠지만, 그냥 놔두고 가길래 한번 읽어봤더니 아주 재미있었다'고 술회했다. 그리고 열두 살 때부터 소설을 쓰기 시작했다. 2003년 주변의 권유로 처음 응모한 『뱀에게 피어싱』으로 스바루 문학상을 수상하고, 이듬해에는 아쿠타가와 상을 받았다. 이 작품은 '최근 아쿠타가와 상 수상작 중에서 단연 두드러지는 문장'이라는 호평을 받기도 했다. 우리나라에도 잘 알려진 무라카미 류가 심사위원장으로 활약해 이 작품이 수상작으로 선정되는 데 전폭적인 지지를 보냈다는 후문이다.

가네하라 히토미는 갈색으로 물들인 머리, 귀에는 양쪽에 모두 여섯 개의 피어싱, 앞뒤가 깊게 파인 갈색 니트, 검은 미니스커트와 무릎까지 오는 검은 스타킹 차림을 하고 시상식장에 나타나 또 한 번 사람들을 놀라게 했다. 그녀의 겉모습 또한 파격이다.

스플릿 텅은 신체 개조

※ ※ ※

"스플릿 텅이라고 알아?"

"뭐야 그게? 갈라진 혓바닥?"

"그래, 맞아. 뱀이나 도마뱀 같은 혓바닥. 인간도 그렇게 할 수 있다. 볼래?"

아마는 여전히 내 옆에 있다. 괜찮아, 괜찮다니까… 나는 스스로에게 그렇게 말했다. 혀 피어싱을 했다. 문신이 완성되고 스플릿 텅이 완성되면 난 그때 무슨 생각을 할까? 평범하게 살아간다면 분명 평생 변하지 않을 것들을 억지로 바꾸려고 하는 것. 그것은 신을 등지는 것으로도, 자아를 믿는 것으로도 볼 수 있다. 나는 지금까지 아무것도 소유하지 않고, 아무것도 신경 쓰지 않고, 아무것도 탓하지 않고 살아왔다. 분명 내 미래에도, 문신에도, 스플릿 텅에도 의미 따윈 없다.

『뱀에게 피어싱』은 여자 루이와 두 남자인 아마, 시바의 '삼각관계'를 그린 사랑 이야기다. 제멋대로인데다 어리광쟁이 같은 면이 있는 주인공인 루이, 그녀에게 스플릿 텅(Split tongue)의 계기를 만들어준 다혈질 청년 아마, 그리고 루이에게 피어싱과 문신을 해주는 속을 알 수 없는 시바, 이 세 청춘 남녀의 일본판 러브 스토리다.

책에는 문신과 피어싱 등 자극적인 소재와 적나라한 성적 묘사가 많이 나온다. 어떤 사람에게는 역겨울 수도 있다. 스플릿 텅만 해도 소재가 낯설다. 나도 이 소설을 읽기 전까지 스플릿 텅을 몰랐다. 아니 관심이 없었다고 하는 게 맞을 거다. 스플릿 텅이란 뱀처럼 끝이 둘로 갈라진 혀를 뜻하는데, 혀에 피어싱을 한 다음 구멍을 점차 확장시켜 마지막에는 남은 끝부분을 잘라서 만든 갈라진 혀를 지칭한다.

이 작품에서 우리가 생각해볼 수 있는 키워드는 신체 개조이다. 루이가 작품 속에서 말한 것처럼 "이 의미 없는 신체 개조 따위에서 나는 대체 무엇을 찾아내려 하는 것일까?"라는 질문이 이 소설이 던지고 싶어 하는 화두가 아닐까 싶다.

청년들은 피어싱, 문신 등 신체 변화를 통해서 뭘 얻으려 하는 걸까? 아마도 청년들은 신체적 통증과 고통 속에서 살아 있는 자신을 발견하고 싶어 하는지도 모른다. 루이는 아마의 스플릿 텅을 본 순간, "끝내준다"는 반응을 보이고, "너도 신체 개조 한번 안 해 볼래?"라는 아마의 말에 자신도 모르게 고개를 끄덕인다. 기다렸다는 듯이 스플릿 텅에 동참하게 된다.

우리는 항상 '신체발부수지부모身體髮膚受之父母'라는 유교 전통 속에서 살아왔다. 얼마나 이 같은 말을 강조했는지 한자를 잘 모르는 청소년들도 이 말은 알고 있을 것이다. 귀에 못이 박히게 들었기 때문이다. 부모에게 물려받은 소중한 몸을 잘 보존하는 일을 효의 근본으로 여겼다. 하지만 요즘은 부모들의 전폭적인 지원으로 쌍꺼풀 수술은 기본이고, 심지어 방학 때는 성형을 많이 해서 개학하면 친구들이 몰라보는 일도 있다고 한다. 부모와 자녀가 같이 시술하는 패키지 상품이 유행이라고 하니 참 아이러니하다. 신체 개조가 대세다.

『뱀에게 피어싱』을 읽으면서 '방황의 크기가 크면 자기 완결성도 그만큼 크고 깊어지는 것일까?' 하는 생각을 했다. 삶에 대해 고민하면 할수록 그만큼 삶의 깊이는 더해지는 것이 일반적이라고 생각하기 때문이다.

나는 작가 가네하라 히토미가 참 부러웠다. 그녀의 다른 소설 『오토픽션』이 자전적 소설이라면 그 나이에 그 같은 경험을 한 것이 참으로 부럽다는 생각에 이르렀다. 소설가 천운영이 실토한 것에 나도 동의한다.

나는 인정할 수밖에 없었다. 가차 없이 잘라내는 대담한 문장과 그 문장 단면에 배어나온 깊은 울림을, 고통을 위장하거나 부풀리지 않는 냉정함과 그 속에 묻어나오는 열정을, 나는 가네하라 히토미를 시기하는 것이 틀림없었다. (중략) 내가 시기한 것은 그녀가 가진 체험과 자유, 그녀 자체인지도 모른다.

『오토픽션』은 남녀 관계에서 경험할 수 있는 모든 감정을 적나라하게 밝힌 한 여자의 고백록이다. 가네하라 히토미의 장점인 파격적 소재와

거칠 것 없는 표현이 압권이다. 일본 동료 작가 기리노 나쓰오는 『오토픽션』에 대해 "저자의 박력에 할 말을 잃었다"고 극찬했다.

아마도 나는 언젠가 간단하게나마 피어싱이나 문신, 타투를 하게 될 것 같다. 그리고 그것을 볼 때마다 가네하라 히토미와 『뱀에게 피어싱』을 생각할지도 모른다. 아마, 루이, 시바 등 『뱀에게 피어싱』 세 주인공의 거침없는 삶도 떠올릴 것이다.

너무나 재미있는 『뱀에게 피어싱』은 아껴 읽은 책이다. 서울 출장 중에 읽은 이 책은 아무리 천천히 읽어도 하루 만에 읽을 수 있는 책이다. 긴 여행길에 이 책을 읽게 된다면 위에서 소개한 가네하라 히토미의 다른 책인 『오토픽션』을 미리 준비하는 것은 현명할 것이다. 『뱀에게 피어싱』은 125쪽 밖에 안 되기 때문에 아무리 천천히 읽어도 금방 읽게 된다. 따라서 다음에 읽을 책이 필요하다. 이 책은 정독하고, 저독低讀하고, 지독遲讀한 책이다. 제목도 참 멋있다. 『뱀에게 피어싱』이라니! 뱀이 피어싱을 한다면 얼마나 이쁠까?

보톡스의 유혹에 빠지다
❀ ❀ ❀

『뱀에게 피어싱』을 읽은 후 1년여가 흐른 2015년 가을. 휴가를 내고 집에서 책을 뒤적거리며 여유를 즐기던 내게 아내가 갑작스럽게 말했다.

"보톡스 맞으러 가자."

"웬 보톡스?"

"미간 주름 펴게."

"그래?, 가자."

"웬일이야?"

"맞을래, 보톡스."

예전 같으면 "무슨 보톡스야!" 하며 절대 반대했을 나지만 순순히 아내를 따라 나섰다. 왜냐하면 아직도 지워지지 않는 충격적인 기억이 있기 때문이다. 3년 전쯤 명절을 앞두고 코스트코에 장을 보러 간 적이 있다. 건강식품이 진열된 코너를 지날 때다.

"아버님 모시고 오셨나 봐요?"

나보다 더 나이 들어 보이는 판매원인 중년 여자의 말이다. 설마 우리? 그 판매원은 아내와 나를 보며 한껏 흐뭇한 표정을 짓고 있다. 내 가슴을 콕 찌르는 비수 같은 말을 웃으면서 다정하게 하고 있다.

"네?"

아내는 반문을 날리며 나를 향해 그 판매사원보다 더 환하게 웃었다. 아무리 아내의 관심을 끌기 위해 다소 과장되게 말을 했다고 백번 양보하더라도 어떻게 나를 아내의 아버지로 본단 말인가? 충격이지 않을 수 없었다. 아내는 상대적으로 젊어 보인다는 표현에 좋았을지 모르지만 나는 그 후 얼굴에 대형공사(?)를 해야 하나 하는 생각을 했다. 그리고 괜히 안경테 때문이라며 새로 산 지 일주일도 안 된 진갈색 뿔테를 금속테로 다시 바꾸는 과소비를 단행했다.

솔직하게 털어놓고 얘기하겠다. 여기서 뭘 더 숨기겠는가. 그 판매사원이 나를 아내의 아버지로 본 것도 무리는 아닐 듯 싶다.

작년 4월 주말이었다. 아내와 나는 벚꽃이 예쁘게 핀 탄동천(내가 근무하는 한국지질자원연구원을 따라 길게 늘어선 작은 천)을 산책하다가 셀카를 찍었다. 잘 찍혔나 살펴보는데 이럴 수가, 사진 속의 우리는 더 이상 부부가 아니었다. 불륜지간 아니면 부녀지간이다. 가구점 판매사원의 말은 거짓이 아닌 진실이었다. 괜히 의심하는 사람에게는 내 휴대폰에 있는 사진을 보여줄 수도 있다. 정말 부부가 아니라 부녀처럼 보인다.

그래서 나는 순순히 보톡스를 맞으러 따라 나선 것이다. 보톡스 시술 후 아내는 훨씬 젊어 보인다고 만족해했다. 아내가 그렇게 말해서 그런지 거울을 보니 한층 젊어 보인다. 하지만 회사에 출근하니 내가 보톡스 시술을 한 것을 아무도 몰라 본다. '그럼 그렇지!' 나는 문신이나 피어싱 대신 보톡스 시술로 만족해야 했다.

하여튼 나는 『뱀에게 피어싱』, 『오토픽션』 등을 읽으면서 나 자신을 이해할 수 있었다. 그뿐 아니라 행울림 강의를 준비하는 과정에서 고등학생들을 이해할 수 있었다. 그들이 더 주목받고 싶을 때의 행동도 이해됐다. 결과적으로 가네하라 히토미의 작품은 나에게 청소년들을 이해하고, 특히 딸을 이해할 수 있는 좋은 계기가 됐다. 만족스럽다. 아주 흡족하다.

03

술집에서
밀란 쿤데라를 읽다

『참을 수 없는 존재의 가벼움』은
그냥 단순히 드러나는 단어의 조합만으로 이뤄진 것은 아니다.
'존재의 가벼움'이 아니라
'존재의 가벼움을 참을 수 없음'이 맞는지도 모른다.
이제야 생각나는 거지만 술집 아가씨의
'골치 아픈 거'라는 말은 맞는 말이다.

'술집 독서'는 지적 허영심?

❀ ❀ ❀

앞에서 나는 중국 송나라의 문인 구양수가 책 읽기 좋은 곳으로 침상, 말 안장, 화장실을 꼽았다고 했다. 물론 당시와 지금은 상황이 많이 달라져 독서하기 좋은 장소는 바뀔 수 있다. 요즘은 북카페 같은 곳을 선호한다. 하지만 나는 한 곳을 더 추가하고 싶다. 바로 술집이다. 나에게 2013년 겨울은 '술집 독서'의 계절이었다.

당시 나는 밀란 쿤데라에 빠져 있었다. 그때까지 나는 흔히 필독서라고 하는 밀란 쿤데라의 작품을 단 한 권도 읽지 않았었다. '더 이상 창피해서 못 살겠다'라는 생각으로 그의 대표작 『참을 수 없는 존재의 가벼움』을 읽었다. 이어 『농담』도 읽었다. 나는 『참을 수 없는 존재의 가벼움』과 『농담』에 탐닉해 교대로 책을 가지고 다녔다.

그때 나는 정부출연연구원 홍보팀장을 맡고 있었다. 게다가 홍보팀장들의 모임인 홍보협의회 회장도 겸했다. 저녁마다 모임이 자주 있었다. 대부분의 모임에는 늘 술이 빠지지 않았다. 거의 매일 술을 마시다 보니 오후 4, 5시가 되어도 저녁 약속이 없으면 '오늘은 뭘 하지?' 하고 불안해지기도 했다. 그러면 내가 급히 약속을 잡았다. 그런 와중에도 항상 '책 읽어야 하는데…….' 하는 생각을 하곤 했다.

2013년 찬바람이 불어 올 무렵 나는 『참을 수 없는 존재의 가벼움』을 집어 들었다. 제목이 너무 매력적이라고 생각했던 이 책은 전부터 책장에 꽂혀 있었다. 책을 읽기 시작했다. 그러다 가끔 술자리에서 주변 사람들을 생각하지 않고 『참을 수 없는 존재의 가벼움』을 뒤적거리곤 했다. 밝지도 않은 술집의 조명 아래서. 아마도 '이 정도 책쯤은 읽어 줘야지' 하는 지적 허영심이 술집에서의 책 읽기를 가능케 했던 것 같다. 나는 허영심으로 술집에서 책 읽기를 했다. 술집 독서의 시발점은 허영심 때문이었을까?

말하자면 나의 '술집 독서'는 이런 식이다. 술자리의 사람들이 취해 한 얘기 또 하고, 한 얘기 다시 하기 시작하면 나는 슬며시 『참을 수 없는 존재의 가벼움』을 꺼내 든다. 전에 읽다가 만 다음 이야기가 궁금하기도 하고. 그러면 꼭 방해꾼이 나타난다.

"뭐 해?"

"잠깐만, 이것 좀 보고."

"술집에서 뭔 책이야?"

나는 '원샷!' 소리에 하는 수 없이 책장을 접고 잔을 들었다.

『참을 수 없는 존재의 가벼움』은 토마스, 테레사, 사비나, 프란츠 등 네 명의 주인공을 중심으로 전개되는 연애소설이다. 하지만 단순한 연애소설이 아니라 그 속에는 사랑은 물론 철학, 역사, 정치 등 문학에서 다룰 수 있는 모든 이야기를 담고 있다. 소설은 철저한 사랑 이야기 속에 심오한 인생관, 시대적 통찰, 혜안을 갖고 있다. 단순한 사랑 이야기라면 30여 년 동안 이토록 많은 사람에게 회자되었을까?

술집 독서를 하던 어느 날, 나는 토마스가 테레자와 격정적인 사랑을 나눈 후 고민하는 장면을 읽었다. 토마스는 테레자가 아파트에 찾아와 사랑을 나눈 후 앞으로 어떻게 해야 될지를 고민한다. 토마스는 여자들을 다루는 일명 '선수'였는데 레스토랑에서 손님과 종업원으로 만나 '일회성 사랑'을 나눈 테레자를 어떻게 해야 할지 번민한다. 나는 토마스가 되어 테레자를 어떻게 해야 하나? 하며 책 속으로 빠져 들었다. 어느새 나는 소설 속의 토마스로 변신했다.

테레자와 함께 사는 것이 나을까, 아니면 혼자 사는 것이 나을까?

도무지 비교할 길이 없으니 어느 쪽 결정이 좋을지 확인할 길도 없다.

모든 것이 일순간, 난생 처음으로, 준비도 없이 닥친 것이다. 마치 한 번도 리허설을 하지 않고 무대에 오른 배우처럼. 그런데 인생의 첫 번째 리허설이 인생 그 자체라면 인생에는 과연 무슨 의미가 있을까? 그렇기에 삶은 항상 밑그림 같은 것이다. 그런데 '밑그림'이라는 용어도 정확하지 않은 것이, 밑그림은 항상 무엇인가에 대한 초안, 한 작품의 준비 작업인데 비해, 우리 인생이라는 밑그림은 완성작 없는 초안, 무용한 밑그림이다.

가끔, 아주 가끔 누군가 나의 '술집 독서'에 호응이라도 해주면 나는 내가 밑줄 쳐 놓은 부분을 읽어 주곤 했다. 그리고 출력해서 갖고 다니는 다이제스트 '참을 수 없는 존재의 가벼움'을 나눠 주곤 했다. 박웅현은 그의 『책은 도끼다』에서 『참을 수 없는 존재의 가벼움』에서 밑줄 친 문장이 A4 19장이었다가 한 번 더 읽고 추가했더니 30장으로 늘었다고 했다. 나도 『참을 수 없는 존재의 가벼움』과 『농담』 중 카프카가 말한 것처럼 '도끼로 머리를 때린' 문장에 밑줄을 긋고 타이핑했다. 나의 다이제스트는 각각 A4 용지 14장이다.

왜 밀란 쿤데라 덕후가 됐나?

⟡ ⟡ ⟡

그렇다면, 나는 왜 밀란 쿤데라에 빠졌을까? 『참을 수 없는 존재의 가벼움』에서 헤어나지 못하는 것일까? 어쩌다가 그의 덕후가 됐을까?

첫 번째 이유는 『참을 수 없는 존재의 가벼움』이라는 책 제목 때문이다. 역설적이고 관념적인 제목은 단연 압권이다. 지금까지 세상에 나온 모든 소설 가운데 가장 인상적인 제목이라는 생각이 든다.

『참을 수 없는 존재의 가벼움』은 그냥 단순히 드러나는 단어의 조합만으로 이뤄진 것은 아니다. '존재의 가벼움'이 아니라 '존재의 가벼움을 참을 수 없음'이 맞는지도 모른다. 이제야 생각나는 거지만 술집 아가씨의 '골치 아픈 거'라는 말은 맞는 말이다. 책은 읽지 않더라도 제목만으로도 충분한 값어치를 한 책이라는 것이 내 생각이다. 김운하 작가는 자신의 블로그에서 『참을 수 없는 존재의 가벼움』의 책 제목과 관련, 이렇게 명쾌한 설명을 해놓았다.

『참을 수 없는 존재의 가벼움』의 원래 제목(L'Insoutenable légèreté de l'être)은 정확하게 직역하면 '존재의 참을 수 없는 가벼움'이다. 즉 존재를 참을 수 없다는 것이 아니라, 존재의 '가벼움'을 참을 수 없다는 뜻이다. 참을 수 없을 정도로 우리의 존재가, 삶이란 것이 새의 깃털이나 먼지처럼 무게가 없는 것이고 가볍디 가벼운 것이라는 뜻이다. 너무 가볍기 때문에 거기에 아무런 '의미'를 찾을 수 없다는 뜻이다.

제목을 패러디한 작품도 많다. 영화 '연애, 그 참을 수 없는 가벼움'에서부터 황동규의 시 '견딜 수 없는 존재의 가벼움'은 어떤가. '참을 수 없는 존재의 쫄깃함', '참을 수 없는 존재의 무거움', '참을 수 없는 국회의 가벼움' 등 패러디 작품은 부지기수다.

다음으로는 소설이지만 철학책 같아서 나는 『참을 수 없는 존재의 가벼움』을 좋아한다. 밀란 쿤데라가 소설에서 다루는 '무거움과 가벼움'이라는 테마 자체가 평범한 직장인인 나는 이해할 수 없고, 더 나아가 영혼과 육체, 삶과 죽음, 행복과 불행, 우연과 필연, 존재와 무 등 수많은 대립 쌍의 모순을 파헤치는 과정은 혼란스럽다. 하지만 그 혼란스러움은 어쩐 일인지 고스란히 즐거움으로 변환된다.

소설의 첫 부분은 영겁회귀에 관한 논의부터 나오기 때문에 어렵게 느껴진다. 그렇지만 그것이 매력이라면 매력이다. 이 소설이 사람들에게 어렵고, 까다롭고, 이해할 수 없는, 범접할 수 없는 소설로 느껴지는 이유도 처음부터 철학적 테마가 나오기 때문인지도 모른다. 『참을 수 없는 존재의 가벼움』은 이렇게 시작된다.

영원한 회귀란 신비로운 사상이고, 니체는 이것으로 많은 철학자를 곤경에 빠뜨렸다. 우리가 이미 겪었던 일이 어느 날 그대로 반복될 것이고 이 반복 또한 무한히 반복된다고 생각하면! 이 우스꽝스러운 신화가 뜻하는 것이 무엇일까?

처음부터 숨이 턱턱 막힌다. 이 문장을 보면 소설인가? 철학책인가? 난해한 니체는 왜 처음부터 나오는가? 하는 생각이 스쳐간다. 난공불락이지 않을까 하는 생각이 드는 건 어쩌면 당연한지도 모른다. 『참을 수 없는 존재의 가벼움』은 쉽지 않은 책이어서 더욱 끌린다.

마지막으로 이야기 전개 과정은 어렵지 않은데 밀란 쿤데라가 무얼 말하려는지 파악할 수 없어 자꾸 책을 잡게 하는 매력이 있다. 우리의 존재라는 것이, 삶이란 것이 새의 깃털이나 먼지처럼 무게가 없는 것이고, 가벼운 것이라는 밀란 쿤데라의 말이 알 듯 모를 듯 재미있다. 그래서 눈을 뗄 수가 없다.

이 책을 한 번에 이해했다면 두 번 다시 읽을 필요는 없을 것이다. 하지만 한 번에 이해하는 사람이 몇이나 될까? 단언컨대 없을 것이다. 나도 두 번 읽었지만 몇 번이나 더 읽어야 『참을 수 없는 존재의 가벼움』을 이해할 수 있을지 모르겠다. 읽으면 읽을수록 새록새록 그 의미가 확장되는 책이다. 『가짜 팔로 하는 포옹』의 김중혁 작가는 열 번 이상 읽었다고 자랑하고, 박웅현은 『책은 도끼다』에서 네 번을 읽었다고 한다. 그리고 책을 좀처럼 두 번 이상 읽지 않는다는 영화평론가 이동진도 이 책만큼은 두 번을 읽었다고 밝혔다. 나는 앞으로 『참을 수 없는 존재의 가벼움』을 몇 번이나 더 읽어야 할까?

쿤데라의 다음 작품이 또 나올까?

❀ ❀ ❀

『참을 수 없는 존재의 가벼움』의 '도끼질'로부터의 혼란이 잠잠해질 무렵, 나는 평소 가깝게 지내던 화학연구원 오우영 팀장으로부터 전화를 받았다. 그는 다짜고짜 물었다.

"밀란 쿤데라 신간이 나왔다고 하던데 봤어요?"

"그래요?"

나는 몇 달 전 부서 이동으로 홍보팀을 떠나자 자연스레 신문 보는 시간도 줄었다. 홍보팀에 근무할 때는 업무상 신문을 봐야 했지만 이제는 그렇지 않아도 된다는 생각이 들어서 그런지 신문 보는 시간이 대폭 감소했다. 어쩐 일인지, 그 즈음 나는 신문보기에 흥미를 잃었다. 기사나 칼럼도 재미가 없었다. 한때는 신문읽기에 하루 네다섯 시간을 보내곤 했지만 이제는 먼 옛날 얘기가 되고 만 것이다. 특히 주말이면 나는 하루 종일 신문과 함께 지냈다고 해도 과언이 아니다. 각 신문의 북 섹션, 주말 섹션, 위클리 비즈, 기획 기사, 인터뷰 기사 등에 흠뻑 빠졌다. 나는 형광펜과 볼펜으로 밑줄 긋고, 메모하며 십여 개의 신문을 정독했다. 그런데 사람이 어떻게 이렇게 달라질 수가 있지? 하여튼 오 팀장의 전화를 끊고 밀란 쿤데라의 『무의미의 축제』 신간 기사를 찾아 읽었다. 그리곤 바로 인터넷 서점에서 주문했다.

『무의미의 축제』는 2000년 『향수』가 스페인에서 출간된 후 14년 만에 나온 밀란 쿤데라의 소설이다. 밀란 쿤데라는 『무의미의 축제』에서 '무의미'라기보다는 '하찮은 것들'이나 '보잘것없는 것들'이라는 의미를 내포하고 있다. 말 그대로 하찮고, 무가치하고, 보잘것없는 것들이라는 뜻을 담고 있다. 쿤데라는 사소하고, 보잘것없는, 무시해도 좋을 만큼 하찮게 보이는 모든 것들이야말로 오히려 더 의미심장한 것이고, 더 가치 있다는 그의 철학을 말하고 싶어 하는지도 모른다.

『무의미의 축제』 맨 마지막에는 다음과 같은 문장이 나온다.

쿤데라는 '하찮은 것을 사랑해야 한다', '작고 보잘것없는 것을 사랑해야 한다'고 말하고 싶어 하고 있는 것처럼 느껴진다.

"하찮고 의미 없다는 것은 말입니다, 존재의 본질이에요. 언제 어디에서나 우리와 함께 있어요. 심지어 아무도 그걸 보려 하지 않는 곳에도, 그러니까 공포 속에도, 참혹한 전투 속에도, 최악의 불행 속에도 말이에요. 그렇게 극적인 상황에서 그걸 인정하려면, 그리고 그걸 무의미라는 이름 그대로 부르려면 대체로 용기가 필요하죠. 하지만 단지 그것을 인정하는 것만이 문제가 아니고, 사랑해야 해요, 사랑하는 법을 배워야 해요."

『무의미의 축제』를 읽고 삶과 인간의 본질은 무엇인가? 도대체 인생에 대해, 삶에 대해 이런 통찰이 가능하려면 어떻게 해야 할까? 밀란 쿤데라의 책을 모두 읽어야 할까? 아니면 『무의미의 축제』에 나오는 칸트, 헤겔, 쇼펜하우어를 공부해야 할까? 나도 언제쯤 주인공 '라몽'처럼 무의미의 축제를 자연스럽게 받아들일 수 있을까? 세상을 너무 진지하게 대하지 않을 수 있는 경지에 오를 수 있을까? 하고 생각해보았다.

밀란 쿤데라는 1929년생이니 벌써 87세다. 일부 언론에서는 쿤데라의 나이를 감안할 때 다음 작품이 나올 수 있을까? 하고 의문을 제기하기도 했다. 『무의미의 축제』가 마지막 작품이 될 수 있다고 예상한다. 하지만 나는 지금까지 그가 작품 활동을 해온 것처럼 쿤데라만의 색깔을 듬뿍 담은 작품이 나올 것으로 믿고 있다. 아니 그렇게 믿고 싶다. 『참을 수 없는 존재의 가벼움』과 같은 소설을 기대한다. 그래서 시간이 없다는 핑계를 대며 그의 작품을 '술집 독서'로 하고 싶다.

밀란 쿤데라는 과연 다음 작품을 쓸까? 아니면 못 쓸까? 『참을 수 없는 존재의 가벼움』과 같은 작품이 나오면 얼마나 좋을까? 항상 노벨상 문학상 수상 후보로 거론되고 있는데 과연 상을 받을 수 있을까? 노벨 문학상은 생존 작가에게만 주어지는데 밀란 쿤데라는 얼마나 더 오래 살까? 머나먼 다른 나라에 있는 밀란 쿤데라와 관련, 나는 참 궁금한 게 많다.

04

거침없는
'부코스킥'을 날리다

부코스키의 언어는 살아 있다. 생명력이 있다.
활어처럼 살아 움직인다. 가식적이지 않아서 좋다.
현대사회 속에서 찰스 부코스키처럼,
아니 그의 작중 인물인 헨리 치나스키처럼
거침없는 몸짓과 언어를 구사하면서
자유롭게 살 수만 있다면 얼마나 좋을까.

내 맘 속의 '부코스키 주간'

❀ ❀ ❀

2015년 10월 마지막 주를 나는 '부코스키 주간週間'으로 정했다. 우리는 흔히 독서 주간, 과학기술 주간, 관광 주간, 가정 주간 등을 정해 그 의미를 되새긴다. 나는 3일 동안 제주 출장을 가는데 출장 전후 한 주를 찰스 부코스키 작품을 집중적으로 읽기로 했다. 그리고 그 주간을 내 맘 속에 부코스키 주간으로 정해 선포했다.

『읽는 인간』, 『개인적인 체험』 등을 쓴 오에 겐자부로는 3년마다 읽고 싶은 대상을 새로 골라 그 작가, 시인, 사상가를 집중해서 읽어 새로운 영감을 얻은 것으로 유명하다. 오에 겐자부로의 독서방식을 내가 응용한 것이다. 나는 오에 겐자부로처럼 3년 동안 부코스키를 탐구하지는 못하더라도 단 1주라는 단기속성 과정을 밟은 것이다.

그럼 내가 부코스키 주간을 어떻게 보냈는지 한번 살펴보자.

출장 전 나는 부코스키의 『우체국』을 읽고, 제주에 있는 틈틈이 『팩토텀』을 봤으며, 집으로 돌아올 때는 최근 출간된 『죽음을 주머니에 넣고』를 탐독했다. 제주 출장은 곧 '부코스키 출장'이었다.

결과적으로 부코스키 주간은 성공이었다. 일주일 만에 부코스키의 책을 세 권이나 읽고, 지금 여러분이 읽고 있는 글로 마무리하고 있다. 이 글은 부코스키 주간을 정리한 결과물이다.

내가 제주 출장을 전후해 부코스키 주간으로 정한 이유는 간단하다. 찰스 부코스키 작품을 꼭 읽어야겠는데 항상 다른 책에 우선순위가 밀렸다. 책을 산 지도 벌써 꽤 지났는데 말이다. 그래서 제주 출장이 잡히자 쉽고, 재미있고, 머리를 많이 쓰지 않고, 지루하지 않은 부코스키 작품을 한 주 동안 읽기로 했다. 제주 출장 전에 『우체국』을 잡았는데 순식간에 읽었다. 부코스키는 처음부터 나를 빵빵 터트렸다. 역시 부코스키답다. 나는 점점 부코스키에, 『우체국』에, 주인공 헨리 치나스키에 빠져 들었다.

이런 생각을 떨칠 수는 없었다. 세상에, 집배원들은 편지를 넣고 다니면서 여자들하고 같이 눕기도 하는구나. 이거 나한테 딱 맞는 일인데. 오, 이거야, 이거. 이거라고.

'딱 맞는 일'이라고 감탄한 지 얼마 되지 않아 부코스키는 우체국 집배원의 힘들고 고된 삶에서 좌절을 느낀다. 최근 나는 내용증명을 발송하기 위해 연구원 근처 우체국에 갔는데 마감시간을 앞둔 우체국은 그야말로 난장판이 따로 없었다. 우체국 직원들은 전화 받기, 일처리, 손님응대 등 두세 가지 일을 동시에 하고 있었다. 산더미처럼 쌓인 택배 물건만이 별 일 아니란 듯 무심히 바라보고, 직원은 오늘은 그래도 덜한 편이라고 했다.

저녁인지 점심인지 먹은 후(열두 시간씩 근무를 한 후에는 뭐가 뭔지 알수 없게 된다) 나는 말했다. 「이봐, 자기. 미안하지만, 이 일 때문에 내가 미쳐 가고 있다는 거 모르겠어? 저기, 그냥 포기하자. 그저 빈둥빈둥 누워서 섹스나 하고 산책이나 하고 얘기는 조금만 하자. 동물원에 가는 거야. 동물을 구경하자. 차를 타고 내려가서 바다를 구경하는 거야. 45분밖에 안 걸려. 오락실에 가서 게임도 하고, 경마장이나 미술관, 권투 경기에 가자. 친구도 사귀고, 웃자고, 이렇게 살면 다른 사람들과 똑같이 사는 거야. 이러다 죽는다고.」

『우체국』에서 찰스 부코스키의 분신인 헨리 치나스키가 한 말이다. 과연 한량의 대사답다. 『우체국』의 주인공은 끊임없이 독자를 당황케 만든다. 비록 저작거리의 거친 언어라서 거부감이 들 수도 있지만 여과 없이 표출되는 그의 자유분방함은 사회가 정한 기준을 당연시하고, 조직의 톱니바퀴가 되는 것을 온몸으로 거부하기 때문이다. 그런 사회에 순응하며 살아가는 우리들을 비웃는 것처럼 느껴지는 것은 자격지심일까. 나는 척박한 땅에서 '아름다운 꽃'이 피는 것을 느낄 수 있었다. 술, 경마, 여자와의 솔직담백한 삶 속에서 진솔한 인생이…. 우리 삶은 다른 고상한 책들이 서술하는 것처럼 그렇게 우아하지만은 않지 않은가.

『우체국』은 최하층 헨리 치나스키의 생활을 직설적이고 뻔뻔하도록 저속한 언어로 그려나가고 있다. 치나스키는 매일 새벽 숙취에 찌든 몸을 일으켜 우체국으로 출근해 고된 업무에 투입된다. 비에 흠뻑 젖은 우편 자루를 짊어지고, 살벌한 경비견을 따돌리고, 가학적인 상사와 정신병원에 가도 이상하지 않을 동료들을 견디는 일상을 겪어 나간다.

이 책은 사회의 밑바닥에서 오로지 빵을 위해 몸뚱이만으로 감당해야 했던 노동의 땀과 눈물이 고스란히 배어 있다. 효율성을 내세우는 우체국으로 상징되는 자본주의 세계에서 고통당하는 인류를 헨리 치나스키는 대변하고 있다. 그는 조직이 아닌 개인의 자유와 삶을 옹호하고자 나선 것이다.

어쩌다 사람들이 그렇게 되는지는 모르겠다. 난 아이 양육비도 내야 하고, 술값, 집세, 신발, 양말 따위도 필요하다. 다른 사람들처럼 중고차라도 있어야 하고 입에 풀칠도 해야 하고 자질구레한 무형의 필수품들도 필요하다. 여자들이라든가. 아니면 경마장에서 보내는 하루라든가.

부코스키라면 뭐라고 했을까?

❀ ❀ ❀

나는 제주행 비행기에 올랐다. 내가 탑승한 비행기는 저가 항공사 진 에어(Jin air). 그런데 승무원들을 보니 진 에어라는 회사가 진 에어(Jean air)는 아닐까 하는 생각이 들었다. 승무원들은 모두 꽉 끼는 청바지, 즉 진(jean)을 입고 있었다. 절대 숨을 쉬면 안 될 것 같은 이 불편해 보이는 유니폼을 만약 부코스키가 봤다면 뭐라고 했을까? 불편한 유니폼의 승무원들은 전혀 불편하지 않다는 듯 지나치게 친절하다. 그런데 잘못된 어법으로 고객을 맞고 있었다. '고객님! 고객님!' 소리와 함께 인위적이고 작위적인 미소, 과도한 느낌이다. 진심에서 우러나오는 친절이 아니다.

"D3 좌석은 이쪽이십니다."

"등받이를 올리시겠습니다."

"가방은 선반에 넣으시겠습니다."

우리 사회에 만연돼 있는 사물 존칭이 거슬린다. 어디에나 경어를 쓴다. 고객님의 등받이도, 가방도 고객만큼이나 중요한가 보다. 사물에 대한 존칭을 하지 않으면 마치 불친절로 지적이라도 받을 것처럼 말한다. 얼마나 사물 존칭이 심했으면 커피 브랜드 '카페베네'는 커피 잔에 다음과 같은 구절을 써놓았을까. 우리말 바로쓰기 캠페인을 하고 있다.

"주문하신 아메리카노 나오~~셨~~왔습니다."

"결제하실 금액은 12,000원입~~어~~십니다."

그때 불현듯 승무원은 참 힘든 직업이라는 생각이 들었다. 전형적인

144

감정노동자다. 2011년 한국고용정보원 자료에 따르면 여객기 승무원은 감정노동이 강한 직업 순위 9위에 올랐다. '고객은 왕'이라서 항상 미소를 머금어야 한다. 저렇게 받은 스트레스는 어떻게 풀까. 남편에게 풀까. 남자친구에게 풀까.

제주에서 기술 전시회를 하는 동안 나는 틈틈이 찰스 부코스키의 『팩토텀』을 읽었다. 다행히 부코스키의 책은 어렵지 않아 기술상담이 없을 때 술술 읽어 나갔다. 나는 주인공 헨리 치나스키의 행적을 따라 같이 여행을 떠났다. 이 소설도 『우체국』과 일맥상통한다. 연작이 아닐까 하는 생각도 든다. 헨리 치나스키가 미국 전역을 떠돌며 20여 개의 새로운 직장을 구하고, 잘리고, 스스로 그만두면서 겪은 에피소드를 담고 있다.

전작 『우체국』에서와 마찬가지로 빈민가 뒷골목과 술집에서 흔히 들을 수 있는 속어로 이뤄진 간결한 문장이 압권이다. 치나스키는 자본주의의 강요와 주류 체제에 대한 노골적 반골 정신으로 기존 사회에 저항하는 아웃사이더의 처절한 몸부림을 속도감 있게 보여준다. 음탕한 이야기가 나오는 가운데 현 사회 모습을 적나라하게 펼쳐 보인다. 재미는 덤이다.

내게 별다른 야망이 없는 것은 사실이다. 그러나 야망이 없는 사람들을 위한 자리도 있어야 한다. 내 말은 일반적으로 그런 사람들을 위해 남겨지곤 하는 자리보다는 더 좋은 자리가 주어져야 한다는 뜻이다.

도대체 어떤 빌어먹을 인간이 자명종 소리에 새벽 여섯 시 반에 깨어나, 침대에서 뛰쳐나오고, 옷을 입고, 억지로 밥을 먹고, 똥을 싸고, 오줌을 누고, 이를 닦고, 머리를 빗고, 본질적으로 누군가에게 더 많은 돈을 벌게 해주는 장소로 가기 위해 교통지옥과 싸우고, 그리고 그렇게 할 수 있는 기회가 주어진 것에 감사해야 하는 그런 삶을 기꺼이 받아들인단 말인가?

나도 그렇게 할 수 있으리라! 돈을 모을 수 있으리라. 나도 좋은 사업 구상을 떠올리고, 그걸로 사업 자금을 뽑아낼 수 있으리라. 나도 사람을 쓰고 내쫓을 수 있으리라. 나도 책상 서랍에 위스키를 보관해둘 수 있으리라. 나도 사십 인치짜리 가슴과 엉덩이를 가진, 씰룩대는 그 모습만 봐도 골목길의 신문팔이 소년이 바지 안에 싸게 만들 수 있을 만큼 풍만한 마누라를 얻을 수 있으리라. 나는 그녀 몰래 바람을 피울 수도 있고 그녀는 알면서도 내 집에서 부유함을 누리며 살고 싶기에 모른 척하고 있으리라. 나는 내칠 만한 이유가 없는 여자들을 내칠 수도 있으리라.

『팩토텀』 번역가 석기용은 "그는 아버지를 구타하는 패륜아지만, 때론 가진 자들의 억압과 사회의 부정부패에 분노하는 짐짓 의협심 강한 인물"이라고 평했다. 그는 자본주의 사회의 모순과 소외, 수단화된 인간관계의 절망과 위선에 저항하며, 인간 본성의 실현과 진정한 인간관계의 회복을 추구하는 자유인, 혹은 아예 내친 김에 한술 더 떠서, 스

146

스로 고난의 길을 택해 냉혹한 현실의 삶 속에서 현대인의 나아가야 할 바를 꿋꿋하게 실천하려 한, 우리 시대의 진정한 영웅인가라고 의문을 제기하기도 했다.

『팩토텀』을 읽으면서 문득 10여 년 전 우리나라에 광풍처럼 불었던 『아침형 인간』이 떠올랐다. 부코스키는 아침형 인간을 경멸하고 조롱한다. 아침형 인간만이 인간답게 살고, 그렇지 않은 인간은 못 살아도 되는 것처럼 퍼져 판치는 이데올로기를 보면 부코스키는 뭐라고 했을까?

지금 우리나라를 보면 별반 다르지 않다. 한국을 살기 힘든 지옥에 비유하는 헬조선은 무엇이며, 온갖 수저가 난무하는 수저계급론(금수저, 은수저, 동수저, 흙수저)은 또 뭔가? 노오~오력은 기성세대가 신세대에게 '우리보다 좋은 환경에서 자랐지만 노력이 부족하다'고 나무랄 때 비꼬는 세대 간 갈등이다.

죽음을 맞는 부코스키의 당당함

❀ ❀ ❀

제주에서 돌아올 때, 공항에서 나는 『죽음을 주머니에 넣고』를 읽기 시작했다. 나는 편의상 '죽주고'라고 줄여 부르겠다. 최근 내가 읽은 부코스키의 책은 제목이 모두 세자다. 그래서 『죽음을 주머니에 넣고』를 『죽주고』라고 약칭했다.(내가 붙이고 '죽주고'라고 불러 보니 괜찮은 것 같다.)

대다수의 사람들은 죽음에 대한 준비가 없다, 제 자신의 죽음이건 남의 죽음이건. 사람들에게 죽음은 충격이고 공포다. 뜻밖의 엄청난 사건 같다. 염병, 어디 그래서 되겠나. 난 죽음을 왼쪽 주머니에 넣고 다닌다. 때때로 꺼내서 말을 건다, "이봐, 자기, 어찌 지내? 언제 날 데리러 올 거야? 준비하고 있을게."

살아가노라면 우린 갖가지 덫에 걸려 찢긴다. 아무도 그 덫을 피하진 못한다. 어떤 사람은 덫과 더불어 살기도 한다. 덫을 덫으로 알아차리는 게 중요하다. 덫에 걸렸으면서도 알아차리지 못했다간 끝장이다. 난 내 덫을 대개는 알아봤다고 생각하고, 또 그것들에 관해 글도 써왔다. 물론, 모든 글이 죄다 덫에 관한 것만은 아니다.

『죽주고』는 찰스 부코스키가 백혈병을 앓으며 죽음에 다가가고 있던 말년에 쓴 일기 같은 글을 모은 책이다. 부코스키답게 직설적이고, 생기발랄하고, 돌직구 같은, 마초 같은 뜨거운 언어를 연신 발산하고 있다. 부코스키의 문장은 그가 온몸으로 가시밭길을 헤쳐 나가며 얻어낸 경험과 좌절을 통해 탄생했다. 머리로 만들어진 것이 아니라 삶 속에서, 생활 속에서, 여성과의 관계 속에서, 위스키와 와인 잔 속에서, 경마장에서 탄생했다. 관념과 머릿속에 존재하는 것이 아니라 우리 주변에서 발견할 수 있는 것들이다. 부코스키의 언어는 살아 있다. 생명력이 있다. 활어처럼 살아 움직인다. 가식적이지 않아서 좋다.

현대사회 속에서 찰스 부코스키처럼, 아니 그의 작중 인물인 헨리 치나스키처럼 거침없는 몸짓과 언어를 구사하면서 자유롭게 살 수만 있다면 얼마나 좋을까. 나는 헨리 치나스키가 소설 속에서 내뱉는 말과 행동을 부코스킥(부코스키가 날리는 하이킥)이라고 지칭하며 부러워했다. 다른 모든 걸 포기하고 그렇게 멋지게 살 수 있는 용기는 도대체 어디에서 나오는 것일까.

왜 이 시점에서 나는 몇 년 전 텔레비전 프로그램이 생각나는지 모르겠다. 여배우 신세경이 가정부로 나오는 일일 시트콤 「지붕뚫고 하이킥!」은 너무 재미있던 프로그램이다. 나는 부코스키의 작품들을 읽으며 한편으로 「지붕뚫고 하이킥!」을 떠올렸다. 그 시트콤은 왜 인기였나. 주인(정보석)이 가정부와의 싸움에서 항상 패배하는 설정이 시청자들에게 큰 위안을 줬기 때문이다. 어쩌면 많은 남성 시청자들은 신세경을 일방적으로 응원하는 재미에 시트콤을 봤을 것이다.

찰스 부코스키는 자본주의 사회에 대해 제대로 하이킥을 날리고 싶었을 것이다. 가족들을 부양해야 한다는 명목하에 조직에 충성하고 영혼 없는 인간이 되어가는 자본주의 사회에서 주인공 헨리 치나스키는 자기 정체성을 찾기 위해 몸부림을 친다. 영혼 없는 삶이란 과연 무슨 의미가 있는가.

부코스키의 삶은 그 자체가 파란만장하다. 우연히 취직한 우체국에서 우편물을 분류하는 사무직원으로 12년간 일하다 전업으로 글을 쓰면 평생 동안 매달 1백 달러를 지급하겠다는 출판사의 제안을 받아들여 본격적으로 글을 쓰기 시작했다. 우리가 잘 알고 있듯이 그의 묘비에는 Don't Try(하려 하지 마라)라는 적혀 있다. 재미있는 사람이다.

출판업계 『퍼블리셔스 위클리』(2011년 7월 13일자) 기사에 따르면 부코스키는 미국 서점에서 책을 가장 많이 도둑맞는 작가이기도 하다. 그의 책은 어느 것이든 잘 사라지기 때문에, 계산대 뒤 서가에 따로 보관하는 서점도 있다고 한다. 참고로 부코스키 다음은 윌리엄 버로스의 모든 책, 잭 케루악의『길 가에서』, 폴 오스터의『뉴욕 3부작』순이다.

왜 그럴까. 부코스키의 책은 왜 도둑을 잘 맞을까. 제값을 치르고 사는 것이 아까워서일까? 아니면 너무도 적나라한 표현으로 사람들의 눈을 피하기 위해 훔치는 것일까? 하여튼 부코스키 입장에서는 책을 사든, 훔치든 자기의 분신인 작품만 읽는다면 그것만으로도 충분하다고 하지 않을까? 그게 부코스키다운 생각일 것이다.

05

제길! 두려움은
개나 물어 가라지!

나는 그 기사를 챙겨보기 위해
월요일 아침에는 신문이 배달되는 새벽 네 시에 잠을 깼다.
일요일 낮잠이라도 푹 자면,
밤을 새우며 조간신문을 기다렸다.
지금 생각해도 대단한 열정이었다.

한때 내 이름은 '조르바'였다

❀ ❀ ❀

내 이름은 '조르바'다. 정확히 말하면 닉네임(Nick name)이 조르바다. 현재는 아니고 과거에 조르바였다. 여기서 말하는 조르바는 니코스 카잔차키스의 『그리스인 조르바』에 나오는 주인공을 말한다.

2012년 말쯤 사무실에서 닉네임 부르기를 했다. 당시 각 사무실에서는 수직적인 조직문화를 수평 문화로 바꾼다면서 직급이나 이름 대신 닉네임 부르기가 유행했었다. 당시 팀장이었던 나는 직원들에게 하루 동안 앞으로 사무실에서 사용할 닉네임을 정하라고 했다. 직원들은 자기의 개성을 살린 닉네임을 지어 왔다. 플라워, 헬렌, 키티, 플로리, 지오(Geo) 등 간지나는 이름을 작명했다. 그럼, 나는? 나는 뭐라고 하지? 나는 내 닉네임을 어떻게 지어야 할지 몰랐다. 이런저런 궁리를 해보았지만 마땅한, 입에 착 달라붙는 이름이 떠오르지 않았다. 그러다 마침, 그즈음 읽은 『그리스인 조르바』가 떠올랐고, 주인공 조르바가 좋겠다는 생각에 이르렀다. 그래서 내 이름 조르바가 탄생했다.

하지만 내 이름 조르바는 오래 불리질 못했다. 한 달 뒤에 개명해야 했다. 장난을 잘 치는 김 모 박사가 조르바를 줄여 'X바'라고 불렀기 때문이다. 그리고 또 하나는 사람들이 『그리스인 조르바』를 몰랐기 때문이다. 김 박사는 나를 보면 "어이, X바!"라고 불렀다. 내가 삐쳐 대답을 안 하고 그냥 가면 "X바! X바! 왜 대답을 안 해?" 하며 놀렸다. 나는 하는 수 없이 이름을 바꿨다. 바꾼 이름은 지금 생각해도 참 별로다. 예전 영어학원에서 불렸던 잭(Jack)으로 개명을 한 것이다. '잭이 뭐야?' 아무런 특징이 없다.

니코스 카잔차키스의 『그리스인 조르바』는 한마디로 지지부진하고 어설픈 지식, 즉 죽어 있는 몸뚱어리에 살아 있는 심장을 가진 통쾌한 사나이의 인생 이야기라고 할 수 있다. 주인공 조르바는 우리 사회의 우스꽝스러움을 단박에 깨는 인물이다. 그는 지식을 비웃지만 누구보다 지혜로우며, 신을 조롱하지만 누구도 쉽게 접근하지 못할 믿음을 지니고 있다. 니코스 카잔차키스는 '앎'이라는 그물에 뒤얽혀 가누지 못하는 이들에게 진정한 자유란 무엇인지 말하고 있다. 조르바는 머리로 고민하고 애태우는 법이 없다. 현대의 지식인들과는 근본적으로 다르다. 그는 머리 대신 몸으로 고민하고, 몸으로 생각한다. 그의 몸부림이야말로 지리한 삶에 대한 저항이며, 자유에의 투쟁이다.

나는 한때 'X바'라고 불릴 정도로 『그리스인 조르바』와의 인연이 남다르다. 이제부터 나는 『그리스인 조르바』와의 연분을 고백하려 한다. 나에게는 여러 특징을 가진 여러 명의 조르바가 존재한다.

내가 조르바와 처음 인연을 맺은 것은 독서모임 백북스에서다. 2012년 3월, 백북스에서 박경철 원장의 『자기혁명』 저자 강연회가 있었다. 『자기혁명』은 박 원장이 6년간 중·고교생, 청년, 학부모, 교사들과 나눈 대화를 묶은 책이다. 박 원장은 백북스 강연에서 『자기혁명』에 대해 많은 얘기를 했지만 나에게는 니코스 카잔차키스와 『그리스인 조르바』에 대한 얘기가 주로 기억에 남아 있다.

대학시절부터 니코스 카잔차키스를 너무 좋아한 박 원장은 니코스의 고향을 찾은 얘기를 들려줬다. 박 원장의 '니코스 여행'을 옮겨 보면 다음과 같다. 지금부터 '박경철의 조르바' 얘기를 들어보자.

나는 그리스 아테네에 도착해 국내선으로 갈아타고 니코스의 무덤이 있는 크레타 섬으로 갔다. 공항 이름은 '니코스 카잔차키스'. 작가 이름을 공항 이름으로 정했다는 데서 놀라움을 느낀다. 우리나라 같으면 어림도 없는 일이다. 불가능한 일이다. 괜히 찬반 논란만 일으킬 것이 뻔하다.

어쨌든 나는 물어물어 니코스의 무덤을 찾았다. 고생 끝에 지난 20여

년 동안 동경해 오던 인물의 무덤을 본 순간, 다리에 힘이 풀려 털썩 주저앉고 말았다. 잠시 후 우리나라의 예법에 따라 준비해 간 소주를 올리고, 절을 하고, 무덤 주변에 술을 뿌렸다.

이 광경을 처음 본 크레타 섬 사람들이 우르르 몰려와 사진과 동영상을 찍고 웅성거리기 시작했다. 이때 한 남자가 찾아와 "당신은 누구냐? 여기서 뭐하냐?"고 따지듯 물었다. 나는 "나는 한국에서 왔는데 우리나라에서는 세상을 떠난 분에게 경의를 표할 때 이렇게 한다"고 대답했다. 이어 나는 무덤을 가리키며 "그는 영원한 나의 영웅(He's my Hero)"이라고 치켜 세웠다.

그랬더니 그가 "의식이 멋져 보인다"고 답하며 호의를 보였다. 결국 나는 택시기사인 그를 따라 니코스가 소꿉놀이하던 동굴까지 둘러보고, 저녁 식사에 초대받아 그의 집에서 만찬을 즐겼다. 택시기사는 나중에 니코스는 자기에게도 영웅이기 때문에 나를 친구라고 생각해서 니코스와 유적지를 직접 소개해줬다고 말했다.

'김정운식 조르바'는 얼마나 충격적인가

✿ ✿ ✿

이어서 두 번째 조르바를 소개할 차례다. 바로 '김정운의 조르바'다. 그의 조르바는 바로 실천하는 조르바다.

나는 전직 기자에다 연구원의 홍보팀장 등을 맡아 신문과 밀접한 삶을 살아왔다. 떼려야 뗄 수 없는 관계다. 주로 만나는 사람도 신문 기자가 많았다. 그런 나에게 2012년 상반기는 특별했다. 한마디로 그 해는

'신문의 해'라도 과장이 아니었다. 당시 한 신문에서 '101명이 추천한 파워 클래식'이라는 기획기사를 매주 월요일에 게재했다. 나는 그 기사를 챙겨보기 위해 월요일 아침에는 신문이 배달되는 새벽 네 시에 잠을 깼다. 일요일 낮잠이라도 푹 자면, 밤을 새우며 조간신문을 기다렸다. 지금 생각해도 대단한 열정이었다.

2012년 4월 16일 새벽 신문을 펼치니, 니코스 카잔차키스의 『그리스인 조르바』기사가 게재돼 있었다. 이날 기사는 김정운 교수가 썼는데 그는 『그리스인 조르바』에 대한 글을 써달라고 부탁해서 글을 쓰다가 그만 교수직을 집어 던졌다는 얘기가 나왔다. 참으로 충격이었다.

소설 『그리스인 조르바』의 감동은 명확하다. 도대체 '내켜서', 자신이 하고 싶은 일을 하며 살고 있느냐는 질문이기도 하다. 그러고 보니 지금까지 난 '교수'를 내켜서 한 게 아니다. 학생들 가르치는 일이 그토록 '내키질 않아' 매번 신경질만 버럭버럭 내면서도 '교수'라는 사회적 지위의 달콤함에 지금까지 온 거다.

느닷없이 다가온 '자유'라는 조르바식 질문에 견디다 못해 난 얼마 전 학교에 사직서를 제출했다. 그러나 바로 그 다음 날부터 계속 후회하고 있다. 오늘도 난 일본 나라시의 차가운 방바닥을 뒹굴며 끊임없이 중얼거리고 있다. '아니, 이런 내가 도대체 무슨 짓을 한 거야!' 이 막막한 자유로움에 '쫄고 있는' 내게 조르바는 또 그런다. 그따위 두려움은 '개나 물어가라지!'

다시 말하지만 충격이었다. 소설을 읽고 자유를 찾기 위해 최고의 자리라고 하는 교수를 때려 치웠다니 어찌 쇼크가 아니겠는가. 『그리스인 조르바』를 반복해 읽고(김 교수는 이번 글을 쓰기 위해 『그리스인 조르바』를 네 번째 읽었다고 한다.) 소설이 주는 메시지를 좇아 그 좋다는, 우리 사회의 최고의 철밥통인 교수직을 과감히 때려치웠다는 것이 믿기지 않았다. 하지만 그건 사실이었다.

김 교수가 던진 충격이 채 가시기도 전에 나는 세 번째 '박웅현의 조르바'를 만났다. 며칠 뒤 같은 신문에 『그리스인 조르바』 북 콘서트 기사가 실렸다. 박웅현 TBWA코리아 광고제작담당 대표가 '자연과의 탯줄을 끊지 않은 사람 조르바'를 주제로 강연한 것이다.

"제 목표는 개처럼 사는 겁니다. 개는 어제 꼬리 친 걸 후회하지 않아요. '아, 어제 주인 왔을 때 이런 각도로 흔들 걸' 하지 않죠. 밥을 먹을 때는 마치 이 밥만 먹고 죽을 것처럼 먹고, 잘 때는 자는 것 외엔 아무것도 할 수 없는 듯이 잡니다. 그리스인 조르바의 삶이 바로 이런 '개같은' 삶이죠. 순간의 쾌락이 아니라 순간의 집중입니다."

박 대표는 '조르바를 잘못 해석하면 무책임한 방임'이 된다고 지적하며 자유로운 영혼이라고 해서 무조건 따라 하는 것이 아니라, 순간순간에 최선을 다하면서 자신의 자유를 찾는 것이 이 책이 주는 교훈이라고 설명했다.

변승훈, '한국의 조르바'처럼 살다

❀ ❀ ❀

그즈음, 백북스에서는 『그리스인 조르바』를 오늘의 도서를 정했다. 사실 난 그때까지 『그리스인 조르바』를 읽지 못하고 있었다. 그래서 서둘러 『그리스인 조르바』를 주문했다. 읽는 동안 자유, 자유인, 자유인의 삶과 생활이라는 단어가 뒤섞였다.

백북스에서 『그리스인 조르바』에 대해 발표한 사람은 도예가 변승훈이었는데, 변 작가는 '내가 곧 조르바'라며 자신의 '조르바적 삶'을 들려줬다. 변 작가가 조르바와 같은 삶을 산 사람이어서 그런지 그의 얘기는 곧 조르바의 말로 들렸다. 변승훈은 곧 조르바였다.

변 작가는 섬유미술을 전공하고 대학을 졸업한 후 유학을 준비하면서 정체성에 대해 고민했다. 그 후 섬유가 아닌 흙을 다루는 사람이 되고자 3년 동안 고행의 길을 걸었다. 가마터에서 온갖 허드렛일을 하고, 무작정 버려진 양계장에 방 하나를 얻어 자신만의 공간을 만들고, 자연과 전통을 한데 버무려 그릇을 빚었다. 그는 대부분 도예가가 버린 분야인 그릇을 택하면서도 두려움 따위는 없었다고 자신 있게 말했다. 마치 조르바처럼 이런 저런 상념에 젖지 않고 온전히 몸으로, 몸뚱이로 느끼면서 작품을 완성해 나갔다.

그는 주류에서 벗어난 그릇에 관심을 갖고 본격적으로 노력했다. 오직 자신만의 흙을 찾고, 자신만의 느낌을 가진, 자유를 듬뿍 담은 그릇을 만들기 위해 노력했다. 3년 동안 그릇과 한바탕 전쟁 같은 삶을 산 후 '그릇이 뭐냐?'는 스스로의 질문에 '비움(emptiness)'이라는 답을 얻는다. '그릇은 흙으로 빚었지만 그릇은 비어 있다'는 것이다.

"그러나 처음부터 분명히 말해 놓겠는데, 마음이 내켜야 해요. 분명히 해둡시다. 나한테 윽박지르면 그때는 끝장이에요. 결국 당신은 내가 인간이라는 걸 인정해야 한다 이겁니다."

"인간이라니, 무슨 뜻이지요?"

"자유라는 거지!"

"원래 까마귀는 까마귀답게 점잖고 당당하게 걸을 줄 알았어요. 그런데 어느 날 이 까마귀에게 비둘기처럼 거들먹거려 보겠다는 생각이 난 거지요. 그날로 이 가엾은 까마귀는 제 보법을 몽땅 까먹어 버렸다지 뭡니까, 뒤죽박죽이 된 거예요. 기껏해야 어기적거릴 수밖에는 없었으니까 말이오."

변 작가는 강연 동안 직접 기타와 하모니카 연주를 했다. 나는 마치 조르바가 크레타 섬에서 변 작가처럼 살지 않았을까 하는 생각을 했다. 살아 있는 조르바의 강연을 들은 기분이었다. '변승훈의 조르바'는 한없이 멋있었다. 그에게서 조르바의 체취가 느껴졌다.

또 나는 『삶을 바꾸는 책 읽기』, 『침대와 책』으로 큰 감동을 준 정혜윤 작가의 신문칼럼 '조르바와 통영어부'를 읽었다. 정 작가는 '한국판版 조르바'를 만난 얘기를 재미있게 썼다. 그의 조르바는 경남 통영에 사는 어부이다. '정혜윤의 조르바'를 만나 보자. 그녀는 『그리스인 조르바』에 나오는 문장을 통영어부의 목소리로 들려줬다.

나는 어제 일어난 일은 생각 안 합니다. 내일 일어날 일을 자문하지도 않아요. 내게 중요한 것은 오늘, 이 순간에 일어나는 일입니다. 나는 자신에게 묻지요.
"조르바, 지금 이 순간에 자네 뭐 하는가?"
"잠자고 있네."
"그럼 잘 자게."
"조르바, 지금 이 순간에 자네 뭐 하는가?"
"일하고 있네."
"잘해 보게."
"조르바, 자네 지금 이 순간에 뭐 하는가?"
"여자에게 키스하네."
"조르바, 잘해 보게. 키스할 동안 딴 일일랑 잊어버리게. 이 세상에는 아무것도 없네. 자네와 그 여자밖에는. 키스나 실컷 하게."

나는 지금까지 다섯 사람의 조르바를 얘기했다. 그렇다면 '나의 조르바'는 무엇인가? 나는 『그리스인 조르바』를 번역한 이윤기 선생의 해설을 인용하며 '나만의 조르바'로 대신하려 한다.

생전에 그가 마련해 놓은 묘비명은 다음과 같다.

나는 아무것도 바라지 않는다.

나는 아무것도 두려워하지 않는다.

나는 자유다.

'거룩한 인간' 알베르토 슈바이쳐는 카잔차키스를 이렇게 추억한다.
"니코스 카잔차키스처럼 나에게 감동을 준 이는 없다. 그의 작품은 깊
고, 지니는 가치는 이중적이다. 이 세상에서 그는 많은 것을 경험하고,
많은 것을 알고, 많은 것을 생산하고 갔다."

06

헤밍웨이는
어느 나라 시인이에요?

해들리가 울먹였다. "그보다 더 나쁜 일이라니까요,
당신 원고가 없어졌어요. 몽땅요."
헤밍웨이는 완전히 미치광이가 되어 곧바로 파리행 기차를 잡아탔다.
리옹 역을 샅샅이 뒤졌다. 허사였다.
평생을 바쳐온 작품들이 사라져 버렸다.
『아주 특별한 책들의 이력서』 중에서

나폴레옹을 술 이름으로만 아는 대학생

☺ ☺ ☺

"박사님, 그런데 헤밍웨이가 누구예요?"

"정말 몰라요?"

"네, 처음 들어요."

대전의 W고등학교에서 강연할 때였다. 나는 어니스트 헤밍웨이의 대
표작 『노인과 바다』 이야기에 열을 올리고 있었다. 물론 헤밍웨이와 관
련된 재미있는 일화도 소개했다. 하지만 한창 헤밍웨이 일화를 얘기하
고 있을 때 한 용감한(?) 여학생의 돌발질문에 당황하고 말았다. 순간

'이 학생이 지금 장난하나?' 하는 생각도 들었다. 하지만 진지한 그 학생의 눈빛을 보고, '정말 헤밍웨이를 모르는구나' 하고 이해했다.

어니스트 헤밍웨이가 누구인가? 그는 노벨문학상, 퓰리처상 수상 작가이자 20세기 미국 현대문학을 개척한 사람이다. 헤밍웨이는 제1차 세계 대전 후 삶의 좌표를 잃어버린 '길 잃은 세대'에게 삶의 나침판을 제공해준 작가라는 찬사를 받는 사람이다. 그런데 그런 사람을 모르다니? 『노인과 바다』, 『누구를 위하여 종은 울리나』, 『태양은 다시 떠오른다』, 『무기여 잘 있거라』와 같은 멋진 제목의 소설을 쓴 사람이 아닌가. 설령 소설은 못 읽어봤다 하더라도 어찌 이름조차 모를 수 있단 말인가. 집으로 돌아와, 중·고등학생들 국어를 가르치는 아내에게 물어보았다. 아내는 현대문학 중 소설을 전공했다.

"여보, 고등학생이 헤밍웨이를 모른다는 게 말이 돼?"

"그럴 수도 있지만, 교과서에도 실려 있는데…."

아내가 참고서 하나를 들고 왔다. 중학교 3학년 국어 평가문제집이다. 문제집에는 『살아온 기적 살아갈 기적』으로 우리에게 많은 메시지를 남기고 떠난 고故 장영희 교수의 에세이 「희망을 버리는 것은 죄악이다」가 실려 있었다. 그 에세이의 소재가 『노인과 바다』였다. 문제집은 『노인과 바다』를 다룬 이 에세이와 관련, 다양한 설명과 함께 문제 및 정답해설 등으로 장 교수의 『노인과 바다』에 대한 애정이 오롯이 담겨 있었다.

그런 의미에서 헤밍웨이의 『노인과 바다』는 이 세 가지 조건을 모두 갖춘 작품이라고 할 수 있다. '20세기 미국 소설'의 학기 말 시험에 '한 학기 동안 읽은 작품 중 가장 인상 깊었던 책이 무엇인지 적고 그 이유를 짤막하게 쓰시오'라는 문제를 냈다. 그런데 수업 시간에 다루었던 여섯 편의 소설 중『노인과 바다』가 단연 가장 많은 표를 얻었다. 학생들은 이 작품을 선택한 데 대해 '길이가 짧아서', '다른 작품들에 비해 쉬운 영어로 쓰여서'라는 엉뚱한 이유들과 함께 '노인의 인내심이 존경스러웠다.', '삶에 대한 근성을 배웠다.', '어떻게 살아야 하는가에 대한 해답을 찾았다.' 등등의 이유를 댔다.

장 교수는 그의 에세이에서 고래와 돛새치(문제집에서는 내가 책에서 본 청새치라는 표현 대신 돛새치라고 썼다), 노인과 상어 떼와의 싸움으로부터 얻은 교훈 등을 자세하게 설명하고 있었다. 이렇게 중학교 평가 문제집에도 나오는『노인과 바다』의 작가, 헤밍웨이를 모를 수가 있단 말인가?

나는 고교생이 헤밍웨이라는 작가를 모를 수도 있다는 사실을 떠올리면서 언젠가 다치바나 다카시의『도쿄대생은 바보가 되었는가』에서 나폴레옹과 관련된 이야기를 읽은 기억을 떠올렸다. 그 책에는 다음과 같은 일화가 나온다.

어떤 대학에서는 나폴레옹의 이야기를 해도 학생과 말이 통하지 않아 자세한 질문을 던져보았더니 그 학생이 나폴레옹을 술 이름으로 알고 있었다는 웃지 못할 이야기도 있다. 이것은 그런 어리석은 학생도 있다는 단순한 에피소드가 아니다. 사회 과목 중에서 이수해야 할 과목 수가 줄고 대학입시도 불리하게 작용하여 한때 세계사의 이수율이 대 폭으로 줄어들었기 때문에, 정말로 그런 학생들이 충분히 나올 수 있 는 상황이라는 심각한 이야기이다.

나는 다카시가 느꼈을 '나폴레옹 충격'과 내가 겪은 '헤밍웨이 쇼크' 가 비슷하다는 생각을 했다. 『도쿄대생은 바보가 되었는가』를 읽을 당 시에는 몰랐던 다카시의 마음을 이해할 수 있었다. 그리고 다카시를 위로했다.

"뭐, 그러려니 하세요. 다카시."

산티아고는 수사불패雖死不敗의 모델

⚜ ⚜ ⚜

헤밍웨이의 대표작 『노인과 바다』는 어떤 소설인가? 이 소설을 번역 한 김욱동은 『노인과 바다』를 일컬어 '백조의 노래'라고 했다. 백조는 일 생 동안 울지 않다가 죽기 직전에 단 한 번 아름다운 소리를 내어 울고 죽는다는 전설이 있다. 『노인과 바다』는 헤밍웨이가 1961년 7월, 미국 아이다호주 케첨에서 엽총으로 자살하기 직전 출간된 작품이다. 쿠바 를 무척이나 사랑했던 헤밍웨이는 1930년대 후반부터 20여 년간 수도 아바나 외곽에서 지냈으며, 아바나의 동쪽에 있는 코히마르에서 집을 빌려 『노인과 바다』를 비롯한 몇몇 작품을 집필하기도 했다.

이 소설은 멕시코 만류에서 홀로 고기잡이를 하는 노인 산티아고가 주인공이다. 그는 84일째 아무것도 잡지 못한 한물 간 어부다. 산티아고는 거의 석달 동안 피라미 한 마리도 잡지 못했지만 85일째에도 마치 운명처럼 바다로 향한다. 바다는 곧 산티아고의 삶터다.

그는 혼자 먼 바다까지 배를 끌고 가서 낚싯줄을 내린다. 그리고 엄청 큰 청새치가 걸리자 이틀 밤낮을 그 물고기와 목숨을 건 사투를 벌인다. 걸려든 청새치는 대물 중의 대물이다. 680킬로그램짜리다. 산티아고는 손에 쥐가 나고 낚싯줄에 쓸려 상처를 입어 포기하고 싶었지만 죽을힘을 다해 싸운 끝에 청새치를 잡는다. 이럴 때 산티아고의 유일한 친구, 어린 소년 마놀린이라도 있었으면 얼마나 좋을까 하는 안타까움에 마음이 씁쓸하다. 악전고투 끝에, 사투를 벌인 끝에 청새치를 잡는다. 잡는 데는 성공했다.

고기야, 네놈이 지금 나를 죽이고 있구나, 하고 노인은 생각했다. 하지만 네게도 그럴 권리는 있지. 한데 이 형제야, 난 지금껏 너보다 크고, 너보다 아름답고, 또 너보다 침착하고 고결한 놈은 보지 못했구나. 자, 그럼 이리 와서 나를 죽여 보려무나. 누가 누구를 죽이든 그게 무슨 상관이란 말이냐.

하지만 기쁨도 잠시, 청새치의 피 냄새를 맡은 상어 떼와 또 다시 사투를 벌인 후 겨우 뭍으로 돌아와 보니, 청새치는 머리와 몸통의 등뼈만 앙상하게 남아 있었다. 다른 어부들은 산티아고의 뱃전에 매달린 거대한 뼈를 보며 감탄한다. 하지만 마놀린은 안타까움에 눈물을 흘리며 먹을 것을 싸들고 산티아고의 집으로 향한다. 결국 산티아고는 소년 마놀린과 짧은 대화를 나눈 후 그가 지켜보는 가운데 평온하게 잠이 든다.

헤밍웨이는 『노인과 바다』에서 산티아고를 통해 젊음을 상징하는 힘세고 거친 청새치, 온갖 시련을 상징하는 질긴 상어 떼 앞에 무릎 꿇지 않고, 물질적 상실과 육체적 고통에도 끝끝내 포기하지 않는 인간승리를 보여준다.

우리는 다음과 같은 글에서 산티아고의 불굴의 정신을 엿볼 수 있다. 우리가 삶 속에서 '청새치'나 '상어'와 어떻게 싸워 나가고 있는지 생각하게 된다.

"하지만 인간은 패배하도록 창조된 게 아니야." 그가 말했다. "인간은 파멸당할 수는 있을지 몰라도 패배할 수는 없어." 하지만 고기를 죽여서 정말 안됐지 뭐야, 하고 그는 생각했다. 이제부터 정말 어려운 일이 닥쳐올 텐데 난 작살조차 갖고 있지 않으니.

『노인과 바다』에서 헤밍웨이는 어쩌면 산티아고의 삶을 통해 동양 문화권에서 말하는 수사불패雖死不敗, 즉 '죽을 수는 있어도 질 수도 없다'는 결연한 의지를 보여줬다. 산티아고는 헤밍웨이 작품에 등장하는 주인공답게 이념보다는 본능에 충실하고, 머리로 생각하는 것보다는 몸으로 행동하는 것에 익숙한 이웃집 노인이다. 그는 오랜 세월 동안 쌓은 연륜 덕에 삶의 혜안도 갖고 있다. 흔히 주변에서 볼 수 있는 '꼰대'

가 아니다. 젊은 어부들이 그의 불운을 비웃어도 그냥 '허허' 하고 웃어 넘기며 남들 탓을 하지 않는다. 오직 산티아고를 믿고 응원하는 사람은 소년 마놀린뿐이지만 늙은 어부는 힘들다고 해서 고기 잡는 것을 중단하지 않았다. 고기잡이는 곧 노인의 삶이었다. 삶, 그 자체였다.

좋은 일이란 오래가는 법이 없구나, 하고 그는 생각했다. 차라리 이게 한낱 꿈이었더라면 얼마나 좋을까. 이 고기는 잡은 적도 없고, 지금 이 순간 침대에 신문지를 깔고 혼자 누워 있다면 얼마나 좋을까.

요즘 노인은 물론이고 젊은이들도 조금 어려운 일에 직면하면 바로 포기하는 경향이 있다. 오죽하면 젊은이들을 가리켜 삼포세대(연애, 결혼, 출산)라 하겠는가. 이제 중년에 접어든 시간, 헤밍웨이의 『노인과 바다』를 다시 읽으며, 산티아고의 '포기란 없다'라는 메시지를 다시 한 번 상기해 보았다.

"검둥이와 잤군! 이실직고해!"

❀ ❀ ❀

헤밍웨이와 관련해서는 재미있는 일화가 많다. 그 중에서 원고 분실의 에피소드는 익히 잘 알려져 있다. 중고서적상 릭 게코스키의 『아주 특별한 책들의 이력서』와 알렉산더 페히만의 『사라진 책들의 도서관』에는 헤밍웨이와 관련된 일화가 나온다. 『아주 특별한 책들의 이력서』에 나오는 원고 분실의 과정과 헤밍웨이의 반응을 살펴보자.

헤밍웨이가 스물세 살이던 1922년 11월, 그는 스위스 로잔에서 열린 국제평화회의를 취재하고 있었고, 아내 해들리는 그곳을 찾아가기로 했다. 헤밍웨이는 당시 신문사 특파원 생활을 하면서 지겨운 밥벌이를 하고 있었다. 그의 『세 편의 단편과 열 편의 시』를 출간하기 직전이었다.

기차역에 도착한 해들리는 고즈넉함과 갈증을 달래려고 에비앙 생수와 영어판 신문을 샀다. 짐 가방은?(그래도 해들리 편이 되는 사람의 풀이에 따르면) 포터에게 잘 지키고 있으라고 일러두었다. 몇 분 뒤 해들리가 돌아왔을 때, 짐은 사라지고 없었다. 어찌어찌해서 로잔으로 찾아온 해들리가 거의 실성한 상태여서 헤밍웨이는 뭐가 문제인지조차 알아차리지 못했다.

"바람피운 거야? 남자가 생겼다는 거지? "

해들리는 눈물을 쏟았다.

"그보다 더 나쁜 일이에요."

그러자(헤밍웨이의 한 친구가 전하는 바에 따르면) 헤밍웨이는 가장 두려운 일이 일어났다는 듯 버럭 소리를 질렀다.

"검둥이와 잤군! 이실직고해!"

해들리가 울먹였다.

"그보다 더 나쁜 일이라니까요, 당신 원고가 없어졌어요. 몽땅요."

헤밍웨이는 완전히 미치광이가 되어 곧바로 파리행 기차를 잡아탔다. 리옹 역을 샅샅이 뒤졌다. 허사였다. 평생을 바쳐온 작품들이 사라져 버렸다.

흔히 헤밍웨이의 문체를 간결체라고 한다. 훗날 그는 원고 분실 사건을 태연하게 전하면서, 결과를 놓고 보면 원고를 잃어버린 게 자기에게는 오히려 잘 된 일이라고 회고했다. 왜냐하면 헤밍웨이는 그 사이 문체를 세련되게 다듬고 생략하는 기법을 익혔기 때문이다. "말하지 않는 것이 때로는 장황한 설명보다 더 큰 효과를 낸다"는 사실을 실감했던 것일까? 헤밍웨이의 전기를 쓴 카를로스 베이커는 그의 문체가 "정밀하고, 정확하면서도 고도로 함축적이며, 거칠고 엉성하면서도 시와 같은 격정이 담겨 있다"고 평했다.

김상운의 『역사를 뒤바꾼 못 말리는 천재 이야기』에는 헤밍웨이가 너무나 배가 고파 종종 비둘기를 잡아먹은 엽기적인 얘기가 나온다. 식량조차 구하기 힘들었던 무명의 작가시절, 헤밍웨이는 종종 비둘기를 먹고, 생활비를 벌기 위해 파트타임으로 복싱 선수들의 스파링 파트너가 되기도 했다.

파리의 어느 추운 겨울날. 그는 어린 아들을 태운 유모차를 곁에 대놓은 채 공원벤치에 앉아 있었다. (중략) 옥수수를 뿌리자 비둘기 떼가 몰려들었다. 비둘기들이 가까이 다가오자 그가 갑자기 손을 뻗어 한 마리를 낚아챘다.

헤밍웨이는 프랑스 파리에서 특파원을 할 때, 주로 카페에서 글을 썼는데 이유는 혼자 글을 쓰며 사람들을 관찰하기 위해서라고 한다. 그는 너무 가난해서 커피 한 잔으로 하루를 버티면서 글을 쓰기도 했다고 전해진다. 밀란 쿤데라의 『무의미의 축제』에도 나오는 뤽상부르 공원에서 배를 쫄쫄 곯으며, 배회하기도 했다. 김훈 작가가 얘기한 것처럼 '밥벌이의 지겨움'은 모든 사람들의 애환이다.

여기서 즉석 퀴즈 하나!

"헤밍웨이, 피카소, 그리고 조영남의 공통점은?"

"정답은 여성편력!"

아는 사람도 많겠지만 헤밍웨이는 무려 네 번의 결혼을 할 정도로 여성들을 사랑했다(?). 물론 정식으로 결혼한 것만 그렇다. 그는 스스로도 바람둥이라고 인정했다. 함현식의 『찌질한 위인전』에는 『위대한 개츠비』를 쓴 스콧 피츠제럴드가 헤밍웨이의 여성편력에 대해 '거의 정신병' 수준이라며 독설을 퍼붓는 장면이 나온다. 헤밍웨이가 이혼하는 과정에서 보인 그의 추태는 가히 가관이다.

어니스트 헤밍웨이는 대작을 쓸 때마다 새 여자를 필요로 한다는 것이 지론이다.

버림받은 아내에게 창녀 같은 여자라고 욕하는 헤밍웨이의 모습은 간통으로 아내를 버리고 다른 여자와 결혼한 남자의 행동치고는 지나치게 뻔뻔하다.

각설하고, 결론적으로 『노인과 바다』는 정말 부담 없이 읽을 수 있다. 128페이지에 불과하다. 하루면 충분하다. 고 장영희 교수의 글에도 나오듯 쉬운 영어로 쓰여 영어공부도 할 겸 원문으로 읽어도 좋다. 나도 이 글을 쓰면서 『노인과 바다』를 다시 한 번 읽었다. 이번에는 원문으로 읽고 싶었다. 하지만 오랜만에 영어를 접한 나는 『The Old Man and the Sea』에 흥미를 이어가지 못했다. 갈등이 시작됐다. 마치 산티아고와 청새치가 싸움을 하듯 포기와 계속 읽기의 줄다리기를 했다. 결국 나는 『The Old Man and the Sea』 읽기를 포기했다. 다만 『노인과 바다』와 『The Old Man and the Sea』를 나란히 책장에 꽂아 놓았다. 마치 주인공 산티아고와 소년 마놀린이 다정하게 앉아 있는 것처럼.

07

'5194'처럼
사랑은 영원한가요?

마르케스의 작품을 읽은 후 그의 표현방식에 매료됐다.
부지불식간에 나는 '마르케스식 말장난'을 하고 있었다.
언젠가 어느 모임에서 회원들과 백세 시대에
몇 살까지 살 것인지에 대해 말할 때도 나는
"109세 11개월 25일 9시간 36초까지 살다 죽을 것"이라고 마르케스식으로 답했다.
나는 한동안 '마르케스식 유희'의 재미에 빠졌다.

'마술적 리얼리즘'의 매직에 빠지다

🐾 🐾 🐾

소설 『백년의 고독』, 『콜레라 시대의 사랑』과 자서전 『이야기하기 위해 살다』에 대해 말하기에 앞서 가브리엘 가르시아 마르케스가 누구인지 보자.

콜롬비아의 세르반테스(Cervantes)라 불리는 마르케스는 1928년 콜롬비아 해안마을 아라카타카에서 12남매 중 장남으로 태어났다. 어린 시절을 부모와 떨어져 외가에서 보낸 그는 책을 벗 삼아 외로움을 견뎌냈다. 19세 때부터 14년간 지역신문에서 기자로 일했으며, 문학의 꿈을 실현하기 위해 소설 습작을 계속해 1955년 첫 소설집을 냈다. 마술적 리얼리즘이라는 현대 예술 사조의 선구자인 그는 유명 운동선수나 영화배우에 버금가는 인기를 누렸다. 박범신 작가가 한 강연에서 "1980년대 중후반에는 작가가 연예인보다 훨씬 인기 있었다"고 말한 것을 떠올려 보라. 정말 그런 시절이 있었다.

마르케스를 얘기할 때 많이 거론되는 것은 그의 정치적 행동이다. 쿠바 혁명 이후 피델 카스트로를 일관되게 지지했고, 중남미의 독재정권 및 이를 지지하는 미국에 반대하는 글을 쓰기도 했다. 콜롬비아 대통령 선거에서는 마르케스가 누구를 지지하느냐가 중요 변수 중 하나가 될 정도였다. 그만큼 그의 영향력은 컸다. 이런 연유로 마르케스는 미 연방수사국(FBI)으로부터 24년간 감시를 받아 온 것으로 밝혀졌다. 이유는 카스트로와 절친하고 미국에서 쿠바 관영 통신사를 세우려고 시도하는 등 반미 성향의 글을 쓰고 행동했기 때문이다. 마르케스는 현실 정치에 적극적으로 참여한 예술인이었다. 그는 2014년 4월 87세로 영면했다. 당시 후안 마누엘 산토스 콜롬비아 대통령은 트위터를 통해 "위대한 콜롬비아 출신 거장의 죽음에 천년의 고독과 슬픔이 느껴진다"고 비통해했다. 마르케스의 명성이 느껴진다.

자, 이제 마르케스의 대표작 『백년의 고독』을 살펴보자.

이 책은 마르케스가 23년 동안 생각하고 18개월에 걸쳐 집필한 소설로 유명하다. 무려 23년이나 작품구상을 한 것은 마르케스 스스로 하려고 하는 얘기를 믿을 수 없고, 자신이 쓰려고 하는 것이 믿어지도록 하기 위한 언어적 요소가 준비되어 있지 않았기 때문이다. 하나의 '완성된 작품'으로 발효되지 못하여 때가 될 때까지 기다린 것이다.

언젠가 김훈이 『칼의 노래』에 대해 했던 말이 떠오른다. 그는 스물두 살 무렵 우연히 도서관에서 난중일기를 읽은 후 완전히 매료됐다고 한다. 김훈은 당시 전공이던 영문학이 싫어져 학교를 그만둔다. 그 후 30년이 지나 "난중일기와 이순신이 처한 절망에 대해 무언가를 말할 수밖에 없는 상황에 이르러 『칼의 노래』를 썼다"고 실토했다.

『백년의 고독』은 출간되자마자 문학비평가뿐 아니라 일반 독자에게도 큰 반향을 일으켰다. 순식간에 라틴아메리카의 베스트셀러로 자리 잡았고, 유럽 국가는 대부분 망설임 없이 이 작품을 번역, 출간했다. 1967년 출간 후 이탈리아, 프랑스에서 상을 수상했고, 1982년 노벨문학상을 받기에 이른다. 상이란 상은 거의 다 받았다고 해도 과언이 아니다.

이 책은 신화적 요소를 도입하여 마꼰도라는 도시의 건설과 비극, 흥망성쇠를 다루고 있다.

책을 펼치자마자 '부엔디아 집안의 가계도'가 먼저 나온다. 주요 등장인물이 20여 명에 이르는데 이름이 비슷비슷해 누가 누군지 헷갈린다. 그 사람이 그 사람 같다. 그래서 가계도를 보지 않고는 도저히 읽어 나갈 수가 없다. 나는 복사한 가계도를 옆에 놓고 헷갈릴 때마다 확인했다. 이 책을 읽는 '깨알 팁'이라고나 할까.

왜 이름이 비슷할까? 이름이 되풀이 되는 이유는 개개의 존재 가치보다 집안의 특성을 집단화해 고유성을 이어 가려고 하기 때문이다. 결국 마지막 인물인 아우렐리아노로 이어질 수밖에 없는 운명적 흐름을 만들어낸다. 종착역을 향해 달려갈 수밖에 없도록 하고 있다. 여성의 이름이 반복적으로 되풀이 되는 것도 같은 이유다.

마르케스의 작품이 대개 그렇듯 『백년의 고독』은 신화를 바탕으로 쓰인 소설이다. 그래서 그런지 엉뚱한 상상력을 마술처럼 구사하고 있다. 한 가문과 한 마을의 흥망성쇠를 블랙 유머(Black humour)와 풍자, 패러디를 이용해 자유자재로 그려낸다. 현실과 환상을 적절히 조합해 새로운 가상세계를 펼친다. 마르케스의 문학을 축약적으로 표현하면 '마술적 리얼리즘'이다. 그는 마술적 리얼리즘을 통해 남미 대륙의 역사와 토착 신화의 상상력을 결합해 현실과 환상의 경계가 모호한 허구를 부각하며, 현실을 우회적으로 비판한 새로운 소설의 미학을 완성했다는 평가를 받고 있다. 마술적 리얼리즘은 후에 칠레의 이사벨 아옌데, 영국의 살만 루슈디 등 많은 작가에서 영향을 미친다.

어느 날, 미녀 레메디오스가 목욕을 막 시작했을 때 외지外地 남자 하나가 지붕 기왓장 하나를 쳐들고는 그녀의 나체가 연출하는 기막힌 광경 앞에서 숨을 죽이고 있었다. 그녀는 깨진 기왓장 틈으로 그 남자의 안절부절못하는 눈빛을 보고 부끄러워하기보다는 놀라는 듯한 반응을 보였다.
"조심하세요. 그러다가 떨어지겠어요."
미녀 레메디오스가 소리를 질렀다.
"그저 아가씨의 모습을 보고 싶을 뿐이에요."

그 외지인이 작은 목소리로 말했다.

"아 그래요? 좋아요. 하지만 조심하세요. 기와가 다 삭았으니까요."

미녀 레메디오스가 말했다.

『백년의 고독』에는 현실과 환상의 미로에서 방황하는 과정이 되풀이 된다. 때로는 상상을 초월하는 장면이 묘사돼 독자들을 어리둥절하게 만든다. 미녀 레메디오스가 목욕하는 장면에서 나는 그와 같은 혼돈을 느꼈다. 현실과 환상의 마술적 리얼리즘의 매직에 빠지면 독자들의 머리는 아파온다.

이 소설의 중심지 마콘도와 부엔디아 집안은 쾌락에 지나치게 탐닉한 다. 어느 순간 진실은 사라지고 환상만이 가득한 마콘도 마을에서 고독 할 수밖에 없는 부엔디아 사람들은 성적 쾌락에 집착함으로써 자신들의 존재 이유를 발견하려 한다. 심지어 사랑의 대상이 근친상간이라는 점 도 모른 채(아니 알면서도 모르는 채) 그 나락으로 빠져든다.

급기야 부엔디아 집안은 4대에 이르러 위기에 직면한다. 우연히 마콘 도에 찾아온 이방인들은 거대한 바나나 농장을 세우고, 결국 노동자 대 학살이라는 비참한 결과를 만들어낸다. 이 사건으로 부엔디아 집안이 이끌어오던 마콘도 마을은 점차 균열이 일어나지만 이 또한 마콘도 마 을 사람들의 무심함에 묻혀 간다. 제국주의 세력이 마콘도를 점령해 나 간다.

마르케스는 이 작품으로 호사가들의 '소설의 죽음'에 정면으로 맞섰 다. 밀란 쿤데라가 "소설의 종말에 대해 말하는 것은 서구 작가들, 특히 프랑스인들의 기우에 지나지 않을 따름이다. 이런 말을 한다는 것은 동유럽이나 라틴아메리카 작가들에게는 어불성설이다. 책꽂이에 마르케스의 『백년의 고독』을 꽂아 놓고 어떻게 소설의 죽음을 말할 수 있단 말인가?"라면서 소설의 부활을 예고했다. 밀란 쿤데라는 『백년의 고독』에 최고의 찬사를 보냈다.

사랑은 변할까? 아니면 영원할까?

❀ ❀ ❀

2014년 5월 햇살이 좋은 주말 오후, 나는 딸과 함께 집 근처 카페에 갔다. 나는 마르케스의 『백년의 고독』을 읽고, 딸은 수학 공부를 했다. 그런데 두세 시간이 지나자 그만 책을 다 읽고 말았다. 다음에 무엇을 해야 할지 몰랐다. 책의 여운으로 『백년의 고독』의 마술에 빠져 헤어 나오지를 못하고 있었다. 마르케스의 『백년의 고독』이 너무 재미있어 바로 『콜레라 시대의 사랑』을 읽고 싶었다. 하지만 이를 어쩌랴? 책이 없다. 나는 급히 서점에 가서 책을 샀다.

『콜레라 시대의 사랑』은 가난한 청년 플로렌티노 아리사가 아리따운 소녀 페르미나 다사를 보고, 그야말로 첫눈에 반한 사랑 이야기다. 두 연인은 편지를 주고받으며 쌓아 온 몇 년간의 뜨거운 사랑 끝에 결혼을 약속하지만 페르미나 아버지의 반대로 헤어진다. 러브스토리에 항상 나오는 설정이다. 결국 페르미나는 의사인 후베날 우르비노와 결혼한다. 신발을 거꾸로 신은 셈이다. 하지만 플로렌티노는 페르미나의 사랑의 늪에서 빠져나오지 못해 그녀를 기다린다. 페르미나가 남편의 죽음으로 다시 혼자가 될 때까지 무려 51년 9개월 4일을 기다린다. 이것이 가능한가? '5194 사랑'은 정녕 있을 수 있는 것인가? 여기서 우리는 플로렌티노의 지고지순한 순애보를 볼 수 있다.

> 플로렌티노 아리사는 더 이상 페르미나 다사와 단둘이 있을 기회가 없었으며, 오랫동안 살면서 우연히 마주친 적은 셀 수 없이 많았지만 단둘이 이야기할 기회는 역시나 없었다. 51년 9개월 4일 후 페르미나 다사가 미망인이 된 첫날에야 그는 평생 충실할 것이며 영원히 사랑하겠다는 맹세를 다시 할 수 있었다.

하지만 『콜레라 시대의 사랑』이 단순한 순애보라고만 하기에는 동의할 수 없는 구석이 많다. 플로렌티노는 페르미나를 기다리는 동안 유부녀, 과부, 노파, 소녀를 가리지 않고 여성의 육체를 탐닉했다. 그 기록은 무려 622회. 천문학적 숫자다. 여기에는 일회성 사랑은 빠져 있다. 페르미나를 기다리는 동안 자의반 타의반 다른 여성들과 사랑을 나눈 것이다.

플로렌티노는 순애보의 대명사일까? 아니면 단순한 바람둥이에 불과할까? 사랑하는 여인을 기다리기 위해 다른 여인과 일회성 사랑이 가능한 것일까?

『콜레라 시대의 사랑』은 몇 년 전 SBS 월화드라마 「따뜻한 말 한마디」로 화제가 되기도 했다. 극중 외도를 한 재학(지진희)이 은진(한혜진)에게 선물로 주려다 서랍에 넣어둔 『콜레라 시대의 사랑』 속의 메모를 보고 미경(김지수)은 이혼을 결심한다. 메모에는 "사랑은 하나의 색깔을 내지 않습니다. 여러 빛깔, 여러 종류입니다. 부담 갖지 마세요. 육체를 포함하지 않고 사랑을 완성할 수 있습니다"라고 적혀 있다. 드라마 속의 메모는 『콜레라 시대의 사랑』 느낌을 잘 표현하고 있는 것 같다. 그래서 「따뜻한 말 한마디」의 작가는 『콜레라 시대의 사랑』을 드라마에 끌어 들인 모양이다.

이 책은 결국 사랑이 세월의 흐름과 죽음의 공포를 이겨내고, 인내와 헌신적인 애정이 보상받는다는 낭만적 러브 스토리를 담고 있다. 마르케스는 늙음과 사랑, 질병이라는 주제와 더불어 자살, 근대화, 사회적 책임과 같은 문제를 다루고 있다. 하지만 나는 마르케스의 관심은 사랑이라고 확신한다. 사랑 중에서도 영원한 사랑!

플로렌티노는 후베날 우르비노 박사가 죽자 상복을 입고 그녀의 집으로 찾아가 마지막 문상객들이 떠난 순간, 떨리는 목소리로 평생 동안 참고 견뎌왔던 말을 건넨다.

"페르미나. 반세기가 넘게 이런 기회가 오길 기다렸소. 나는 영원히 당신에게 충실할 것이며 당신은 영원한 나의 사랑이라는 맹세를 다시 한 번 말하기 위해서 말이오."

마르케스의 『콜레라 시대의 사랑』을 읽으면서 사랑의 시간에 대해 생각해봤다.

'사랑은 변할까? 아니면 영원할까?'

재미있는 '마르케스식 유희'

최근 나는 신문기사를 보고 깜짝 놀랐다. 마르케스의 노벨문학상 수상작 『백년의 고독』 초판본이 도난당했다는 것이다. 마르케스의 친필 사인이 담긴 초판본은 콜롬비아 수도 보고타에서 열린 국제도서전 전시장의 캐비닛에 보관돼 있었다. 이 초판본은 2014년 마르케스 사망 후 가격이 치솟아 6만 달러에 이르는 것으로 알바로 카스티요라는 서적 수집상이 2006년 우루과이 수도 몬테비데오에서 구입한 것이다. 알바로는 마르케스로부터 "알바로 카스티요, 오래된 책 상인, 언제나 영원히, 당신의 친구 가보"라는 글귀와 함께 사인을 받았다. '가보'는 마르케스의 애칭이다.

나는 이 시점에서 중고서적상 릭 게코스키에게 『백년의 고독』 초판본을 찾아달라고 부탁하는 것은 어떨까? 하는 생각을 했다. 게코스키의 『아주 특별한 책들의 이력서』, 『독서편력』, 『불타고 찢기고 도둑맞은』 등을 보면 마르케스의 도난당한 초판본도 충분히 찾지 않을까 하는 엉뚱한 생각을 해본다. 다행히 『백년의 고독』 초판본은 분실된 지 며칠 만에 콜롬비아 보고타 시내의 미술품 거래지역 근처에서 되찾았다. 릭 게코스키를 투입하기 전 찾아서 다행이다.

마르케스의 작품을 읽으며 흥미로웠던 점은 그는 정확히 서술해야 할 상황에서는 간단하게 묘사하는 반면, 별로 중요하지 않은 부분은 아주 구체적으로 묘사하는 버릇이 있다는 것이다. 『콜레라 시대의 사랑』을 번역한 울산대 송병선 교수는 언젠가 강연에서 "마르케스는 묘사하는 면에서 묘하게 상반되게 표현한다"고 말했다. 예를 들면, 마르케스는 다음과 같은 표현방식을 즐긴다.

비는 사 년 십일 개월 이틀 동안 내렸다. 부슬비라도 내릴 때면 날씨가 개는 것을 축하하기 위해 모두들 정장을 차려입고 병에서 회복되어가는 사람 같은 얼굴 표정을 짓기도 했지만, 이내, 잠깐 비가 걷히는 듯하는 것은 오히려 더 억센 비가 쏟아지려는 징조라고 해석하게들 되었다.

마르케스의 작품을 읽은 후 그의 표현방식에 매료됐다. 부지불식간에 나는 '마르케스식式 말장난'을 하고 있었다. 후배와 만날 약속을 할 때도 오후 6시 30분 14초에 만나자는 식이다. 언젠가 어느 모임에서 회원들과 백세 시대에 몇 살까지 살 것인지에 대해 말할 때도 나는 "109세 11개월 25일 9시간 36초까지 살다 죽을 것"이라고 마르케스식으로 답했다. 나는 한동안 '마르케스식 유희'의 재미에 빠졌다.

2015년 여름, 내가 좋아하는 『황만근은 이렇게 말했다』의 작가인 성석제의 인터뷰 기사를 읽고 마르케스의 자서전 『이야기하기 위해 살다』를 주문했다. 주문하는 김에 『내 슬픈 창녀들의 추억』도 샀다. 왜냐하면 인터뷰에는 여름휴가 때 읽으면 좋을 책 5권을 권하면서 『이야기하기 위해 살다』를 꼽았기 때문이다.

'마술적 사실주의'라는 오케스트라의 지휘자라고 부를 수 있는 마르케스의 진면목을 보여주는 책이다. 이 '뻥'의 마술사는 억지나 과장이 느껴지지 않게 하면서도 상상 이상의 이야기와 문장을 보여주는데 이 책을 읽으면서 그게 다 이유가 있음을 알게 되었다. 아니 땐 굴뚝에 연기가 날까.

올 여름 휴가 때는 마르케스의 『이야기하기 위해 살다』를 읽어야겠다. 나와 같이 근무하는 서윤기 씨는 스페인어를 전공해서 그런지 남미 문학에 대한 관심이 많다. 지난해 그는 나에게 『이야기하기 위해 살다』를 들어 보이며 "이처럼 재미있는 책은 처음 본다"고 말했던 기억이 떠오른다. 마르케스의 자서전 『이야기하기 위해 살다』를 읽으며, 다시 한 번 마르케스식 '깨알 유희'의 바다에 풍덩 빠지고 싶다.

08

인류도 공룡처럼
멸종하는가?

2014년 과학전문 매체 네이처는 오는 2200년에
지구상에 여섯 번째 대멸종이 일어날 것으로 예측했다.
이번 멸종에는 양서류의 41%, 조류의 13%,
포유류의 25% 등이 사라질 것으로 분석했다.

공룡은 연구원의 마스코트

❀ ❀ ❀

나는 2009년부터 최고의 역사를 자랑하는 한국지질자원연구원 (KIGAM)에서 근무하고 있다. 정부출연기관인 연구원은 다양한 분야를 연구한다. 그 중에서 국가안보와 관련, 북한이 핵실험을 하거나 로켓발사 등을 하면 사건 발생위치와 시간, 규모(폭발력) 등을 탐지해낸다. 탐지결과는 정보기관에 제공된다. 멋진 일이 아닐 수 없다. 탐지는 지진파, 공중음파, 수중음파 등을 종합적으로 분석해 결과를 도출한다. 지진연구센터에서 이 같은 역할을 수행한다.

북한은 현재까지 모두 네 차례의 핵실험을 했다. 최근에는 2016년 2월 6일 수소폭탄 실험을 단행했다. 북한은 잊을 만하면 핵실험 카드를 만지작거린다. 아마도 대내외에 북한의 존재감을 드러내야 하기 때문이지 않을까 생각한다.

지난 2010년 천안함 침몰사건이 발생했을 때 연구원은 준準 비상 상황이었다. 당시 나는 하루동안 기자와 정보기관으로부터 수백여 통의 전화를 받았다. 사무실 전화도 거의 마비상태였다. 몇 달 받을 전화를 며칠 동안 다 받았다고 해도 과언이 아니다. 천안함 침몰사건의 탐지도 연구원이 한 일이다. 2013년 2월 북한이 제3차 핵실험을 했을 때는 청와대와 연구원 지진센터에 있는 핫라인을 통해 화상회의하는 모습을 직접 지켜보기도 했다.

국가안보와 관련된 일을 하기도 하지만 연구원에는 공룡을 연구하는 척추고생물학을 전공한 박사들이 있다. 가장 대표적인 사람은 국내 공룡박사 1호인 이융남 박사다. 그는 2015년 가을에 서울대 교수로 자리를 옮겼다.

연구원 홍보를 하면서 공룡을 홍보 매개물로 적극 활용키로 했다. 마스코트로 이용하기로 한 것이다. 대부분 사람들이 공룡을 좋아하니 어쩌면 당연한 일인지도 모른다. 그러기 위해서는 우선 공룡을 알아야 한다. 그래서 나는 본격적인 공룡탐구에 들어갔다. 마치 공룡박사라도 되려는 것처럼 공부했다. 언젠가 나도 이 박사처럼 아이들의 공룡 우상이 될 수 있을까? 상상만으로도 즐겁다.

연구원에서 발간한 이 박사의 공룡 책『이융남 박사의 공룡이야기』, 『공룡학자 이융남 박사의 공룡대탐험』 등을 탐독했다. 그런 책들은 어렵지 않게 구할 수 있었다.『공룡이야기』,『공룡대탐험』을 온갖 색깔의 형광펜과 볼펜으로 밑줄을 긋고, 메모하면서 읽었다. 내가 공룡박사라고 생각하고 아이들에게 재미있게 공룡이야기를 들려준다는 마음으로 책 속의 공룡사냥에 나선 것이다.

지금 다시 책을 펼쳐보니『공룡이야기』,『공룡대탐험』은 온통 천연색으로 물들어 있다. 이렇게 화려한 공룡이 있을까? 노랑, 파랑, 초록, 주황 등으로 칠해진 공룡이 살아 움직이는 것 같다.

공룡화석은 언제나 공룡학자에 의해 발견되는 것은 아니다. 당신의 집 뒤뜰에서 혹은 여행 중 우연치 않게 당신 눈에 뜨일 수 있다. 그러한 기회는 누구에게나 주어질 수도 있다.

『공룡이야기』의 한 구절을 읽으면서 나도 공룡화석을 발견하고, 실제 공룡박사 학위는 없지만 공룡전문가와 같은 위치에 설 수 있는 기회를 갖게 될지도 모른다고 생각했다. 열심히 하면 공룡박사는 아닐지라도 공룡전문가는 될 수 있다는 허황된 기대에 사로잡혀 지냈다. 제대로 공룡에 빠져 버렸다. 이 박사의 책만 읽은 것이 아니다. 연구원에서 구할 수 있는 공룡과 관련된 서적을 구해서 독파해 나갔다.『티라노사우루스』,『지구의 어제와 오늘을 한눈에, 지질박물관』,『호기심 삼총사의 시간여행, 지구 대탐험』,『지질박물관』등을 보고 또 봤다. 몇 번씩 읽어서 외우다시피 했다.

조금 더 솔직하자면 나는 짝퉁 공룡박사가 되기 위해 이융남 박사와 친해지고 싶었다. 전화로 해도 될 일을 당시 지질박물관장으로 있던 이 박사를 만나기 위해 직접 박물관으로 찾아갔다. 신문이나 방송에 이 박사를 출연시키기 위해 다른 사람들보다 더 노력을 기울였다.(물론 이 박사는 너무 유명한 사람이어서 신문, 방송에 나오는 것에 연연해하지 않았다.)

어린이에게 과학자의 꿈과 희망을 심어주기 위한 창의과학축전 같은 전시회에서 공룡을 이용한 다양한 콘텐츠를 선보였다. 축전기간 동안 연구원 부스는 사람들로 인산인해를 이뤘다. 이 박사와 같이 근무하는 이항재 연구원이 만든 '티라노사우르스(Tyrannosaurus) 가면 만들기'를 통해 연구원을 홍보했다. 가면 만들기는 어린이들로부터 '인기 짱'이었다. 어린이와 학부모들에게 연구원을 좀 더 홍보하기 위해 공룡을 활용했다. 연구원을 홍보하기 위해 공룡을 전면에 내세웠고, 더 잘 활용하기 위해 공룡공부를 했다고 하면 자화자찬일까?

사람들은 왜 공룡을 좋아할까?

🌼 🌼 🌼

그렇다면 사람들은, 특히 어린이들은, 그 중에서 남자 아이들은 왜 공룡을 좋아할까? 다른 생물들이 많은데 왜 공룡에 무한 애정을 쏟는 것일까? 이정모 서대문자연사박물관장이 쓴 『공생 멸종 진화』라는 책을 보면 그 답을 찾을 수 있다. 공룡은 남녀노소 구분 없이 모두가 좋아하는 '사라진 동물'이기 때문이다.

보통 3~8세의 아이들이 깊이 사랑에 빠지는 대상이 있다. 내게는 그 사랑이 마흔 넘어서야 찾아왔다. 바로 공룡이다. 공룡 모형을 사는데 돈을 아끼지 않고, 공룡 화석을 발굴하는 고생물학자들의 가방을 들어주는 역할을 기꺼이 즐긴다. 하지만 내가 사랑하는 공룡은 이미 사라진 공룡, 뼈로 남은 공룡, 내 상상력을 자극하는 공룡이지 지금 살아 있는 공룡이 아니다.

그럼 이 시점에서 사람들이 왜 그토록 공룡을 좋아하는지 '공룡 사랑학' 개론을 펼쳐보자.

사람들이 공룡을 좋아하는 이유는 현재 공룡이 존재하지 않기 때문이다. 즉 공룡이 멸종해서이다. 만약 우리가 지금 코끼리, 사자 등과 같이 살아 있는 공룡을 동물원에 가서 쉽게 볼 수 있다면, 과연 지금처럼 공룡을 좋아할까? 그렇지 않을 것이다. 공룡을 좋아하는 첫 번째 이유는 지금은 '살아 있는' 공룡을 볼 수 없기 때문이다. 이 관장도 그의 『공생 멸종 진화』에서 공룡을 좋아하는 이유에 대해 "나는 공룡과 함께 살고 싶은 생각이 눈곱만큼도 없다. 내가 공룡을 사랑하는 결정적인 이유는 공룡이 멸종했기 때문"이라고 말했다.

두 번째 이유는 공룡은 지구상에 살았거나 살고 있는 동물 중에서 가장 큰 동물이었다는 점이다. 크기에서 다른 동물들을 압도했기 때문에 죽어서도 다른 '살아 있는' 동물을 제치고 최고 인기를 누리고 있다. 많은 사람이 잘 알고 있는 티라노사우르스만 해도 길이가 11미터나 되고,

몸무게는 무려 6톤에 이른다. 공룡의 몸무게는 코끼리의 20배나 되는 것으로 알려져 있다. 공룡 중에서 가장 큰 공룡은 용각류인데 그 중에서도 아르겐티노사우루스(Argentinosaurus)는 몸길이가 무려 38미터나 된다. 38미터의 공룡이 숲속을 거닐고 있다고 생각해보라. 생각하는 것만으로도 가슴이 설렌다.

물론 공룡이라고 해서 모두 큰 것만은 아니다. 콤프소그나투스(Compsognathus)는 티라노사우르스처럼 육식공룡이지만, 그 크기는 주둥이 끝에서 꼬리 끝까지 80센티미터밖에 안 된다. 크기로만 따지면 아기 공룡 '둘리' 수준이다. 실제 아주 작은 공룡들도 있긴 하지만 대부분의 공룡은 크다. 하지만 일반적으로 공룡은 엄청 클 것이라고 생각하기 때문에 사람들은, 특히 아이들은 경외심을 갖는다. 이융남 박사는 공룡 크기와 관련, "어떤 것은 닭만큼 작지만 또 다른 것은 축구장만큼 크다"고 비교했다.

세 번째로 공룡의 인기는 굉장히 번성한 동물이었다는 데서 찾을 수 있다. 공룡은 중생대 2억 3천만 년 전에 출현해서 6천5백만 년 전까지 무려 1억 6천5백만 년 동안 지구를 지배했던 동물이다. 공룡 화석은 남극에서 발견되기도 하는 등 지구의 모든 지역에서 발견된다. 뜻밖에 멸종은 당했지만 지구에 잘 적응했던 동물이다. 지금까지 발견된 공룡화석이 무려 800종이나 되는 것도 같은 이유다. 공룡 화석은 각각 다른 특징을 갖고 있을 만큼 각양각색이다.

마지막으로는 한반도와 공룡을 한번 생각해보자. 물론 전 세계 사람들이 공룡을 좋아하지만 한반도에 한정해서 생각해보는 것도 흥미롭다. 한반도와 공룡은 떼려야 뗄 수 없는 상관관계가 있다.

한반도는 한때 공룡의 천국이었다. 오죽하면 『한반도 30억 년의 비밀—공룡들의 천국』이라는 책도 있겠는가. 공룡이 살던 중생대 지층이 우리나라에도 많이 분포하기 때문이다. 경남·북, 전남 등 남한의 4분의 1 정도에서 공룡화석이 나올 수 있는 가능성이 있다. 1980년대 초 경남 고성에서 규칙적으로 지층에 찍혀 있는 공룡 발자국을 발견한 후 많은 공룡의 흔적들이 발견됐다.

어린이들에게 꿈과 희망을 심어준 공룡영화도 공룡 인기에 한몫했다. 공룡영화의 원조격인 쥬라기 공원에서부터 쥬라기 월드, 최근에 개봉한 「굿 다이노(The Good Dinosaur)」와 같은 영화의 흥행으로 공룡이 영화 스크린을 걸어 나와 사람들 속으로 다가왔다.

200년 이내 여섯 번째 대멸종 온다(?)

🌸 🌸 🌸

지금까지 지구에는 다섯 차례의 대멸종이 있었다. 대멸종이란 지구상에 생명체가 출현한 이래, 가장 큰 멸종이 일어났던 다섯 차례를 말한다. 1차는 4억 4300만 년 전, 2차는 3억 7000만 년 전, 3차는 2억 4500만 년 전, 4차는 2억 1500만 년 전, 5차는 6600만 년 전에 일어났던 멸종사건을 말한다.

하지만 문제는 지금부터다. 불과 200년 이내에 여섯 번째 대멸종이 온다는 예측이 나오고 있다. 2014년 과학전문 매체 네이처는 오는 2200년에 지구상에 여섯 번째 대멸종이 일어날 것으로 예측했다. 이번

멸종에서는 양서류의 41%, 조류의 13%, 포유류의 25% 등이 사라질 것으로 분석했다.

여섯 번째 대멸종의 원인으로는 인류의 지나친 개발로 인한 서식지 유실 및 파괴를 꼽을 수 있다. UN 소속 세계환경보전 모니터링센터 (World Conservation Monitoring Center, WCMC)의 해양생물학자인 데렉 티텐서는 "생물의 다양성이 눈에 띄게 악화되고 있다"면서 "동물들의 서식지 파괴와 환경오염, 지나친 포획과 벌목 등이 상황을 더 나쁘게 만들고 있다"고 진단했다.

과학자들은 이러한 대멸종이 결국 인류를 파괴하는 결과로 이어질 수 있고, 동물의 멸종을 막는 일이 결국 인류의 멸종을 막는 길과 같다고 입을 모으고 있다. 지금 이대로라면 지구의 46억 년 역사에서 여섯 번째 대멸종을 겪을 것이고, 인류는 멸종의 위기를 피할 수 없을 것으로 관측하고 있다. 이정모 관장은 『공생 멸종 진화』에서 만약 한 번 더 대멸종이 온다면 인류는 완전히 사라질 수밖에 없다고 공개협박(?)을 하고 있다.

지금까지의 대멸종을 볼 때 당시의 최상위 포식자들은 반드시 멸종했으며, 지금의 최상위 포식자는 인류이기 때문이다. 지금까지의 규칙에 따르면 인류는 여섯 번째 대멸종에서 결코 살아남을 수 없다.

인류는 잘 나가던 공룡이 완전 멸종한 것처럼 대멸종의 길을 걷고 있는 것이 아닌지 하는 생각을 하게 된다. 공룡과 인류의 운명은 대멸종이라는 측면에서 한 배를 탄 것일까? 인류는 공룡 멸종을 타산지석으로 삼아야 한다. 지금은 마냥 공룡을 그리워할 때가 아니다.

2015년 과학저널 사이언스는 '대륙이동설' 100주년을 맞아 2억 5000만 년 뒤에는 모든 대륙이 다시 하나로 모인다고 발표했다. 이제 2억 5000만 년 뒤에는 지금처럼 대륙별로 나뉘는 일은 없을 것이다. 대륙이동설은 독일의 과학자 알프레드 베게너가 1915년 출간한 『대륙과 대양의 기원』에서 과거 아시아, 북아메리카, 남아메리카, 아프리카, 오세아니아, 남극 대륙 등 지구상의 모든 대륙이 '판게아(Pangaea)'라는 하나의 큰 대륙으로 합쳐져 있다가, 약 2억 년 전 중생대 쥐라기부터 점점 분리돼 현재의 모습으로 나눠졌다고 주장하는 학설이다.

이 같은 대륙이동설에 연구원의 '착한 과학자'로 정평이 나 있는 이윤수 박사도 거들었다. 이 박사는 대륙이동설, 판구조론, 화산폭발 등 다른 사람들이 질문을 하면 한 시간이건, 두 시간이건 만족할 때까지 설명해준다. 그래서 나는 이 박사를 착한 과학자라고 부른다. 이와 같은 이유로 기자들도 이 박사를 좋아한다. 이 박사의 설명을 들은 어떤 기자는 "이렇게까지 진심으로 설명해주는 과학자는 처음이에요"라고 말했다. 이윤수 박사는 대륙이동설과 관련해 다음과 같이 말한 바 있다.

지구가 최소 5000만 년에서 2억 5000만 년 뒤에는 호주가 북쪽으로 밀려와 유라시아와 하나가 된다는 건 이미 정설로 받아들여지고 있다. 이때 한반도는 사막이 돼 있을 것으로 예상하는 사람도 있다.

지금까지의 이야기를 종합해보면 인류는 정말 한심하다. 답답해서 말이 안 나온다. 여섯 번째 대멸종으로 인류 자체가 멸종위기에 직면하고, 모든 대륙이 하나가 될 날도 2억 5000만 년 밖에 남지 않았는데 눈만 뜨면 싸움만 하니 어찌 답답하지 않으랴! 게다가 인류가 인종 간, 종족 간 극심한 전쟁을 하는 것을 보면 한숨이 절로 나온다. 인류 자체가 대멸종의 위기에 직면해 있는데 티격태격 싸우는 꼴이 왜 한심하지 않겠는가?

09

헐! 기계와
사이좋게 지내라고?

미래학자 케빈 켈리(Kevin Kelly)는 이렇게 말한다.
"앞으로는 로봇과 얼마나 잘 협력하느냐에 따라
보수가 달라질 것이다."

내 라이벌은 로봇일까? 친구일까?

✿ ✿ ✿

앞에서도 몇 차례 얘기했지만 나는 봉사모임 '행울림'에서 고등학생을 대상으로 강의를 하고 있다. 봉사는 지난 2014년부터 시작됐다. 강의는 방학을 제외하고 보통 한 달에 한 번 정도 한다.

봉사활동을 하면서 많은 고민을 하게 되는 부분은 강의주제이다. 맨 처음 시작한 주제는 「우리는 왜 읽는가」였다. 그러다 기술경영(MOT, Management Of Technology)으로 박사학위를 취득한 후로는 전공을 살리려고 강의주제를 바꾸기도 했다. 그래서 나온 제목이 「내 라이벌은 로봇일까? 친구일까?」와 「10년 후 내 직업은?」이다.

한때는 내가 좋아하는 스포츠인 야구에서 과학적인 분야를 뽑아 강의할 계획으로 「야구의 과학」이라는 주제를 준비하기도 했지만 중간에 그만뒀다. 주변 사람들이 '웬 야구냐?'고 반대했기 때문이다. 그러다 최근에는 다시 「나는 왜 읽고 쓰는가?」로 강의하고 있다. 인생도 돌고, 강의 주제도 돈다.

「내 라이벌은 로봇일까? 친구일까?」와 「10년 후 내 직업은?」이라는 주제를 준비하면서 많은 책을 읽었다. 미래의 직업과 관련된 주제인 로봇, 인공지능, 빅데이터, 3D프린팅, 드론, 무인자동차 등의 분야를 독학했다. 유튜브에서도 관련 동영상으로 공부했다. 그 중에서 가장 인상 깊었던 것은 미래학자 토마스 프레이가 2015년 중반쯤 KBS에서 했던 「오늘 미래를 만나다」이다.

토마스 프레이는 현대 사회를 진단하고 앞으로 유망한 직업과 떠오르는 분야에 대해 쉽고 재미있게 설명했다. 요즘도 나는 미래사회가 궁금할 때면 토마스 프레이의 강의를 다시 보곤 한다. 다시 보고 싶은 강의는 언제든 무료로 볼 수 있는 세상이다. 요즘에는 인터넷으로 유명 대학의 강의도 들을 수 있다. 공부하려는 의지만 있으면 얼마든지 배울 수 있다. 미국 대학은 물론이고 카이스트, 서울대 등에서 정해진 커리큘럼을 공짜로 볼 수 있다. 무료 교육프로그램인 K-무크에는 2015년 시험운영기간에 6만 6천 명이 신청을 하는 등 인기가 폭발했다. 대덕연구단지에는 과학과 관련된 다양한 강의가 펼쳐진다. 배우려는 의지만 있으면 언제든지 공부할 수 있다. 공부할 방법이 없다는 것은 핑계에 지나지 않는다. 의지가 없을 뿐이다.

알파고와 이세돌의 바둑대결로 유명해진 인공지능을 한번 예를 들어 보자. 구글이 2015년 말 공개한 오픈소스 인공지능 소프트웨어인 '텐서플로우(tensorflow)'에 대한 동영상 자료는 인터넷에 널려 있다. 내가 알고 있는 사람도 이 프로그램을 이용해 독학으로 인공지능을 공부하고 있다. 다만 아쉬운 점은 발표자료 대부분이 영어로 되어 있다는 점이다. 하지만 최근에는 한글로 번역된 자료도 점점 늘고 있다. 영어 못 해도 걱정 없다.

각설하고, 내가 지금까지 무료특강을 하면서 학생들로부터 나름대로 좋은 반응을 받았던 분야는 「내 라이벌은 로봇일까? 친구일까?」와 「10년 후 내 직업은」이다. '내 라이벌은…'을 강의할 때면 학생들은 자기의 미래를 걱정하며 질문을 하곤 했다. 언젠가 고등학교 1학년 학생은 "10년 후 나에게 가장 알맞은 직업을 찾기 위해 어떤 분야에 관심을 가져야 하나요?"라고 묻기도 했다. 미래사회가 궁금한 것은 남녀노소를 불문하고 모든 사람의 공통점인 것 같다. 정지훈 미래 비전 전략가도 『내 아이가 만날 미래』에서 미래의 직업에 대해 다음과 같이 언급했다.

로봇이 대신하기 어려운 창의적이고 고도의 인지 능력이 필요한 변호사나 의사, 경영자 등과 같은 직업의 경우 이런 변화에도 오래 살아남고 있지만, 이들 직업에도 로봇과 컴퓨터가 진출할 시간이 머지않았다.

정보화시대에는 이런 하이컨셉·하이터치 능력이 보잘것없으며 가치가 낮다고 인식되었지만 미래 사회에서는 직업적 성공과 개인적 만족을 얻기 위한 필수요소로 떠오르고 있다. 하이컨셉·하이터치 시대에 필요한 여섯 가지 조건으로는 디자인, 스토리, 조화, 공감, 놀이, 의미를 꼽는다.

소프트웨어가 바람을 피운다(?)

❀ ❀ ❀

당신은 영화를 좋아하는가? 만약 그렇다면 「그녀(her)」를 보았을지도 모르겠다. 영화 「그녀(her)」는 중년의 이혼남이 혼자 사는 고독을 달래보려고 인공지능 서비스에 가입하면서 시작된다. 그녀의 이름은 '사만다'이다. 이 인공지능 비서는 곧바로 개인컴퓨터를 뒤져 주인공의 신상을 파악한다. 그녀는 5분마다 이메일을 체크해주고, 일정을 관리하며, 주인공의 기분 상태를 맞춰가며 말벗도 해준다. 이러다 보니 주인공은 굳이 다른 여성을 사귀면서 힘들게 밀당을 할 필요를 느끼지 못한다. 급기야 주인공과 사만다는 서로 사랑하는 감정에 이르러 여행을 함께 가고 잠자리에서 밀담을 나누게 된다. 사랑하는 연인관계가 된다.

그러던 어느 날, 갑자기 사만다와 접속이 끊긴다. 주인공은 마치 실성한 사람처럼 '애인'을 찾아 거리를 방황하는데, 그때 그의 귓전에 사만다의 목소리가 들린다. 알고 보니 인공지능 소프트웨어가 새 버전으로 업그레이드되는 동안 접속이 차단됐던 것이다. 그제야 주인공은 사만다가 사람이 아니고 소프트웨어(SW)라는 사실을 깨닫는다.

이 영화에서 사만다는 마치 사람처럼 바람을 피운다. 사만다는 영화에서 동시에 8,316명과 대화하고, 641명과 연애를 한다. 사정이 이런데도 그는 인공지능의 손아귀에서 벗어나지 못한다. 현실에 존재하지도 않는 그녀의 소유가 되어 버린 것이다.

우리들은 미래 사회와 나의 미래에 대해 궁금증을 갖는다. 린다 그래튼이 『일의 미래』에서 다음과 같은 질문으로 책을 시작한 것처럼 미래의 직업은 사람들의 최대 관심사다.

2025년에 내 직업의식에는 어떤 변화가 생길까? 나는 어떤 종류의 일을 원하게 될까? 내 희망은 무엇일까? 나는 밤낮 없이 일하고 있을까? 나 자신과 나를 따르는 사람들을 위해 나는 무엇을 원할까?

행울림 강의를 준비하면서 많은 책을 봤지만 주교재는 에릭 브린욜프슨과 앤드루 맥아피가 쓴 『제2의 기계 시대』였다. 이 책은 증기기관이 제1의 기계 시대를 열었다면, 디지털 기술이 제2의 기계 시대를 열어 가고 있다고 설명한다. 제1의 기계 시대에는 인간의 육체적 능력을 중시했다면, 제2의 기계 시대는 정신적 능력이 중시될 것이라는 전망을 내놓는다. 앞으로는 단순 반복적인 일은 컴퓨터가 대신하는 반면, 인간은 창의성과 감수성이 요구되는 일에 집중하게 된다. 세상은 이미 그렇게 바뀌고 있다.

『제2의 기계 시대』에서 미래사회를 예측하는 장면을 따라가 보자.

무인자동차는 사람보다 훨씬 뛰어난 운전 솜씨를 선보이게 된다. 만약 사람이 운전하면 교통사고의 위험 등으로 불법운전이 되는 시대가 될지도 모른다. 컴퓨터는 퀴즈 쇼에서 사람을 이긴다. 최근 알파고와 이세돌의 바둑대결에서 인공지능이 4승1패로 이긴 것을 보면 알 수 있다.

의학 분야도 예외는 아니다. 로봇은 머지않아 의사보다 질병을 더 정확히 진단하고, 처방을 내리게 된다. 의사는 컴퓨터 앞에서 무용지물이 될지도 모른다. 정교한 컴퓨터 프로그램은 수많은 회계사와 세무사를 실직자로 만들어 거리로 쫓아버리려고 호시탐탐 기회를 노린다. 학생들의 시험점수는 교수보다 컴퓨터가 더 정확하고 공정하게 채점한다. 사사로운 감정 없이 불편부당하게 점수를 매긴다. 인터넷에서 주문한 물건은 드론이 배달하는 시대가 온다는 것은 삼척동자도 아는 사실이다.

저자인 맥아피 교수는 한 언론과의 인터뷰에서 "기계와 왜 경쟁하죠? 기계와 일자리를 두고 싸우려는 자세부터 애당초 잘못됐습니다. 기계는 그 자체보다, 인간이 제대로 활용할 때 진정한 시너지가 나는 것입니다"라고 설명했다. 인터뷰에서 밝힌 것처럼 미래 사회에서는 인간이 기계와 얼마나 더 친숙하게 지내고, 서로 보완적 관계를 맺느냐에 따라 인간의 삶의 질이 결정된다고 할 수 있다.

『제2의 기계 시대』는 2014년 우리나라에 출판된 책으로 현대사회의 급속한 변화로 인해 작은 오류도 보인다. 어찌 보면 오류라고 하기보다는 급속한 변화를 예측하지 못한 탓일 게다. 예를 들면 다음과 같은 문장이다.

디지털 소설가는 아직 없으므로, 베스트셀러 소설 목록에 오르는 책들은 모두 여전히 사람이 쓰고 있다. 또 기업가, CEO, 과학자, 간호사, 식당종업원 등 수많은 직업에서 하는 일들도 아직 컴퓨터화가 이루어지지 않았다. 왜 그럴까? 인간 컴퓨터가 하던 일에 비해 그들의 일이 디지털화가 더 어려운 이유가 무엇일까?

위와 같은 예측은 보기 좋게 빗나가고 있다. 왜냐하면 니혼게이자이신문사가 주최하는 공상과학(SF) 소설 공모전에서 인공지능이 쓴 소설 두 편 「나의 일은」, 「컴퓨터가 소설 쓰는 날」이 1심을 통과했기 때문이다. 비록 본선에서는 떨어졌지만 이는 일본 과학자들이 2012년 9월 '변덕쟁이 인공지능 프로젝트'라는 모임을 만든 후 3년 반의 노력 끝에 거둔 성과이다. 공모전 관계자는 "어느 작품이 인공지능 작품인지 심사위원들이 모르는 상태에서 심사가 진행됐다"고 설명했다.

이처럼 인간의 고유 영역이라고 생각했던 소설 창작에 이르기까지 인공지능이 진출해 인간은 점점 설자리를 잃어가고 있다. 인공지능의 패러다임에 대한 인식전환이 필요하다. 인류만 할 수 있는 일은 점점 줄어들고 있다.

어린이의 65%는 지금 없는 일을 하게 될 것

✿ ✿ ✿

린다 그래튼 런던비즈니스스쿨 교수는 『일의 미래』에서 앞으로 20년 뒤에는 반복적이고 일상적인 직업은 사라지고, 창의적이고 분석적인 직업이 살아남을 것이라고 전망했다. 그는 슈퍼컴퓨터와 로봇이 간단한 의료처방은 내릴 수 있는 시대가 곧 온다고 지적하며, 현재 직업이 있을 때 다음 직업을 위한 경력을 쌓아야 한다고 조언했다. 유비무환이라고나 할까? 그녀는 특히 남편들도 주부역할에 익숙해져야 한다고 강조했다.

2014년 LG경제연구원 나준호 책임연구원은 '로봇·인공지능의 발전이 중산층을 위협한다'는 보고서를 냈다. 이 보고서는 로봇과 컴퓨터의 대체 가능범위는 더욱 넓어질 것이며 향후 비숙련 노동은 물론 숙련 노동·전문 노동도 그 범주에 포함될 수 있다고 언급했다. 특히 문제가 될 수 있는 것은 이와 같은 과정에서 적지 않은 중산층들의 경제적 지위가 불안해지고 이에 따라 사회가 전반적으로 큰 변화를 겪게 될 것이라고 우려했다.

2016년 초 열린 다보스포럼의 보고서에서는 앞으로 관리직과 화이트칼라 직업이 가장 많이 정리 해고될 것이라고 밝혔다. 사무·관리 직종은 476만개, 제조·생산 직종은 161만개가 줄어들 것으로 예측했다. 영국 옥스퍼드대학 마틴 스쿨 연구진은 2013년 발표한 보고서에서 여전히 사라질 단순직이 많이 남아있기 때문에 기술발달이 화이트칼라 직종에 더 큰 위협을 준다고 말하긴 어렵다고 분석하기도 했다. 이 대학은 직업이 '인간 상대 협상', '대인 관계를 통한 상호협력', '새로운 아이디어 창출' 등 세 가지 요소를 가지고 있다면 앞으로 기술이 발전해도 살아남을 것이라고 예측했다. 옥스퍼드대학이 꼽은 미래의 유망직은 데이터 분석자, 건축가, 아트 디렉터, 디자이너, 공학자 등이다. 같은 판매직이라고 해도 스스로를 차별화한다면 살아남을 수 있다고 덧붙였다.

결론적으로 다보스포럼과 옥스퍼드대학의 연구결과에 따르면, 20년 안에 기존 일자리 세 개 중 한 개가 없어지고, 2016년 초등학교에 입학한 전 세계 7세 어린이의 65%는 지금 없는 일자리에서 일하게 될 전망이다.

『제2의 기계 시대』에서는 미래사회에 대해 다음과 같이 결론지었다.

미래학자 케빈 켈리(Kevin Kelly)는 이렇게 말한다.

"앞으로는 로봇과 얼마나 잘 협력하느냐에 따라 보수가 달라질 것이다."

이와 함께 미래를 미리 대비하는 모습이 필요하다. 이준정 미래탐험 연구소장이 『첨단기술로 본 3년 후에』라는 책에서 말한 것처럼 말이다.

적어도 수년 앞에 대해서 생각해보는 습관이 필요하다. 미리 생각해보는 것과 멍하게 사는 것은 큰 차이가 있다. 우리말에 '정신이 나갔다'는 표현이 있다. 조금 후에 벌어질 일을 전혀 챙기지 못할 때 사용하는 말이다.

10

수컷들은 서서히 사라져가는 중

『남자의 종말』은 여성이 가정생활에서
주도권을 잡을 수밖에 없는 이유로 여성의 뛰어난
'사회성'을 꼽는다.
인간관계에서 타인을 충분히 이해하고
적절히 대처해 나가는 사회적 지능 덕분에
경제적 주도권을 쥐게 된다는 주장이다.

남자들은 나이 들면 어쩔 수 없는 존재인가?

✦ ✦ ✦

거실에서 TV를 보던 아내가 급히 부른다. 나는 서재에서 좀 심각한 책인 최훈의 『위험한 철학책』을 읽고 있었다. 최근 들어 나는 TV를 거의 보지 않는다. 너무 재미가 없다. 내가 좋아하는 야구 중계만 가끔 볼 뿐이다. 하지만 내겐 '중전마마'인 아내가 급히 부르는데 나가보지 않을 수 없었다. 읽던 책을 덮고 가보니 아내가 같이 TV를 보잔다. 나는 예의상 소파에 앉았다. TV에서는 「엄마가 뭐길래」라는 프로그램을 하고 있었다. 사춘기를 겪고 있는 10대 자녀와 엄마의 관계를 재조명할 새로운 관찰 리얼리티 프로그램이라고 한다. 화면에는 '터프가이' 최민수와 그의 아내 강주은이 나오고 있었다.

잠시 후 나는 깜짝 놀라고 말았다. 강주은이 남편 최민수에게 "이게 뭐야?", "저리 꺼져!" 하고 소리치는 게 아닌가. 그녀는 모 방송 인터뷰에서도 "최민수는 가끔 개 같은 소리를 한다"고 그야말로 막말을 서슴없이 내뱉었다. 최민수가 누구인가? 그는 카리스마로 똘똘 뭉친 남성미 물씬 넘치는 배우다. 우리 시대의 상남자 중의 상남자요, 마초 중의 마초다. 터프하기로 따지면 둘째가라면 서러워할 사람이다. 그런 그가 아내에게 저런 취급을 받다니, 이해할 수가 없었다. 남자들은 나이 들면 어쩔 수 없는 존재인가?

더 이상 그 프로그램을 보고 있기가 싫었다. 아니 볼 수가 없었다. 같은 남자로서 자존심이 상했다. '천하의 최민수가 아내에게 저런 대접을 받다니….' 아내에게 별로 재미가 없다고 하고는 다시 서재로 건너왔다. 읽고 있던 『위험한 철학책』을 다시 펼쳤지만 아까 그 장면이 자꾸 생각났다. '최민수는 어쩌다 저렇게 됐을까…?'

그리곤 혼자 소설을 쓰기 시작했다. 상남자로 알려진 최민수가 아내에게 쩔쩔매는 상황을 연출해 프로그램에서 뜨려고 했을까? 그래서 시청률을 올리려고 그러지 않았나 하는 생각이…. 천하의 최민수가 아내에게 쩔쩔매는 상황을 주부시청자들에게 보여줘 주부들이 카타르시스를 느끼게 하려는 의도가 아닌가 생각했다. 결론을 내렸다.

"역시 최민수야! 대인배요, 멋진 남편이야!"

개그우먼 김숙은 방송에서 가모장제 역할로 최고의 인기를 누리고 있다. 예전 우리네 아버지들이 하던 말을 그대로 바꿔 발언함으로써, 여성들로부터 천정부지의 인기를 한 몸에 받고 있다. 가모장제는 가정에서 남편보다 아내의 수입이 더 많거나, 주부양자가 아내 혹은 엄마인 형태를 말한다. 이는 당연히 가정 내 모든 결정권과 권력의 주인이 여성이다. 점점 가부장제는 사라지고, 가모장제가 대세다.

김숙의 별명은 '퓨리오숙'. 퓨리오숙은 영화 「매드맥스」에서 모계사회를 이끄는 여전사 '퓨리오사'와 '김숙'을 합친 말이다. 그녀는 빚 많은 남자 연예인(개그맨 윤정수)에게 생일선물로 돈을 주는가 하면, 연하의 남자 연예인에게 유학비용을 대주겠다고 큰소리를 뻥뻥 친다. 마치 결혼 전, 내가 아내에게 수많은 공약을 남발하던 시기를 떠올리게 한다.

김숙은 윤정수에게 이렇게 당당하게 말한다. 어디서 많이 들어봤던 말로, 주체가 남성에서 여성으로 바뀌었을 뿐이다.

"어디 남자가 아침부터 인상을 써!"

"남자 목소리가 담장을 넘으면 패가망신하는 거 몰라?"

"조신하게 살림하는 남자가 최고지!"

헐! 정말 세상 많이 바뀌었다. 하지만 지금 TV에 나오는 프로그램은 대부분 이런 식이다. 가모장제요, 여성상위시대다.

유연한 여자 vs 뻣뻣한 남자, 승자는?

🌸 🌸 🌸

이 세상이 여성의 쪽으로 움직이는 것이 필연이라면, 왜 아직 완전히 그러한 세상이 오지 않았을까? 여성이 남성을 따라잡고 정상에 도달하지 못하게 가로막는 장애물은 무엇일까? 남자들은 약 4만 년 동안 세상을 지배했고, 여자들은 약 40년 전부터 남자들을 밀어내기 시작했을 뿐이다.

그 즈음, 나는 인터넷 중고서점에서 해나 로진의 『남자의 종말』을 보고 '바로 이거야!' 하고 무릎을 쳤다. 책은 지난 2012년에 우리나라에 번역돼 나왔으니 벌써 몇 년이 지났다.

『남자의 종말』이라니? 제목부터 파격적이고 도발적이다. 부제는 '여성의 지배가 시작된다'이다. 이 책은 2010년 월간지 '애틀랜틱'에 남자의 종말이라는 칼럼에서 비롯됐다. 기존 남성이 지배하던 우월적 위치를 여성이 대신하게 된다는 주장을 담고 있다.

이 책은 지난 2009년 미국 역사상 처음으로 노동력의 균형추가 여성 쪽으로 기울고, 영국 등 몇몇 국가들은 이듬해에 티핑 포인트(어떤 상품이나 아이디어가 마치 전염되는 것처럼 폭발적으로 번지는 순간)에 도달한 사실에 주목한다. 여성들은 노동시장에서 50% 이상을 차지하고 있으며, 특히 25세에서 54세의 여성 중 대략 80%가 임금을 받으며 일하고 있다고 한다. 대졸자 중에서 여성의 비율이 더 높아진다는 것이 이 책이 던지는 메시지다.

한마디로 가모장제에 대해 쓴 『남자의 종말』은 여성이 가정생활에서 주도권을 잡을 수밖에 없는 이유로 여성의 뛰어난 '사회성'을 꼽는다. 인간관계에서 타인을 충분히 이해하고 적절히 대처해 나가는 사회적 지능 덕분에 경제적 주도권을 쥐게 된다는 주장이다. 일반적으로 사회생활은 남성이 더 뛰어나다는 통설을 뒤집는다. 그렇다면 왜 이렇게 가모장제가 가속화될까?

예전에는 여자가 주도권을 빼앗기는 이유가 몸집과 체력 때문이었지만, 후기 산업사회는 완력에 무관심하다. 서비스 및 정보가 중심인 경제체제는 정확히 이와 반대되는 능력, 즉 기계로 대체할 수 없는 능력에 보상을 준다. 사회 지능, 열린 의사소통, 침착히 앉아 집중할 수 있는 능력 등은 최소한 남자의 주된 능력이 아니다. 이런 특성들은 여자들이 더 잘 발휘한다.

결론적으로 '뻣뻣한 남자'보다 '유연한 여자'가 사회 적응을 잘 할 수밖에 없다는 것이 저자의 분석이다. 동의하지 않을 수 없다. 이 책에서 얘기하듯 장기적 관점에서 여성이 규칙을 만들고 남성이 따라가는 것이 현재의 흐름이다. 이것은 체력이나 체격이 직업을 얻기 위한 필수 조건에서 제외되고 난 뒤 여성이 남성보다 더 낫다고 평가받는 일이 점점 많아지고 있다는 데서도 알 수 있다.

재미있는 것은 『남자의 종말』 마지막 장에서 해나 로진은 한국 사회에 대해 비교적 자세하게 다뤘다는 점이다. 이유는 한국 사회가 남녀의 역할에서 가장 빠르게 변하는 나라이기 때문이다. 교육지상주의 국가에서 고학력 전문직 여성들이 증가하고, 경제권을 가진 젊은 여성들이 점점 늘어나는 것도 원인이다.

『남자의 종말』에는 한국 여성들이 다수 나온다. 아시아 대학생 여성 토론대회의 참가자인 김예은, 하버드대학교 비즈니스 스쿨을 졸업하고 외국계 회사에 취업한 김용아, 2018년 평창 동계 올림픽 나승연 대변인, 한국 여성의 실상을 알리는 파격적인 광고를 통해 주목받은 마케팅 컨설팅 회사 황명은 대표. 여기에 전형적인 골드미스라 할 수 있는 스테파니 김과 커스틴 리까지 다양하다.

해나 로진이 우리나라 여성들의 사례를 직접 취재하며 많은 부분을 할애한 것은 그만큼 한국사회가 다른 나라보다 남자의 종말이 더 빠르게 진행되기 때문일지도 모른다. 2016년 총선에서 새누리당이 '정신 차리자 한순간에 훅 간다'는 말을 배경화면으로 사용했지만 나는 "수컷들아! 정신 차리자, 우리는 이미 훅 가고 있다"라고 말하고 싶다.

『남자의 종말』 번역자인 배현·김수안은 책의 끝부분을 시원하게 매듭짓고 있다.

승부는 결판났다. 새로운 승자가 탄생했다. 승자인 여자들의 승리 비결은 나긋나긋 이리저리 몸을 굽힐 줄 아는 능력이다. 남자들도 그 비결을 한시바삐 익혀야 할 터이다. 바로 유연성이다. 남성 지배의 역사는 지배자와 피지배자, 승자와 패자를 확실히 나누었다. 남자가 종말을 맞은 시대는 약간 달라질지도 모르겠다. 승패가 아무 상관없는 세상이 올 수도 있기 때문이다.

김정운은 『남자의 물건』에서 한국 남성에게 습관을 바꿀 것을 제안한다. 이제 세상이 바뀌었다는 얘기다. 그들의 가부장적인 형태는 사라져 가는 구시대의 유물일 뿐이라는 것이 김 작가의 지적이다.

남자들에게는 사회적 가치, 도덕적 규범을 내면화하는 사회화 절차가 기초부터 꼬여 있다는 얘기다. 사회적 참조가 불가능한 남자들에게 성숙한 의사소통을 기대하는 것은 참으로 무모한 일이다. 철없는 남자들에게 남겨진 방법은 둘 중 하나다. 개처럼 으르렁거리거나 애처럼 징징대거나….

비굴 – 능글, 남편들이 살아남는 법
✿ ✿ ✿

우리나라의 경우 여성이 가족의 생계 책임을 지고 있는 '여성 가구주'의 비율이 지속적으로 증가하고 있다. 여성 가구주의 비율은 2000년 18.5%, 2005년 21.7%, 2010년에는 22.2%로 늘었다. 오는 2030년에는 34%를 기록할 것으로 예측된다.

통계청에 따르면, 이미 2010년에 가사를 도맡은 남성 전업주부가 약 1만 6천여 명에 이르렀다고 한다. 여학생의 대학 진학률이 남학생을 넘어선 지는 이미 오래됐다. 대학에서의 여성 진학이 오죽 심했으면 해나로진이 얘기했듯이 미국 대학에서는 '여학생은 지원할 필요 없음'이라는 말이 붙었을까? 이같이 여성 가구주의 비율이 급증하는 것은 여성들이 이혼에 대해 큰 부담을 갖지 않기 때문이다.

상황이 이럴진대, 남자들의 대응이라는 것은 기가 막히다. 김종태의

『숨어서 보는 내 남편의 아찔한 일기장』을 보면 이미 모계사회가 되어 버린 한국 사회에서 남편들이 살아남는 방법은 '비굴'과 '능글'이라고 강조한다. 이 두 가지는 엄마 중심으로 돌아가는 한국의 가정에서 살아남기 위해 주인공 김씨가 선택한 '만능열쇠'라는 것이다. 김씨는 예를 들어 설명한다. 딸의 교복 치마가 짧다고 지적하고 싶을 땐 에둘러 말한다.

"하루 사이에 키가 많이 컸구나."

그렇게 말해도 딸로부터 돌아오는 말은 비난이다.

"내 치마가 학교에서 제일 길거든. 아빠는 조선시대 사람 같아!"

김정운은 『남자의 물건』에서 한국의 중년 남자들의 문제를 다음과 같이 지적했다.

한국 사회의 문제는 불안한 한국 남자들의 문제다. 존재 확인이 안 되기 때문이다. 불확실한 존재로 인한 심리적 불안은 적을 분명히 하면 쉽게 해결된다. 적에 대한 적개심, 분노를 통해 내 존재를 아주 명확히 확인할 수 있기 때문이다. 아주 오래전부터 사용된 방법이다. 불안한 정치세력은 적을 분명히 하는 방식으로 권력을 유지하려 한다. 개인도 마찬가지다. 자꾸 적을 만들어야 내 불안감이 사라진다.

맞다. 작가 김정운이 하고 싶은 말도 결국 한국 사회의, 아니 한국 남자들의 문제점은 재미가 없다는 것이다. 그래서 남자들은 한방에 훅 간다는 것이다. 지난 4.13 총선에서 새누리당이 백보드에 한방에 훅 간다고 조심하자고 했지만 진짜 한방에 훅 가는 것처럼. 2016년 총선에서 새누리당은 제1당 자리를 더불어민주당에 빼앗기고, 여소야대 정국을 만들어 정국운영의 주도권을 야당에게 넘겨줄 위기에 처하게 됐다.

수컷들은, 특히 중년 남자들은 정말 재미없다. 동년배끼리 아재개그라도 할라치면 바로 면박을 준다. 돌직구를 날린다. 그렇게 해서 모계사회에서, 가모장제 사회에서 어떻게 살아남을 수 있겠는가? 재미있게 살자. 우선 나부터 재미있게 살아야겠다.

마하트마 간디는 서른일곱 살에 아내에게 '해혼식解婚式'을 제안했다. 해혼은 혼인 관계를 풀어주는 것으로 이혼과는 다르다. 하나의 과정을 마무리하고 서로 자유로워진다는 의미를 담고 있다. 일본에서는 졸혼卒婚(소쓰콘)이 늘고 있다고 한다. 2004년 책 『졸혼을 권함』이라는 책을 쓴 스기야마 유미코는 졸혼을 '기존 결혼 형태를 졸업하고 자기에게 맞는 새 라이프스타일로 바꾸는 것'이라고 정의했다. 『졸혼을 권함』은 아직 우리나라에 번역되지 않았다. 아쉽다. 이 책이 번역되어 나온다면 사서 읽어봐야겠다. 그래야 신혼 이혼을 앞지른 황혼 이혼의 나라에서 살아갈 방안을 찾을 수 있을 것 같다. 그래야 멸종위기의, 점점 사라져갈 위기에 처한 남자들이 생존을 연장할 수 있을 것이다.

11

제발! 부탁이다,
쫀쫀하게 굴지 좀 말자

'올해는 『사피엔스』를 읽은 사람과 아직 읽지 않은 사람,
즉, 곧 읽을 사람으로 나눌 수 있다.'
지금은 비록 읽지 못했지만
누구나 읽을 수밖에 없다는 의미에서
이와 같이 말하고 싶다.

『사피엔스』, 읽은 사람 또는 읽을 사람

'올해는 『사피엔스』를 읽은 사람과 읽지 않은 사람으로 구분된다.'

2016년 2월 독서모임 백북스를 이끌고 있는 박성일 대표(박성일 한의
원 원장)의 모임 공지문자가 기가 막히다. 그는 사람들을 어쩔 수 없이
모여들게 만드는 마력이 있다. 하지만 나는 이렇게 고치고 싶다. '올해
는 『사피엔스』를 읽은 사람과 아직 읽지 않은 사람, 즉, 곧 읽을 사람으
로 나눌 수 있다.' 지금은 비록 읽지 못했지만 누구나 읽을 수밖에 없다
는 의미에서 이와 같이 말하고 싶다.

백북스 모임을 앞두고 『사피엔스』를 읽을 사람'이 되지 않기 위해 바쁜 시간을 쪼개 책을 읽고 모임에 참가했다. 독서모임에 책을 읽고 간 것과 그렇지 않은 것에는 큰 차이가 있다.

이번 『사피엔스』 강의는 고원용 박사가 맡았다. 고 박사는 백북스 모임의 열혈회원이다. 그는 과학자답게 회원들에게 과학에 대해 설명해주는 '백북스의 과학 교사'다. 상대성이론, 양자역학, 인공지능, 진화론 등 다양한 분야를 쉽게 설명해주는 능력을 갖고 있다.

백북스에서 보통 회원들이 자체발표를 할 때는 저자가 강의할 때보다 청중이 적다. 그런데 오늘은 예외다. 아무래도 『사피엔스』의 위력 때문인가 보다. '다른 사람들은 『사피엔스』를 어떻게 읽었지?' 하는 궁금증으로 사람들이 모인 것 같다. 만약 백북스에서 선정도서로 정한 책을 읽지 않을 경우 자칫 책 읽지 않는 사람으로 낙인찍힐까 봐 사람들이 많이 모였다는 생각도 들었다. 솔직히 말하면 나 역시 마찬가지다.

사실 636쪽에 달하는 벽돌 같은, 직사각형 목침 같은 책 두께에 위압감이 들기도 하지만 일단 책을 잡으니 술술 읽혔다. 유발 하라리의 탁월한 이야기 솜씨에 시간가는 줄 모르고 『사피엔스』에 빠져들었다. 그는 정말 최고의 이야기꾼이라는 생각이 들었다. 우리나라에는 방배추, 황석영, 백기완을 '3대 구라'라고 하는데 유발 하라리는 '이스라엘의 구라' 중 한 명이 아닐까, 하는 생각이 들 정도였다. 이 책은 138억 년 전 빅뱅부터 현재까지 모든 역사를 다뤘지만 어렵지 않게 쓰여서 쉽게 읽어나갈 수 있었다.

백북스 강의실에 도착하니 열혈 동지인 조수윤 씨가 반갑게 맞아주었다. 그녀는 나를 보더니 "책을 읽었느냐?"고 묻는다. 나는 "신문에서 꼭 읽어야 할 책이라고 너무 강조해서 읽지 않았다"고 장난스레 말했다. 그랬더니 그녀는 "이렇게 재미있는 책은 오랜만이에요"라며 꼭 읽어보라고 신신당부를 했다.

우리는 수렵채집 때보다 행복한가?

❀ ❀ ❀

그럼 세간의 화제인 『사피엔스』가 어떤 책인지 알아보자.

이 책은 변방의 별 볼 일 없는 유인원이던 호모 사피엔스가 어떻게 지구의 지배자가 되었는지를 설명해주는 역사서다. 어떤 사람은 과학도서라고도 하지만 그렇게 분류하기에는 설득력이 떨어진다.

수렵채집을 하던 조상들이 어떻게 도시와 제국을 건설하고, 신과 국가, 돈, 법, 책 등을 창조해 나가게 됐는지를 파헤친다. 138억 년의 우주역사와 10만 년에 걸친 인류의 역사를 빅 히스토리(Big history)적 관점에서 기술했다.

하라리는 과거에서 오늘날에 이르기까지 수만 년의 역사를 통틀어 인간의 진로를 형성한 것으로, 세 가지 대혁명을 꼽는다. 7만 년 전의 인지혁명, 1만2천 년 전의 농업혁명, 그리고 500년 전의 과학혁명이다. 과학혁명은 인공지능(AI)과 같이 현재도 계속 발전하고 있는 역사의 한 부분이고, '거대한 사기'라고 하라리가 비꼬았던 농업혁명은 새로운 사실들이 지속적으로 밝혀지고 있다. 인지혁명은 아직 많은 부분이 신비에 싸여 있다. 이와 같은 세 가지 혁명을 파헤친 역작이 바로 『사피엔스』다.

『사피엔스』를 읽으면서 충격을 받기도 했다. 왜냐하면 그가 기존의 내 생각이 잘못됐다고 돌직구를 날렸기 때문이다. 하라리는 농업혁명에 대해서 '거대한 사기'라고 규정했다. 나는 그동안 농업혁명은 인류발전의 큰 획을 그었고, 인류가 그 전과는 다른 삶을 살도록 기여한 혁명적 사건이라고 배워왔고, 그렇게 생각했다.

그런데 하라리는 지금처럼 개량된 농작물이 없었고, 농업기술도 형편없었던 농업혁명 초기에는 농부가 수렵채집인보다 나을 게 거의 없었다고 지적한다. 농업은 지금도 마찬가지지만 고된 노동의 연속이다. 시골에서 자란 나는 학창시절, 아버지가 농사일을 도와달라고 할 때마다 "시험기간이에요, 아버지"라며 학교로 도망갔었다. 그만큼 농사일은 힘들고 고통스러운 일이다.

또한 농업은 계급과 착취를 불러왔고, 한 곳에 머물러 살게 되면서 질병도 동반해 많은 사람을 고통의 나락으로 빠져들게 만들었다고 한다. 상황이 이럴진대 사피엔스는 왜 농업을 선택했을까? 여기서 하라리는 또 한 번 충격적인 발언을 한다. 그는 인류가 농업을 선택한 것이 아니라 농업, 즉 밀이 인류를 선택한 거라고 주장한다. 기존에 우리가 알고 있던 상식과 배치된다. 어리둥절하지 않을 수 없다.

사피엔스는 상상의 질서를 창조해내고, 그것을 믿게 만드는 능력을 가졌다. '상상'은 사피엔스에겐 매우 중요한 특성 중 하나다. '상상'은 하라리에게는 '상상 그 이상'이다.

나는 정부출연연구원에서 근무하고 있으면서 '실제 연구원은 존재하는가?'라는 질문을 하라리로 인해 해본다. 연구원에서 연구개발(R&D)

로 인해 창출한 결과물이 연구원은 아니다. 그렇다면 직원들이 연구원인가? 만약 직원들이 모두 사라져 다른 사람들로 대체 되어도 연구원은 여전히 존재할 것이다. 곰곰이 생각해보면 그가 얘기한 것처럼 연구원은 어떤 가상의 개념 같은 것이다.

하라리는 인간 사회는 가상의 개념을 믿게 만드는 힘이라고 얘기한다. 화폐, 무역, 사회 등은 물론이고, 우리가 높은 가치를 부여하고 있는 자유, 평등, 진보와 같은 것도 모두 상상의 산물이다.

궁극적으로 『사피엔스』가 던지는 핵심 키워드는 행복이다. 그는 생물학과 사회과학을 무기로 역사를 해부하지만, 인간을 이해하는 가장 중요한 틀은 '상상을 믿는 능력'이라는 다소 관념적 주장을 한다. 그가 결국 행복에 다다른 것도 그런 이유 때문이 아닐까?

인류는 200만 년 이상 수렵 채집인으로 살면서 심신이 진화하고 균형 잡힌 영양을 섭취했다. 그에 반해 농업혁명 후 정착생활을 하면서 오히려 영양실조, 전염병, 중노동에 시달리는 고통을 겪었다. 농업혁명의 아이러니가 아닐 수 없다.

그는 인류에게 엄중경고를 하기도 한다. 인류는 지금까지 그랬던 것처럼 세상을 파멸시킬 능력을 지니고 있기 때문이다. 인류의 멸종을 얘기하지 않을 수 없다.

'우리는 누구인가.', '어디에서 왔는가.', '어떻게 해서 이처럼 막대한 힘을 얻게 되었는가.' 등에 대해 독자 스스로 이해하는 데 이 책이 도움이 되기를 소망한다. 이 같은 이해 덕분에 생명의 미래에 대해 우리가 더 현명한 결정을 내릴 수 있기를 소망한다.

유전공학, 인공지능 그리고 나노기술을 이용해 천국을 건설할 수도 있고, 지옥을 만들 수도 있다. 현명한 선택을 한다면 그 혜택은 무한할 것이지만, 어리석은 선택을 한다면 인류의 멸종이라는 비용을 치르게 될 수도 있다. 현명한 선택을 할지의 여부는 우리 모두의 손에 달려 있다.

하라리가 한국에서의 『사피엔스』 출간을 기념해 보낸 서문이다. 그는 한국사회에 많은 관심을 보였다. 한국인들은 세계 어느 나라보다 기술적 성취를 이뤘지만, OECD 국가 중 자살률은 1위다. 행복도 조사에서도 멕시코, 콜롬비아 등 저개발 국가들보다 뒤처져 있다.

이는 가장 널리 통용되는 역사 법칙의 어두운 단면을 보여준다. 인간은 권력을 획득하는 데는 매우 능숙하지만 권력을 행복으로 전환하는 데는 그리 능하지 못하다.

『사피엔스』는 결과적으로 가진 것은 별로 없지만 같이 어울려 살았던 옛날 사람, 가능성은 열려 있지만 좀처럼 만족할 수 없는 현대인 중 누가 더 행복한지에 대한 논쟁이라고 할 수 있다. 그가 어느 인터뷰에서 "인간이 지금보다 더 강력했던 적은 없지만, 우리가 선조보다 더 행복하지는 않다"고 한 말을 상기해보자.

오늘날 인류는 예전이라면 동화에서나 들어보았을 부를 누리고 있다. 과학과 산업 혁명 덕분에 인류는 초인적인 힘과 실질적으로 무한한 에너지를 갖게 되었다. (중략) 하지만 우리는 더 행복해졌는가? 지난 5세기 동안 인류가 쌓아온 부는 우리에게 새로운 종류의 만족을 주었는가? 무한한 에너지원의 발견은 우리 앞에 무한한 행복의 창고를 열어주었는가? 인지혁명 이래 험난했던 7만 년의 세월은 더욱 살기 좋은 것으로 만들었는가?

인류가 살고 있는 현재는 커다란 틀에서 볼 때 하나의 과정이다. 보다 큰 역사의 눈으로 세상과 역사를 살펴보면 지금은 지나가는 순간이다. 눈앞의 하찮은 일에만 쫀쫀하게 매달리지 말고, 인간으로서의 통찰을 갖고 살아가기를 그는 원하고 있다. 적어도 나에게『사피엔스』는 그런 의미로 다가왔다.

빌 게이츠 "빅 히스토리, 내가 좋아하는 학문"

❀ ❀ ❀

『사피엔스』와 관련이 많은 책은 데이비드 크리스천·밥 베인의『빅 히스토리』다. 이 책은 빌 게이츠가 지원한 '빅 히스토리 프로젝트'라는 프로그램 강의를 정리한 책이다.

『빅 히스토리』는 개별 학문들의 지식을 바탕으로 우주 빅뱅에서부터 지금까지 138억 년 동안의 역사를 한데 모아 일관성 있는 이야기를 제시하는 개념이다. 1980년대 말, 호주 맥콰리대학의 데이비드 크리스천 교수가 처음 제안했고, 자연과학과 인문학의 융합을 통해 세상 모든 것의 기원을 설명한다.

그럼 왜 빌 게이츠는 빅 히스토리에 빠져 들었을까? 빅 히스토리는 자연과학과 인문학을 접목시킨 융합학문으로 인류를 이해하기 위해 인간의 역사를 넘어 우주 전체의 역사 속에서 인간을 바라보고자 하는 의지를 담고 있다. 빌 게이츠는 『빅 히스토리』의 서문에서 "빅 히스토리는 제 삶을 통틀어 가장 좋아하는 학문 분야"라며 "이유는 이 분야가 여러 학문의 수많은 지식들을 다룰 수 있는 틀을 만들어 주기 때문"이라고 설명했다. 그렇기 때문에 인류나 문명의 기원이 아니라, 138억 년 전 우주가 만들어지는 시점에서 이야기를 시작한다. 스케일이 다르다. 수백만 년, 수억 년은 명함도 못 내민다. 역사학은 물론 천문학, 물리학, 생물학, 지질학, 고고학, 인류학 등의 여러 학문을 모두 동원시켜 인류의 역사가 우주의 역사라는 경이로운 사실을 보여준다.

『빅 히스토리』는 거대한 우주 속에 '나'와 '우리'가 과연 어디에 위치해 있는지를 이해할 수 있도록 고찰하는 '가장 큰 규모의 역사'를 추구한다. 마치 여러 개의 코드를 꼽을 수 있는 멀티캡처럼, 현재의 조각조각 흩어진 지식들을 통합시켜 큰 맥락에서 파악할 수 있도록 도와준다.

이 책은 인류에게 다음과 같은 질문을 던지고 있다.

"왜 빅 히스토리를 공부해야 하는가? 우리의 우주관은 어떻게 변해왔는가? 빅뱅에서 무엇이 나타났는가? 별은 어떻게 생성되었는가? 별은 우리에게 무엇을 주었는가? 지구와 생명은 어떻게 시작되었는가? 무엇이 인간을 독특하게 했는가? 농경은 왜 중요한가? 세계는 어떻게 서로 연결되었는가? 현대 사회는 어떻게 만들어졌는가?"

　다행인 것은 우리나라에서도 변화의 기미가 보인다는 점이다. 대중들의 관심을 끌지 못했던 빅 히스토리는 2016년 초 다양한 전문가들이 모여 첫 심포지엄을 열면서 빅 히스토리에 대한 관심이 커지고 있다. 심포지엄은 빅 히스토리의 선구자인 고故 조지형 교수를 기리기 위해 2015년 설립된 '조지형 빅 히스토리 협동조합'에서 주관했다. 심포지엄에서는 백북스에서 강연했던 천문학자 이명현 박사, 이정모 서울시립과학관장, 『세상 물정의 물리학』의 김범준 교수 등이 참여했다. 관심을 끄는 것은 백북스 내에서도 '빅 히스토리' 소모임이 준비되고 있다. 나도 그 모임에서 활동하고 싶다. 소모임은 백북스 내에서 다양한 분야에 관심을 가진 사람들이 만든 '백북스의 작은 백북스'다.

　사회는 점점 세분화, 전문화되면서 스페셜리스트가 되도록 강요하고 있다. 제너럴리스트는 무능하고 경쟁에 뒤떨어지는 사람으로 평가절하되곤 한다. 이런 경향으로 『사피엔스』가 더 각광받는 것은 아닐까? 스페셜리스트만 우대받는 세상이라서 그렇다고 할 수 있다. 『사피엔스』를 번역한 과학전문번역가 조현욱 씨는 『사피엔스』가 열풍을 일으키게 된 것은 빅 히스토리 때문이라며 "이것으로 빅 히스토리를 우주가 생긴 빅뱅으로부터 현재까지 우주, 생명, 인류의 역사를 통합학문의 관점에서 하나의 일관된 흐름으로 이해하려는 학문이다"라고 설명했다.

12

과학책은 어렵다, 정말 어렵다

솔직히 말하자면 나는 활자를 봤을 뿐이다.
과학책 독서는 '활자 독서', '깜깜이 독서'다.
마치 책 제목 『보이지 않는 세계』처럼 내용이 보이지 않는다.

지여인 "문송합니다"

❀ ❀ ❀

"아빠, 나 문과로 바꿀래!"

2015년 2월, 고등학교 2학년인 딸은 무슨 일이 있었는지 갑자기 폭탄선언을 했다. 초등학교 때부터 줄곧 수학과 과학을 무척이나 좋아한 딸이 갑자기 경제학을 전공하고 싶다는 것이다. 나와 아내는 당황했다. 금융공학에 관심이 있는 건 알고 있었지만 뜻밖의 얘기였다.

대화가 필요하다는 것을 느끼고 딸과 함께 산책에 나섰다. 가끔 바람 쐬러 가는 길에 들르는 카페로 갔다. 나는 이과를 공부하다가 폭을 넓혀 문과를 공부하는 것은 가능하지만, 그 반대는 어렵다고 딸을 설득했다. 당장 경제학에 흥미를 느껴 진로에 대해 고민할 수는 있으나, 대학 졸업 후에도 충분히 가능한 공부이며, 선택의 폭이 다양한 진로에 대해 얘기를 나눴다. 자연과학 독서 멘토 한국전자통신연구원(ETRI) 박문호 박사가 얘기한 것을 인용해 "사람의 뇌는 오십 대가 넘으면 인문학 책을 찾게 되는 구조"라서 "이삼십 대에는 자연과학을 공부하고, 중년 이후에는 문학, 역사, 철학과 같은 인문학 관련 서적을 보게 된다"고 설명했다. 내 얘기에 수긍이 갔는지는 모르겠지만 딸은 원위치로 돌아가 열심히 공부하겠다고 다짐하면서 문과소동은 일단락됐다.

'인구론, 문송합니다, 지여인'. 우리나라 문과생들의 취업난을 가리키는 '신조어'들이 유행처럼 번져 나가고 있다. 문과로 진학한 학생들은 그야말로 가시밭길을 가야 한다. 취업과정에서 얼마나 힘들었으면 이런 말이 나왔겠는가? 인구론(인문계 학생의 90%가 논다), 문송합니다(문과라서 죄송합니다), 지여인(지방대 여자 인문대생)은 도대체 무엇인가.

문과생들의 일자리 불균형 현상은 갈수록 심화되고 있다. 고용노동부와 한국고용정보원이 발표한 2014 ~ 2024 대학 전공별 인력수급 전망에 따르면, 앞으로 10년간 전체 일자리수를 초과해 사회로 배출되는 대졸자수는 79만 2천 명에 달할 것으로 예측됐다. 하지만 이 같은 취업난은 고스란히 문과생에게만 해당된다. 인문(10만 1천 명), 사회(21만 7천 명), 사범(12만 명) 등에서는 대졸자의 공급이 일자리 수를 초과하지만 공학 계열은 대졸자 수보다 일자리 수가 더 많다. 21만 5천 개의 일자리가 남을 것으로 전망됐다.

위의 수급 전망에서 보듯, 사회에서 요구하는 대부분의 인재는 문과 전공자가 아니라 이과 전공자다. 앞으로 이와 같은 현상은 더욱 가속화될 것으로 보인다.

나는 대덕연구단지에서 근무하기 때문에 만나는 사람들 대부분이 과학자거나 이과를 전공한 사람들인데 항상 그들의 논리적 사고가 부러웠다. 그들의 과학책에 대한 빠른 이해와 분석력이 욕심났다. 학부에서 사회학을 전공한 티를 내서 말하자면, 나의 여러 개의 준거집단(한 개인이 자신의 신념·태도·가치 및 행동 방향을 결정하는 데 기준으로 삼고 있는 사회집단을 말하는 사회학 용어) 중 하나는 백북스이다. 앞에서도 얘기했지만 나는 백북스에서 사람들과 책을 읽고, 얘기하고, 토론하고, 논쟁하고, 뒤풀이에서 얘기하는 것을 다른 무엇보다 좋아한다.

문제는 백북스에서 도서를 선정할 때 과학책을 많이 선정한다는 것이다. 왜냐하면 백북스는 학습 독서, 균형 독서, 평생 독서를 지향하기 때문이다. 백북스는 과학과 인문학을 균형 있게 공부하는 게 목적이다. 책을 고를 때도 과학책을 40%가량 배정해 과학적 사고를 확산하는 것을 모토로 하고 있다. 그나마 내가 대덕연구단지 정부출연연구원에서 근무하는 것은 큰 행운이자 축복이다. 내가 근무하는 연구원에는 지질학자가 즐비하고, 이웃 연구소에는 천문학자, 물리학자, 생물학자, 뇌과학자, 수학자 등이 많기 때문이다. 궁금한 것은 언제든지 물어볼 수가 있다.

나는 단지 '활자 독서'를 했을 뿐이다

❀ ❀ ❀

솔직히 나는 백북스에서 과학도서를 선정할 때마다 좌절을 경험한다. 선정도서가 과학도서일 경우 쉽게 읽고 토론회에 참석한 적이 없다. 매번 악전고투를 반복하고 있다. 2013년 이강영 박사의 『보이지 않는 세계』가 선정도서로 정해졌을 때다. 『보이지 않는 세계』는 현대 물리학에서만 볼 수 있는 스토리를 담고 있다. 즉 원자, 중성미자, 쿼크, 블랙홀, 암흑 물질, 다른 차원까지 모두 여섯 가지의 주제를 통해 현대 물리학의 존재를 확인해가는 이론 물리학 이야기다.

이 책을 잡자마자 머리가 지끈지끈 아파오기 시작했다. 도대체 나는 고교 시절에 무얼 했단 말인가. 이 박사는 물리학에 대한 대중서라서 비교적 쉽게 썼다고 하는데, 도대체 나는 이해할 수가 없으니 이를 어쩌란 말인가. 이럴 경우 저자의 잘못인가. 아니면 무지몽매한 독자의 잘못인가. 내용을 이해하는 것은 고사하고 책을 끝까지 읽을 수 있을 것인지 걱정이 앞섰다. 이럴 때마다 나는 단지 글을 읽는 게 아니라 활자를 읽는다. 때로는 사무실이나 집에서 혼자 책을 읽을 때는 이마에 '필승!'이라는 글자를 새긴 머리띠를 질끈 동여매고 스스로를 채찍질한다. 마치 입시를 앞둔 수험생과 같은 자세로 과학책을 읽곤 했다.

나는 사이토 다카시가 그의 책 『독서력』에서 했던 말에 전적으로 공감한다. 다카시의 아래와 같은 말을 위안삼아 난공불락 과학책을 읽어 나갔다.

어렵거나 이해되지 않는 상태를 참아내고 극복해낸 경험은 진정으로 독서력이 있는 사람이라면 누구나 갖고 있을 것이다.

이해가 되지 않는 답답한 심정을 가슴에 담아둔다.

이 '담아두는' 기술 자체가 독서로 길러지는 가장 중요한 힘일지도 모른다.

『보이지 않는 세계』를 마지막까지 읽었지만, 아니 이것은 읽었다고 하기도 어려울지 모른다. 솔직히 말하자면 나는 활자를 봤을 뿐이다. 과학책 독서는 '활자 독서', '깜깜이 독서'다. 마치 책 제목 『보이지 않는 세계』처럼 내용이 보이지 않는다.

이 박사의 강의가 끝나고 질의응답 시간이 됐을 때 청중들은 아무도 질문을 하지 않았다. 다른 사람들도 나처럼 물리학 책은 어려웠던 모양이다. 나는 또 특유의 '접대성 질문'을 하고 말았다. 인사치레 질문을 했는데 나는 『보이지 않는 세계』의 내용과는 다소 거리가 멀어 보이는 질문을 던지고 말았다. 왜? 책 내용을 이해하지 못했으니까.

"우리나라는 왜 일본과 같은 노벨과학상 수상자가 나오지 않나요?"

아! 지금 생각해도 정말 창피한 질문이다. 인사치레성, 접대성 질문은 그만해도 되는데 나는 항상 지나치게 착한 척을 한다. 매번 그렇듯이 접대성 질문을 급조하다 보니 본질에서 한참 벗어난 내용을 묻곤 했다.

그래도 『보이지 않는 세계』는 어려움이 덜했다. 김재권 박사의 『물리주의』를 읽었을 때는 거의 최고의 '활자 독서'를 했다. 나는 거의 의미를 이해하지 못했다. 이건 과학책인지, 철학책인지, 구분이 가지 않았다.

책 표지에는 '물리주의를 철학적인 관점에서 살펴보는 책'이라고 되어 있는데 도대체 무슨 말인지를 모르겠다. 이원론이나 환원적 설명, 유형 물리주의 등 『물리주의』에 나오는 개념은 도무지 이해하기가 어려웠다.

『면역의 의미론』과 책이 절판되어 불법 제본해서 본 『마이크로코스모스』도 어렵기는 마찬가지였다. 내가 이런 책들을 이해할 수 있다면 얼마나 좋을까? 과학책을 읽을 때마다 이 같은 푸념이 절로 나온다.

'아! 어렵다. 과학책은 정말 어렵다.'

이 시점에서 나는 내 자신에게 포상하고 싶다. 웬 포상이냐고? 그것은 도대체 활자만 읽고 이해도 하지 못하면서 의지력 하나만으로 끝까지 책을 읽었기 때문이다. 물론 이런 것은 독서가 아니라고 강변하는 사람도 있을지 모른다. 하여튼 나는 이해하지 못하면서도 끝까지 활자를 읽는 뚝심을 보였다. 중간에 포기할 만도 한데 끝까지 읽고 책장을 덮은 나 자신이 내가 생각해도 기특하기만 하다.

과학책이 선정될 때마다 이렇듯 전투적인 독서를 하다 보니 이제 좀 이해할 수도 있는 시기에 다다른 것 같다. 앞서 언급한 것처럼 피나는 '활자 독서'를 하고 나니 과학일반론에 관한 책들은 비교적 수월하게 이해하기에 이르렀다. 몇몇 책들은 나도 아는 체를 해가며 약간은 지적인 허영심을 부리는 단계에 이르렀다.

카이스트 정하웅 교수의 『구글 신은 모든 것을 알고 있다』, 리처드 포티의 『생명 40억 년의 비밀』, 이명현의 『별 헤는 밤』, 문경수 외의 『외계 생명체 탐험기』, 김범준 교수의 『세상 물정의 물리학』은 비교적 쉽게 읽었다. 머리를 쥐어뜯는 행동을 하지 않고 자연스럽게 독서에 빠져들 수 있었다. 『세상 물정의 물리학』은 어떤 측면에서는 재미를 느꼈다. 상전 벽해이자 개과천선이 아닐 수 없다. 책 제목에서부터 내가 그토록 어려워하는 물리학이 나를 압박했지만 나는 당당하게 『세상 물정의 물리학』을 읽어 나갔다. 이 얼마나 비약적 발전인가!

이 책에서 김 교수는 통계물리학을 바탕으로 영호남 지역감정, 자녀교육비, SNS(소셜네트워크서비스) 영향력, 명절 교통정체처럼 복잡해 보이는 사회현상의 원리를 명쾌하게 설명해줬다. 물리학도 어려운데, 거기서 한 단계 더 나아가 통계물리학 얘기라고 하면 모두 고개를 절레절레 흔들 수도 있지만 김 교수는 재미있게 들려준다.

그는 통계물리학을 통해 세상을 바라보는 새로운 시각이나 방법을 제시한다. 나는 특히 야구를 좋아하는데 프로야구팀 이동거리와 관련된 글에서는 생활 속으로 들어온 통계 물리학을 즐길 수 있었다.

많은 동물도 집단적인 의사결정을 통해 훌륭한 해결책을 찾는다. 대표적인 예가 개미의 길 찾기다. 굴에서 나온 개미들은 시간이 지나면 먹이가 있는 장소에 도달하고 그 먹이를 부지런히 집으로 나른다. 많은 개미가 한 줄로 이동하는 모습을 흔히 볼 수 있는데, 이때 개미가 만드는 길이 먹이와 집 사이를 잇는 상당히 효율적인 길이라는 연구결과가 있다.(중략)

물리학에서는 이러한 '최소 시간의 원리'를 '페르마의 법칙'이라고 부른다. 빛이 공기 중에서 물속으로 나아갈 때 꺾이는 이유도 '최소 시간의 원리'로 정확히 설명할 수 있다. 빛의 이러한 효율적인 진행에 참여하는 수많은 빛알(광자)이 지성을 가진 것은 아니다.

과학책을 왜 읽어야 하는가?

🍃 🍃 🍃

그럼 우리들은 왜 그 어렵다는 과학책을 읽어야 할까? 한국전자통신연구원(ETRI) 박문호 박사의 말에서 답을 찾아보자.

내가 알고 있는 사람 중에 박 박사는 과학독서를 강조하는 사람이다. 심지어 그는 대학교재로 과학을 공부하는 사람이며, 다른 사람들에게도 이 방법을 추천하는 이상한(?) 사람으로 알려져 있다. 자연과학 각 분야를 가장 잘 집대성한 책으로 교과서만한 게 없다는 것이 그의 지론이다. 그는 한 강연에서 "자연과학 독서를 강조하는 이유는 대부분의 독서가 인문학에 치우쳐 있기 때문"이라며 "자연과 인간을 총체적으로 이해하려면 다양한 분야의 학습독서가 필요한데, 특히 자연과학에 대한 깊은 이해가 있어야 한다"고 강조했다. 수년 전 나는 박 박사와 함께 독서 산행을 같이 갔는데 그는 산에 오르면서도 과학독서를 강조했다. 그는 자연과학 독서론자이다.

그럼 우리는 어떻게 자연과학 독서를 할 수 있을까? 내 경험으로 비춰보면 자연과학을 전공한 사람이 아닐 경우, 혼자서 자연과학 도서를 읽어나간다는 것은 어렵다. 처음에는 박자세(박문호의 자연과학 세상), 과학책 읽는 보통사람들, 과학독서 아카데미 등 과학 독서를 실천하거나 추구하는 모임에 가입해 활동할 것을 권하고 싶다.

이 같은 자연과학 독서를 통해 자기 자신에 대한 자각도 할 수 있다. 『외계생명체 탐사기』에는 "과학을 접하면서 자신의 존재에 대한 자각을 얻을 수 있다"는 말이 나온다. 참으로 맞는 말이 아닐 수 없다. 과학책을 읽고, 토론하고, 배우고, 학습해야 세상을 합리적으로 볼 수 있고, 복합한 세상을 단순하게 볼 수 있다는 것이 과학책 독서를 강조하는 사람들의 한결같은 주장이다.

그럼 어떤 책을 읽어야 할까? 내가 좋아하는 백북스의 추천 과학도서 목록을 한번 보자.

『내 아이와 함께 한 수학일기』, 『사피엔스』, 『어떻게 죽을 것인가』, 『김대식의 빅퀘스천』, 『공생 멸종 진화』, 『보이지 않는 세계』, 『요람 속의 과학자』, 『생명, 그 경이로움에 대하여』, 『과학과 기술로 본 세계사』, 『그림으로 보는 거의 모든 것의 역사』 등이다. 도서분류상 과학책이라고 판단하기 어려운 책도 있지만 백북스는 위와 같은 책을 추천도서로 정했다.

여기에 천문학이든, 물리학이든, 뇌과학이든, 수학이든 주변에 전문가가 있을 경우 이를 적극 활용하는 것도 과학에 접근하는 효과적 방법이다. 내가 근무하는 한국지질자원연구원의 경우 지질학을 전공한 전문가들이 수백여 명에 이른다. 이들과 지질학을 기반으로 재미있는 과학공부를 하면 아마추어 지질 전문가가 될 수도 있다.

2015년 한국지질자원연구원은 국내에서 처음으로 연구원 내에 '지질나들이길'을 만들었다. 나들이길은 고원생대부터 시작된 약 25억년의 한반도 지질역사를 따라 가벼운 산책을 하며 지질학을 공부할 수 있도록 조성된 길이다.

수십억 년의 세월을 견딘 선캄브리아 시대의 변성암, 삼엽충의 활동 무대였던 고생대의 석회암, 공룡이 살던 중생대 호수의 퇴적암, 우리나라 대표 암석인 화강암, 제주도의 현무암 등 다른 색과 모양을 뽐내는 암석들이 각 시대별로 장식되어 있다. 지질 시대별 주요 사건과 생물 진화과정 등을 엿볼 수 있다. 만약 당신이 등산을 하다가 발에 차이는 돌이 언제 어떻게 생겼는지 궁금하다면 지질학에 관심을 가져보는 것도 좋은 방법이다.

공부하는 '박사 개그맨' 이윤석은 『웃음의 과학』이라는 책을 출간했다. 그는 과학과 관련된 책을 쓰게 된 배경에 대해 "제가 리처드 도킨스 책을 읽고 과학에 관심을 갖게 된 것처럼, 독자들도 제 책을 통해 과학 세계로 들어오는 초대장이 되길 바란다"라고 소망했다.

사람들은 읽기 위해서 『코스모스』를 사지만 책꽂이에 꽂아두기 위해서 『시간의 역사』를 산다. 객관적으로 검증된 말인지는 모르겠다. 하지만 내 경험에 미루어보면 얼추 맞는 말인 것 같다. 『시간의 역사』는 너무 어려워서 읽을 수는 없지만 간직하는 것만으로도 지적 모험의 대열에 동참한 것 같은 만족감을 준다는 것이다.

이제 마무리를 해야 할 시점이다. 이한음, 조진호, 이정모, 이명현 등 과학책을 읽고, 쓰고, 번역하는 고수들이 쓴 『판타스틱 과학 책장』에는 위와 같은 구절이 나온다. 이 말처럼 서재에 다소 어렵지만 과학책을 꽂아 놓은 것만으로도 멋진 일이 아닐까? 하는 생각을 가져보자.

마지막으로 하나만 더 얘기하자. 과학은 정말 어려운가 보다. 『사피엔스』의 유발 하라리도 그래서 다음과 같이 말했는지도 모른다.

대부분의 사람은 현대 과학을 소화하기 힘들어한다. 사용하는 수학 언어가 우리의 머리로는 파악하기 어렵고, 그 연구 결과가 상식과 배치되는 경우가 흔하기 때문이다. 세계 인구 70억 명 중에서 양자역학이나 세포물리학, 미시경제학을 이해하는 사람이 몇 명이나 되겠는가? 그럼에도 과학은 막대한 특권을 누린다. 그것이 우리에게 새로운 힘을 주기 때문이다. 대통령과 장군들은 핵물리학을 이해하지 못할지 몰라도 원자폭탄이 무엇을 할 수 있는지는 잘 안다.

세 번째

초보 작가의
독서·글쓰기 가이드

글을 쓴다는 것은 전문 작가에게도 어려운 작업이다.
마치 김정호가 대동여지도를 그리기 위해
전국 방방곡곡을 발로 걸어 다니는 것과 같이 마냥 '많이 읽고,
많이 쓰고, 많이 생각하라'고 가르친다.
문제는 어디까지 해야 되는지 아무도 모르는 데 있다.
이러니 글쓰기 교육이 어려울 수밖에 없는 것이다.
특히 글쓰기에 소질도 없고 관심도 없는
이공계 출신 기술자나 과학자는 더하다.
해답은 없는 것인가?

『한국의 이공계는 글쓰기가 두렵다』 중에서

01

이기적인,
너무나 이기적인 독서

예나 지금이나 책이 아주 훌륭한 작업(?)도구가 된다는
사실은 누구나 다 아는 뻔한 진리지만,
이제 나는 그보다는 나만의 내밀한
미적 향유 경험의 대상으로 책을 만나곤 한다.
한 권의 책을 읽는다는 건 무엇보다 '미'를 경험하는 것이다.

예나 지금이나 작업(?)에는 책이 최고

✿ ✿ ✿

"이 세상에는 아무리 보잘 것 없는 사람이라 하더라도 보석 하나쯤은 가슴에 간직하고 있는 법입니다. 나는 여러분 한 사람, 한 사람을 반짝이는 보석으로 여기겠습니다."

정확히 30년 전, 나는 대학 신입생 오리엔테이션에서 자기소개를 할 때 이렇게 말했다. 아는 사람도 있겠지만 위 문장 중 일부는 이외수의 작품 중에 나온 말이다. 어느 작품인지는 기억나지 않는다. 세월이 많이 흘렀기 때문이다. 나는 어릴 적 한때 이외수의 소설에 빠졌었다. 그

의 소설 『겨울나기』를 비롯해 『칼』, 『꿈꾸는 식물』, 『들개』 등을 탐독했다. 그의 기인 같은 행적과 작가와 똑같은 소설 속 주인공은 어쩌면 그렇게 잘 어울리는지 놀랍기만 했다.

나중에 안 일이지만 나의 자기소개 멘트는 강렬한 첫 인상을 심어준 모양이었다. 특히 여학생들을 매료시켰다. 멋있어 보였나 보다. 선배들은 무슨 이유인지 신입생들에게 닭싸움을 시켰다. 혹 민주화투쟁을 위해 강인한 체력을 필요로 하기 때문에 계획적으로 닭싸움을 시킨 건 아닐까? 어쨌든 나는 발군의 실력으로 개인전, 단체전에서 1등을 했다. 나보다 덩치가 훨씬 큰 친구들을 모래밭으로 내리꽂았다. 나는 어느새 투계鬪鷄가 되어 있었다. '인간 싸움닭'이 이런 모습일까. 나는 키는 크지 않았지만 악으로, 깡으로 체격이 큰 다른 친구들을 압도했다. 그래서 그랬는지 나는 처음부터 여학생들에게 인기가 많았다. 자연스럽게 스스럼없이 어울렸다. 그 중 한 여학생은 퀸카 중의 퀸카였다. 나는 퀸카가 속한 요즘으로 말하면 '얼짱 무리'들과 자주 어울렸다.

어느 날 나와 퀸카는 오전 수업을 땡땡이 치고 영화를 보러 갔다. 그런데 하필이면 그날 극장에 걸린 영화가 바로 「뽕」이었다. 지금 생각해도 웃음이 난다. 퀸카와 처음으로 본 영화가 「뽕」이라니, 「뽕」이 어떤 영화인가? 이미숙, 이대근 주연으로 야한(?) 영화의 간판이다. 그때나 지금이나 에로영화의 대명사였다. 당연히 19금禁이다. 물론 대학 신입생이 데이트 중 볼만한 영화는 아니었다. 하지만 당시에는 어쩔 수 없었다. 선택의 여지가 없었다. 요즘처럼 상영관이 많지도 않아 나와 퀸카는 어쩔 수 없이 「뽕」을 봤다. 지금도 생생하게 기억난다. '뽕도 따고,

님도 보고, '뽕따러 가세'를 외치는 강렬한 장면! 다만 위안이 되었던 것은 「뽕」이 단순히 야한 영화만은 아니라는 것이다. 나도향 소설을 원작으로 한 이 영화는 나름대로 작품성을 인정받았다. 성을 코믹 코드로 풀어 큰 호응을 얻어 아류 작품들이 뒤를 이었다.

그런데 이게 무슨 일인가? 영화를 보고 다음 날 학교에 가니 지금은 '반듯한 공무원'이 된 박형규 사무관을 비롯한 친구들이 나를 '뽕관'이라고 부르는 것이 아닌가.('반듯한 공무원'이라고 부르는 이유는 그 친구의 명함 뒤에는 부모님, 아내, 아이들의 이름과 함께 '반듯한 공무원이 되겠습니다'라는 문구가 있기 때문이다.) 친구들의 시선에는 질투가 가득했다. 한편으론 놀림이 영 싫지는 않았다. 아니 오히려 어깨가 으쓱했다. 나는 퀸카와 영화 「뽕」을 본 킹카가 아닌가!
　나와 퀸카는 땡땡이를 칠 때면 파전에 막걸리를 마시며, 목소리를 높여 '전두환 정권'의 타도를 외쳤다. 독재를 규탄했다. 당시는 대통령 직선제 등으로 정치적으로 혼란한 시기였다. 나와 퀸카는 처음에는 민주주의를 걱정하고, 광주민주화운동을 추념하기도 했지만, 대부분 책 얘기를 나눴다. 나는 항상 지적 허영심을 과시하기 위해 내가 읽은 책 중에서 아름답고 멋진 문장 몇 개를 외워두었다. 치밀하게 준비된 작업남이라고 할까? 예나 지금이나 작업(?)에는 책이 최고가 아닌가 하는 생각이 든다.

내가 대학 1학년 때 도종환 시인의 『접시꽃 당신』이 나왔다. 그때 대학생들은 버스를 기다릴 때, 또는 버스 안에서 시집을 읽곤 했다. 나도 퀸카와의 대화를 위해 항상 시집을 들고 다녔다. 아마 『접시꽃 당신』도 그때 봤다. 『접시꽃 당신』이 '작업을 위한 시'였나? 그리고 박노해의 『노동의 새벽』, 김초혜의 『사랑굿』, 곽재구의 『사평역에서』, 이성복의 『뒹구는 돌은 언제 잠깨는가』 등을 읽었다. 『접시꽃 당신』은 시인이 아내를 묻고 쓴 시로 기억되는데 나는 그 중에서 '옥수수밭 옆에 당신을 묻고'라는 시를 아직도 기억한다. 지고지순한 사랑을 노래한 시였기 때문이다. 나도 퀸카와 '접시꽃 사랑'을 나눈다면 얼마나 좋을까? 하고 소설을 쓰곤 했다.

살아 평생 당신께 옷 한 벌 못해주고
당신 죽어 처음으로 베옷 한 벌 해 입혔네

지금 생각해보면 내가 퀸카와 데이트를 즐길 수 있었던 것은 책 때문이 아닌가 싶다. 대학에 들어가기 전 읽은 몇 권의 책이 두고두고 아주 요긴하게 사용됐다.(아내가 이 글을 읽는다면 나는 파리 목숨이다. 나는 지금 목숨 걸고 글을 쓰는 거다. 글을 쓴다는 것은 위험천만한 일이다. 작가는 위험직종이다.)

예나 지금이나 책이 아주 훌륭한 작업도구가 된다는 사실은 누구나 다 아는 뻔한 진리지만, 이제 나는 그보다는 나만의 내밀한 미적 향유 경험의 대상으로 책을 만나곤 한다. 한 권의 책을 읽는다는 건 무엇보다 '미'를 경험하는 것이다. 예를 들면 나는 이런 문장을 읽을 때면 손끝이 짜릿해지는 느낌에 빠진다.

사랑이나 교활함이 이 내밀한 방들로 들어갈 수 있는 기술이 될까? 한 항아리에 부어 합쳐진 물처럼, 자신이 흠모하는 대상과 하나가 되고, 뗄 수 없는 동일한 것이 될 수 있는 묘안이 있을까? 몸이 그걸 이룰 수 있을까? 아니면 마음이 두뇌의 얽히고설킨 관들에 미묘하게 뒤섞여서 이룰 수 있을까? 아니면 애정이? 사람들이 사랑이라고 부르는 것이 자신과 램지 부인을 하나로 만들 수 있을까? 그녀가 바란 것은 이해심이 아니라 합일이기에.

버지니아 울프의 『등대로』에 나오는 문장이다. 얼마나 아름다운가. 김운하 작가 블로그의 '내 영혼을 흔든 문장들'에서 인용했다. 나는 그의 블로그를 여행하다 위의 문장에서 말 못할 전율을 느꼈다. 그리고 말로만 듣던 『등대로』를 구입했다. 그리곤 곧 『등대로』에 빠져 들어갔다. 심미적 아름다움에 매혹되어 갔다.

나처럼 많은 사람이 심미적 아름다움을 만끽하기 위해 문학작품을 읽는다. 문학의 아름다움이 주는 즐거움이 얼마나 큰가? 빼어난 문체나 표현, 상상도 못했던 이야기, 깊은 사유나 지성미 물씬 풍기는 작품을 통해 독자들은 문학 작품에 빠져든다. 독서는 이 같은 아름다움을 주는 지상 최고의 행위다. 책은 곧 아름다움이다.

책을 읽으면 내가 누군지 알 수 있다?

❀ ❀ ❀

8, 9년 전 '나는 누구지?', '나는 어떤 사람일까?'가 궁금해서 점집을 찾은 적이 있다. 지금 생각하면 좀 쑥스럽기도 하지만, 하도 답답한 나머지 점집을 찾았었다. 창피해서 쭈뼛쭈뼛 머뭇거리기도 했지만 '계룡산 처녀 보살'이라는 간판에 이끌려 결국 용기를 냈다. 내 인생에서 처음이자 마지막 점집 출입이었다.

당시 나는 고민이 많았다. 13년간의 기자생활을 그만두고 정부출연기관 홍보팀 공채에 응모해서 당당히 40대 1의 경쟁률을 뚫고 들어가 2년여를 근무했다. 이젠 일머리도 익히고 여유가 생겼는데, 역설적으로 그런 여유가 내게 길고 힘든 번민의 날들로 변해갔다. 특별한 이유도 없기에 더 난감하고 깊은 불안, 공허가 나를 옥죄어 왔다. 그게 중년이 된 남자의 '사추기'의 시작일 수도 있겠지만, 갑자기 나는 내가 길을 잃어버렸다는 느낌에 사로잡혔다. '사추기'가 되면 이런 기분이 드는 것일까? 하필이면 그날 '계룡산 처녀 보살'이라는 글자가 내 눈에 확 들어온 것도 내 마음이 그만큼 방황하고 있었던 탓이리라. 최백호의 노래 「내 마음 갈 곳을 잃어」처럼 나는 방향 감각을 상실했었다.

점집에 들어서자 처녀 보살이 앉으라고 한다. 서른 초반쯤 짐작되는 나이다. 나는 다급한 마음에 "내가 어떤 사람인지 궁금합니다"라고 점집을 찾은 이유를 말했다. 보살이 사주를 물어 나는 미리 준비해간 사주 쪽지를 건넸다. 보살은 잠시 점괘를 보더니 입을 뗐다.

"공무원이나 선생님이 제격인데, 지금 뭐해?"

내가 비슷한 일을 한다고 하자, 처녀 보살은 "지금 일이 잘 맞아! 딴 생각 마!"라며 내 마음을 꿰뚫어 보는 듯했다. 그리고 처녀 보살은 덧붙였다.

"책 좋아하지? 읽고 쓰고 해! 소질 있어."

참 이상하지. 왜 점술가들은 항상 고객들의 나이에 상관없이 반말을 하거나 명령조로 말을 한다. 신의 계시를 받았다는 뜻인가? 꼭 그 처녀 보살의 말을 곧이곧대로 믿고 따른 것은 아니지만, 그 뒤 나는 책을 읽으며 나 자신에 대한 실존적 의미를 확인할 수 있는 방안을 찾았다.

첫 번째 방안으로 정기적으로 독서클럽에 참여하기로 했다. 책을 열심히 읽고 깊은 사유를 하면 내가 누구인지 알 수 있지 않을까? 하는 생각을 했다. 그때 찾은 곳이 지금도 활동하고 있는 독서클럽 '백북스'다.

백북스는 내게 구원의 손길을 내밀었다. 사실 그때까지 별로 책을 읽지 않았었는데 나는 독서모임에 거의 빠지지 않았다. 책도 열심히 읽었다. 때론 내용을 이해하지 못하기도 했지만 그와 상관없이 나는 정해진 책은 묻지도 따지지도 않고 무조건 읽었다. 고교 시절 배운 독서백편의자현讀書百遍義自見이라는 말만 굳게 믿었다. 내가 말하는 '활자 독서'가 그것이다. 활자 독서란 의미를 이해하지 못하고 단지 글자만 읽는 독서를 말한다. 부끄럽지만 초창기 내 독서 방식이었다.

한번은 이런 일도 있었다. 김영수의 『역사의 등불 사마천, 피로 쓴 사기』의 경우 나는 악전고투를 거듭했다. 책은 거의 700쪽에 달해 두꺼운 베개 같았고, 중국 역사에 대한 지식이 거의 없던 나는 좌절을 겪어야 했다. 주말에 회사에 출근해 책을 읽을 때의 내 모습은 대입 준비를 하던 시절을 방불케 했다. 아니 오히려 그보다 더 투쟁적이었다. '필승!'이라고 적힌 머리띠를 하고 있었다. 삭발하지 않은 게 다행이다. 그렇게 몇 년을 보냈다.

나는 이를 '임계점 독서'라고 말하고 싶다. 임계점은 '물질의 구조와 성질이 다른 상태로 바뀌는 지점의 온도 또는 압력'을 말한다. 즉, 물은 100도에서 끓는다. 99도까지는 아무런 의미가 없다. 독서도 마찬가지다. 임계점을 돌파하는 독서를 해야 새로운 도약이 가능하다. 매일 그렇고 그런 책만 읽어서는 발전이 없다. 자신의 정신세계의 임계점을 뛰어 넘는 독서를 해야 진정한 독서인으로 거듭날 수 있다.

무엇보다 내가 실존적 고민에 휩싸였을 때 김운하의 『카프카의 서재』는 내게 등불이 되어 주었다. 이 책이 나의 존재 이유에 대한 명확한 답을 주진 못했지만 적어도 그 문제를 해결할 수 있는 실마리는 제시했다.

지금 세상을 돌아보면 나 자신도 현기증이 난다. 세상은 전속력으로 쫓아가도 따라잡기 힘들 정도로 빠르게 변화하고, 미래는 불확실성으로 가득 차 있다. 전쟁터를 방불케 하는 치열하고 각박한 경쟁이 일상을 옥죄는 탓에 세대를 막론하고 깊은 피로와 불안감에 사로잡혀 있다. 도처에서 왜 이렇게 살아야 하나, 사는 게 뭔가 싶다, 하는 한탄이 들려온다. 발랄한 웃음이 넘치는 재미있는 것이 되어야 할 삶이 왜 이다지도 혹독한 것일까?

『카프카의 서재』의 이 구절을 읽고 또 읽었다. 밑줄을 긋고, 나름대로 나의 존재 이유를 적었다. 그러는 사이 자욱한 안개 속에 갇혀 있는 것 같았던 내게 멀리 작은 등불이 보이기 시작했다. 난파 직전의 선원이 등대를 발견한 기분이 이런 것일까?

작가 정혜윤은 독서의 이유에 대해 "우리가 보고 듣고 겪은 일과 책을 읽으며 새로 알게 된 것을 연결해주는 것"이라고 설명했다. 즉, 책은 책과 아직 책으로 쓰인 적 없는 것들(우리 자신의 이야기를 포함)을 연결해준다는 것이다. 나는 『카프카의 서재』에서 이와 같은 느낌을 받았다.

독서는 독자로 하여금 책 읽기를 통해 변하고 행동할 것으로 요구한다. 그래야 독서의 의미가 실질적으로 실현되는 것이다. 책만 읽고 변하지 않으면 무슨 소용이란 말인가. 그냥 읽은 것 자체에 의미를 부여해야 하는가? 그게 무슨 의미가 있나? 독서는 독자가 실존적 의미를 깨닫고 자아를 찾아가는 지난한 과정이다. 그래서 정혜윤은 『삶을 바꾸는 책 읽기』를 이렇게 시작했는지도 모른다.

거창하게 책 제목을 『삶을 바꾸는 책 읽기』라고 해버렸습니다. 교양을 위한 책 읽기도 아니고, 리더가 되기 위한 책 읽기도 아니고, 치유를 위한 책 읽기도 아니고, 고독하고 우울한 밤을 보내기 위한 책 읽기도 아니고, 저는 왜 삶을 바꾸는 책 읽기라고 해 버렸을까요?

나는 왜 바쁜 와중에 책을 읽는가?

❀ ❀ ❀

2년 전 『왜 책을 읽는가』에서 프랑스 작가 샤를 단치는 독서 이유를 설명했다. 그는 다른 사람들과 달리 책을 읽는 이유를 솔직하게 고백했다. 예쁘게 포장하려 하지 않았다. 오죽했으면, 이 책의 부제가 '세상에서 가장 이기적인 독서를 위하여'였겠는가. 독특한 해석이어서 지금도 기억에 남는다.

우리는 책 자체를 위해 읽지 않으며, 세상을 이해하기 위해, 그리고 자기 자신을 이해하기 위해 책을 읽는다. 그러니 책을 읽는 것보다 더 이기적인 일도 없다.

우리가 책을 읽는 이유는 이기심에서 비롯되지만, 결국 독자가 얻게 되는 것은 이타심이다. 애당초 책을 읽을 때 이타심 같은 것은 원한 적이 없다고 해도 그렇다.

샤를 단치가 얘기한 것처럼 독서는 매우 이기적인 행위다. 미적인 향유든, 지식의 확장이든, 혹은 자아의 발견이든 그 무엇이든 간에 독서는 일차적으로 독자 자신을 위한 의식적 행위라고 할 수 있다. 나 자신을 보더라도 독서는 지극히 이기적인 행위다. 나는 한동안 나 자신의 독서방식을 관찰했다. 그 결과, 나는 책을 읽고, 밑줄을 긋고, 책의 여기저기에 메모하고, 심지어 낙서하고, 그때의 느낌을 기록하는 것을 좋아한다는 것을 알았다. 사정이 허락되면 주변 동료나 친구에게 책에 대한 얘기를 해주는 것도 좋아한다.

잠이 오지 않는 밤이거나, 새벽에 불현듯 잠에서 깨어 혼자만의 시간을 가질 때면 서재에서 눈길 가는 책을 펼친다. 그러곤 몇 년 전 읽었던 책에서 예전 메모나 낙서를 보고, 회상에 빠져드는 것을 즐긴다. 나는 이와 같은 자잘하고 소소한 일상 속에서 삶의 행복을 느끼는 이기적 독서주의자다.

언젠가는 새벽 3시에 잠을 깼다. 서재에서 2007년 5월 백북스 모임에서 읽은 함민복 시인의 시집 『말랑말랑한 힘』을 펼쳤다. 시집에는 시인의 사인이 눈에 띄었다. 함 시인은 '늘 맑고 푸른 날 되시길… 좋은 글 많이 쓰시길…'이라고 적었다. 그리고 함 시인에 대한 내 느낌을 적은 메모도 발견했다.

'영혼이 맑은 사람이라는 것은 함 시인 같은 사람을 두고 하는 말인가!', '순수, 그 자체!'

박경철의 『착한 인생 당신에게 배웁니다』에는 여러 구절들이 적혀 있었다. 그 중에서 "스페셜리스트만이 능사가 아니다. 오히려 제너럴리스트도 괜찮다"라는 구절이 보였다. 이 책은 내가 2008년 말에 읽은 책인데, '왜 이런 글을 써놓았을까?' 하고 상념에 잠겼다. 이유가 생각나지 않아도 상관없다. 당시에는 무슨 이유 때문인지 몰라도 이런 생각을 했었구나! 하고 기억하면 그뿐이다. 그의 책을 더 뒤적거리다 보니 '3년 동안 24시간 365일 진료했다'는 메모를 발견했다. 아마도 그가 부모님의 빚을 갚기 위해 24시간 진료한 것에 강한 느낌을 받아 이렇게 적어

놓은 모양이었다.

나는 이럴 때 행복하기 때문에 그 기쁨을 만끽하려고 책을 읽고, 당시의 느낌을 적는다. 이런 것을 보면 독서는 이기적인, 너무나 이기적인 행위라고 할 수 있다. 그러므로 샤를 단치가 이기적인 행위로서 독서를 말한 건 진리다!

독서는 철저하게 자기 자신을 위한 것이다. 책을 읽는 것은 이기적인 마음에서 출발한다. 그래서 그동안 술을 엄청 좋아하던 사람이 술을 끊고, 술자리를 피하기 위해 주당들의 전화번호를 지워버리고, 골프라면 자다가도 벌떡 일어나는 사람이 하루아침에 골프채를 집어던지고, 골프장과 이별을 고한다.

'나는 왜 읽는가?' 이에 대해 『신 삼류문인의 거리』, 『유랑의 몸』 등의 작품으로 유명한 조지 기싱이 『헨리 라이크로프트 수상록』에서 한 말을 인용하며 글을 맺고 싶다. 내가 생각하는 정답이 여기에 있다. 뭘 더 바랄 게 있겠는가.

나는 내가 읽는 것의 일부밖에 기억하지 못한다. 그렇더라도 꾸준히 즐겁게 읽을 것이다. 나는 미래의 삶을 위해 지식을 축적하려는 것일까? 잊는다는 것은 더는 나를 두렵게 하지 못한다. 나는 지금 이 순간의 행복을 느낄 뿐이다. 유한한 인간으로서 뭘 더 바랄 수 있겠는가?

02

자기계발서 읽어?
말어?

독서 초기에 몇 권의 자기계발서를 통해
책 읽는 습관을 들이거나 흥미를 돋우는 것은 바람직하다.
하지만 자기계발서 독서에 머무를 경우
한 차원 높은 독서로 발전하지 못하게 된다.
단지 자기계발서가 주는 '위로와 용기'에
낚이는 것인지도 모른다.

처음으로 두 번 읽은 책

🌸 🌸 🌸

내 인생에서 처음으로 두 번 읽은 책은 놀랍게도 '자기계발서'다. 다른 사람들처럼 고전도 아니고, 세상을 통찰하는 철학서는 더더욱 아니었다. 바로 한창욱의 『나를 변화시키는 좋은 습관』이다. 사람들은 자기와 꼭 맞는, 또는 엄청 좋아하는 책은 두세 번 읽는다. 그 이상 읽는 사람도 있다. 문화심리학자 김정운은 신문에 글을 쓰기 위해 『그리스인 조르바』를 네 번 읽고, 내친김에 대학교수를 집어 치웠다. 광고인 박웅현은 그의 책 『책은 도끼다』에서 강의를 위해 『참을 수 없는 존재의 가벼움』을 네 번 읽었다.『그리스인 조르바』와『참을 수 없는 존재의 가벼움』은 나도 두 번씩 읽은 책이다.

그런데 오해는 금물.『나를 변화시키는 좋은 습관』은 내가 두 번 읽은 첫 번째 책일 뿐이다. 나는 점점 책 읽기에 빠져들면서 많은 책을 두 번 이상 읽었다.『나를 변화시키는 좋은 습관』은 그 중 하나이다. 이 책은 2005년 지인으로부터 선물 받았다. 읽어보니 그야말로 전형적인 자기계발서였다. 내용은 다른 자기계발서와 비슷하다. 열심히 노력하고, 또 노력하면 흔히 말하는 성공을 할 수 있다는 얘기다. 만약 성공을 못하면? '그건 아직 노력이 부족하고 하늘을 감동시키지 못해서'라는 답이 나온다.

『나를 변화시키는 좋은 습관』을 처음 읽은 후 4, 5년이 지난 어느 날, 책장에 꽂혀 있던 그 책을 발견하고는, 윤성근의『침대 밑의 책』처럼 책을 침대로 가져갔다. 그리고 잠자기 전『나를 변화시키는 좋은 습관』을 다시 읽어나갔다. 첫 번째 읽었을 때, 나는 마음에 드는 문장을 노랑 형광펜으로 밑줄을 그어 놓았었다. 이번에는 파랑 볼펜으로 줄을 그으며 메모했다. 첫 번째 읽었을 때의 감정이 살아났다.

자리가 정해져 있지 않다면 중앙에 앉아라. 중앙은 회사의 핵심 인물들이 모여 있는 곳이다. 그 틈에 끼여 적당히 술도 마시고 여유 있게 만찬을 즐겨라.

당시 나는 기자였으니까 '중앙에 앉아서 만찬을 즐겨라'는 매우 중요한 메시지였다. 사실 취재원과의 기자회견이나 간담회, 식사 때는 중앙자리에 앉는 것은 중요하다. 그래야 핵심 정보를 듣거나 의견을 나눌 수 있는 기회가 많아진다. 실제 나는 그 이후부터 가능하면 중앙에 앉는 버릇을 들였다. 위 문장에 나는 별(☆) 세 개를 줬다. 별 세 개는 즉시 활용해야 하는 것이다. 그리고 '기자생활에 매우 중요'라고 덧붙였다. 중앙 자리는 메인 디쉬(Main dish)지만 양쪽 자리는 사이드 디쉬(Side dish)라고 생각했다. 누구나 다 메인 디쉬를 원하지만 사실 기자생활을 하다 보면 많은 기자가 중앙 자리보다 양쪽 자리를 앉는 경우가 많다. 왜냐하면 기자들은 약속시간보다 늦게 도착하기 때문에 어쩔 수 없이 양쪽 끝자리에 앉게 된다. 나는 약속 시간을 꼭 지켜 중앙 자리에 앉아 만찬을 즐기고 대화를 나눴다. 지금 생각해도 참 잘한 일이다.

무언가를 얻고 싶다면 기록하는 습관을 길러야 한다. 수첩을 품안에 넣고 다니면서 영감이 떠오르거나 누군가에게 좋은 이야기를 들었다면 그 자리에서 기록하라.

위와 같은 문장에도 별 세 개를 줬다. '기자니까 메모하는 습관은 필수'라고 덧붙였다. 지금도 가끔 글을 쓸 때 예전의 수첩을 찾아서 기억을 되살리곤 하는데 그때 당시에는 몰랐지만 좋은 습관이었던 것 같다. 기사를 취재할 때 메모하는 것은 당연하겠지만 책을 쓸 때도 메모하는 습관은 거의 절대적이라고 할 수 있다.

다른 재미있는 코멘트가 붙어있는 것도 눈에 띈다. 바로 '군대도 주특기! 직장도 주특기?' 지금 나의 주특기는 무엇인가? 나는 무색무취의 사람이지만 그래도 첫 사회생활을 기자로 시작하고, 그 뒤 기자생활을 접고, 정부출연기관의 홍보팀에서 일하고, 지금 책이라도 쓰고 있는 것은 주특기가 글쓰기라서 그런 것이 아닌가 하는 생각을 하게 된다. 물론 다른 사람들처럼 일필휘지로 글을 쓰거나 촌철살인의 문장, 심금을 울리는 글을 쓰지는 못하지만 굳이 주특기를 말하자면 글쓰기다.

지금 생각해보면 나도 오에 겐자부로가 『읽는 인간』에서 그가 소개했던 방식으로 책을 읽었다. 겐자부로는 정말 좋다고 생각하는 부분은 빨강 색연필로 표시하고, 이해가 잘 가지 않는 부분은 파랑 색연필로 선을 긋거나 상자 모양을 만들었다. 방식은 약간 다르지만 나도 겐자부로가 했던 방식대로 독서를 한 셈이다. 생각보다 많은 사람이 자기 나름의 방식대로 밑줄을 그으며 책을 읽는다.

잘 나가는 작가를 질투하다

🌸 🌸 🌸

단도직입적으로 말하겠다. 나는 현재 잘 나가는 이지성 작가를 질투하고 있다. 나도 한때는 그의 책을 읽으며 감동을 받았다. 나도 그처럼 미친 듯이 독서해야겠다는 다짐도 하곤 했다. 나는 진짜로 『꿈꾸는 다락방』, 『리딩으로 리딩하라』, 『독서천재가 된 홍대리』 등을 읽으며 '이지성 따라하기'를 하기도 했다. 내가 이 작가를 질투한다고 말하면 혹여 어떤 사람들은 '이 작가가 모든 남성들 연인인 당구여신 차유람 씨와 결혼해서 그런 것이냐?'는 등 여러 질문을 쏟아낼 것이다. 어느 질문에도 답은 노다. 악연이 조금 있을 뿐이다.

나와 이 작가와의 악연은 4, 5년 전으로 거슬러 올라간다. 내가 근무하는 연구원에서 '독서 아카데미'라는 프로그램을 운영하고 있었는데 나는 우연히 그 프로그램에서 『리딩으로 리드하라』라는 책을 골랐다. 독서 아카데미는 개인이 선호하는 책을 골라 읽고, 간단한 독후감을 제출하면 연구원에서 그 비용을 지불하는 교육 프로그램이었다. 순전히 책을 공짜로 얻는다는 기쁨 하나로 『리딩으로 리드하라』를 주문했다. 그리곤 무심코 카카오톡에 『리딩으로 리딩하라』를 읽는 중'이라는 글을 남겼다. 그런데 그 글이 부메랑이 되어 되돌아올 줄은 꿈에도 몰랐다. 어느 날 원장님이 나를 불렀다.

"카톡 봤는데 『리딩으로 리딩하라』 읽는다며?"

"아, 예."

"그 책 괜찮다는데 최 팀장이 읽고 직원들한테 발표하는 게 어때?"

"네, 그렇게 하겠습니다."

그래서 나는 『리딩으로 리딩하라』를 읽고, 발표준비에 들어갔다. 그 책만 읽고 발표하기에는 뭔가 성의가 부족해 보여 정민 교수의 『미쳐야 미친다』와 『오직 독서뿐』, 김무곤 교수의 『종이책 읽기를 권함』 등을 읽으며 준비했다. 덕분에 발표를 무사히 마쳤다. 무사히 발표는 마쳤지만 막중한 부담감이 안겨준 후유증이라 해야 할까, 그 후부터 나는 이지성 작가를 싫어하게 됐다. 이 작가에게는 미안한 얘기지만 처음 출발점은 약간 사적인 감정이 섞여 이 작가가 싫어졌다.

그 후 『리딩으로 리딩하라』는 인문학 및 고전 붐을 타고 내가 글을 쓰는 지금 무려 70쇄(?)에 돌입하는 등 돌풍을 일으켰다. 아마 그런 돌풍은 앞으로도 지속될 것 같다. 그래서 나는 왜 『리딩으로 리드하라』가 인기 있는지 파악해보기로 했다. 그 첫 번째 이유는 다른 사람들이 바빠서 인문고전을 읽지 못하는 것에 대한 죄책감을 이용하고 있다는 생각에 이르렀다.

『리딩으로 리드하라』의 단계별 추천도서를 보면, 1년차에 사마천의 『사기본기』, 황견 엮음의 『고문진보 전집』은 그렇다 치더라도 북애의 『규원사화』, 유향 엮음 『전국책』이 떡하니 자리를 차지하고 있는 것이 아닌가. 플라비우스 베게티우스 레나투스의 『군사학 논고』는 또 뭔가. 도대체 이런 책들이 1년차 추천도서란 말인가. 이 작가는 『리딩으로 리드하라』에서 1년차부터 10년차까지 각 차수별로 수십여 권을 추천도서로 거론했는데 도대체 이 책을 읽으라는 것인지, 말라는 것인지, 알 수가 없다. 정말 이 작가의 추천도서는 그야말로 나 같은 사람에게는 온통 듣보책(듣도 보지도 못한 책)일 뿐이다. 자괴감만 들게 한다. 미안한 말이지만 이 작가는 독자들의 이런 자괴감을 책 마케팅에 적극 활용하는 것처럼 느껴진다.

김난도 교수는 청년들에 대한 근본적 문제해결 대신 『아프니까 청춘이다』와 같은 감성적 책을 내고, 그 책이 베스트셀러가 되자 자기 이름처럼 완전 난도질을 당하지 않았던가. 혜민 스님은 『멈추면, 비로소 보이는 것들』에 이어 『완벽하지 않은 것들에 대한 사랑』으로 인기절정에 이르고 있는데 김난도 교수의 전철을 밟고 있는 건 아닌지 걱정스럽다.

자기계발서를 읽었다는 건 '낡였다'는 것?

❀ ❀ ❀

우리나라는 민주공화국이라고 해서 순진한 나는 그런 줄만 알았다. 하지만 거리에 나가보면 '커피 공화국'이고, 텔레비전을 켜면 '먹방 공화국'이다. 서점에 가면 '자기계발 공화국'이다. 우리나라는 민주공화국이 아닌 건가? 하는 생각이 들 정도다. 서점에는 어쩌면 그렇게도 자기계발서가 많은지 이해할 수가 없다.

어느 날, 나는 한 패션잡지에서 조소현 에디터의 '자기계발서의 힘은 제목에서 온다'라는 글을 읽었다. 자기계발서 100여 개의 제목으로 한 편의 글을 쓴 것이다. 당시 쓴웃음을 지으며 읽은 기억을 더듬어 본다.

『행복은 어디에서 오는가』. 어린 시절 『꿈꾸는 다락방』에서 생생하게 꿈꾸고, 성인이 되어 『아침형 인간』으로 살아보고, 『20대에 하지 않으면 안 될 오십가지』를 따르고, 『하버드 새벽 4시 반』을 들여다봐도 왜 우리는 행복을 느끼지 못하나. 『아프니까 청춘이다』라는 어르신들의 조언에 콧방귀를 뀌었기 때문일까. 『천 번을 흔들려야 어른이 된다』는 말을 믿지 않았기 때문일까. 아니, 『웅크린 시간도 내 삶이니까』, 『뜨겁게 내 삶을 응원』했어야 했던 것일까. 『인생에 변명하지 마라』, 『성장하는 여자는 구두를 탓하지 않는다』, 『이끌든지 따르든지 비키든지』 선택지는 세 가지다. 『다시 일어서는 용기』가 필요하다. 『된다 된다 나는 된다』, 『오늘을 더 행복하게 해주는 마법의 주문, 러브 유어 셀프!』가 필요한 시점이다.

출판업계에 따르면 자기계발서는 매년 판매량에서 전체 도서 가운데 차지하는 비중이 줄어들었다고 한다. 2013년과 2014년은 전년 대비 각각 2%포인트씩 감소했으며, 2015년에는 도서정가제의 영향까지 더해 무려 27.1%나 줄었다. 하지만 요즘 들어 '불황의 꽃'이라 불리는 자기계발서가 최근 불황을 반영하듯, 출판 종수와 판매량에서는 큰 증가세를 보이고 있다. 출판되는 자기계발서는 사회적 성공보다는 개인의 삶의 질과 행복, 만족감을 높이는 데 도움이 될 만한 지침이나 통찰을 보여주는 책들이 주류를 이루고 있다.

자기계발서는 정말 효과가 있기는 한 걸까? 일단 학문적으로 한번 따져 보자. 자기계발서는 대부분 자기암시(Autosuggestion) 효과를 강조한다. 자기암시란 무엇인가? 의식적인 노력뿐 아니라 무의식까지 길들여 바라는 바를 스스로 되뇌어 목표를 이룰 수 있도록 하는 것이다. 뇌과학자이자 정신과 전문의 헨릭 월터 독일 샤리테 의대 교수팀은 2014년 사회적 인지 및 감정 신경과학(SCN) 학술지에 기능성자기공명영상(fMRI)촬영을 통해 자기암시가 건강에 해로운 달거나 짠 음식에 끌리지 않도록 하는 데 효과가 있다는 연구결과를 발표했다.

월터 교수는 "동일한 방식으로 최면을 걸었을 때도 유사한 효과가 있는 것으로 나타났다"면서 "자기암시가 가치 평가와 의사결정에 실제로 영향을 준다는 사실이 과학적으로 확인된 셈"이라고 평가했다. 자기암시는 플라시보 효과를 발휘하게 된다. 즉, 다시 말하면 자기계발서는 독서 초창기에는 어느 정도 그 역할을 한다고 볼 수 있다. 하지만 독서에서 지속적으로 자기계발서가 필요할까라는 의문이 제기된다. 자기계발서 독서는 다른 차원으로 발전하기 위한 전초단계로서 존재할 때 의미를 갖게 된다. 자기계발서는 독서의 초기 단계에서 책 읽는 습관을 들이거나 책에 흥미를 유발하는 데 유용한 역할을 할 수 있지만, 진정한 독서인으로 나아가는 데에는 도움이 되지 않는다는 것이 내 생각이다.

장정일 작가는 「자기계발이라는 환상」 신문 기고에서 우리나라의 자기계발서에 열광하는 현상에 대해 "어떤 종교보다 강력한 신흥종교"라고 평가하기도 했다. 나는 그 즈음 이원석의 『거대한 사기극』을 읽었다. 제목부터 자극적이다. 부제도 '자기계발서 권하는 사회의 허와 실'이다. 이 책은 "미국에서 세계로 퍼져나간 자기계발 이데올로기는 사회적으로 인프라가 잘 갖춰지지 않은 '미국이라는 특정한 환경'에서 탄생했으며, 자기계발을 권하는 사회는 구조에서 개인으로 초점을 돌리게 만들고, 개인에게 무한 책임을 지운다는 측면에서 사회적 회피요, 책임회피"라고 주장한다.

『거대한 사기극』은 우리나라의 자기계발 공화국 현상에 대해서도 조명했다. 저자는 한국에서 자기계발서가 불티나게 팔리는 이유를 현재의 신자유주의 상황이 미국의 미개척 상황과 같기 때문이라고 진단했다. 사회 안전망이나 연대가 강화되지 않고, 불안 대신에 확신을 찾으려는 각 개인들의 개별적인 노력이 '닥치고, 자기계발!'에 몰두하게 만들고 있다는 것이다. 그것이 우리 시대의 자화상이다.

자기계발서의 한계는 비교적 분명하다. 자기계발서를 읽으며 부단히 노력했건만 전혀 달라지지 않는 현실을 보면, 자기계발서를 통한 독서로 변화를 꾀할 수 있는 것은 거의 없다는 사실을 깨닫게 된다. 이원석이 책 제목에서 말했듯 『거대한 사기극』인지도 모른다.

독서 초기에 몇 권의 자기계발서를 통해 책 읽는 습관을 들이거나 흥미를 돋우는 것은 바람직하다. 하지만 자기계발서 독서에 머무를 경우 한 차원 높은 독서로 발전하지 못하게 된다. 단지 자기계발서가 주는 '위로와 용기'에 낚이는 것인지도 모른다.

03

나도 책과 '찐하고 오래가는' 연애를 할 수 있을까?

누구는 고전의 중요성을 언급하고,
어떤 사람은 철학 서적을 추천하고,
또 다른 이는 신간을 읽을 것을 권하지만,
자기가 재미있게 읽을 수 있는 책을 고르는 것이
가장 중요하다는 데에는 이의를 제기하지 않는다.

시작은 무조건 재미있는 책부터!

❀ ❀ ❀

"바빠 죽겠네!" 나를 포함한 직장인들이 무심결에 내뱉는 말이다. 직장인들은 커피 한 잔 즐기는 것은 고사하고, 죽을 시간조차 없이 분주하다. 이런 사람들은 어떻게 책과 친해질 수 있을까? 어떻게 하면 책과 '찐하고 오래가는' 연애를 할 수 있을까?

책과의 연애에서 달인이 되려면 첫 번째로 재미있는 책 읽기가 가장 중요하다. 시작은 무조건 재미있는 책부터 읽어야 한다. 뻔한 말 같지만 이게 절대 진리인 것 같다. 누구는 고전의 중요성을 언급하고, 어떤 사람은 철학 서적을 추천하고, 또 다른 이는 신간을 읽을 것을 권하지만, 자기가 재미있게 읽을 수 있는 책을 고르는 것이 가장 중요하다는 데에는 이의를 제기하지 않는다.

앞에서도 밝혔지만 김운하 작가로부터 '필독 리스트'를 받았다. 처음 독서를 시작할 때 그 리스트 중에서 끌리는 책부터 읽었다. 먼저 내가 접한 저자는 중고서적상 릭 게코스키다. 나는 릭 게코스키의『아주 특별한 책들의 이력서』,『독서편력』,『불타고 찢기고 도둑맞은』 등을 읽었다. 나는 '책에 대한 책'이 이렇게 재미있을 수도 있구나 하는 것을 절감했다. 이어 클리프턴 패디먼의『평생독서 계획』, 알렉산더 페히만의『사라진 책들의 도서관』, 피에르 바야르의『읽지 않은 책에 대해 말하는 법』 등을 탐독했다. 앤 패디먼의『서재 결혼시키기』는 얼마나 재미있었는지 지금도 그 책을 생각하면 미소가 절로 나온다. 프랑소와 라블레의『가르강튀아 팡타그뤼엘』은 너무 재미있어 책을 읽다가 웃다가를 반복했다. 아마 누가 봤다면 필시 "미친 놈!"이라고 했을 것이다.

일본 작가로는 다치바나 다카시의『나는 이런 책을 읽어왔다』,『도쿄생은 바보가 되었는가』,『피가 되고 살이 되는 500권, 피도 살도 안되는 100권』 등에 심취했다. 오에 겐자부로의『읽는 인간』, 히라노 게이치로의『소설 읽는 방법』,『책을 읽는 방법』 등도 시간 가는 줄 모르고 재미있게 본 책이다. 사이토 다카시의『독서는 절대 나를 배신하지 않는다』,『내가 공부하는 이유』,『독서력』에서는 다카시 교수의 끊임없는 필력에 놀라곤 했다. 그는 도대체 몇 권의 책을 썼던가? 오카자키 다케시의『장서의 괴로움』도 재미의 극단을 보여줬지만 나는 언제 산처럼 쌓인 책들로 인해 어려움을 겪어 보나 하고 부럽기도 했다.

이밖에 독서법 책을 많이 읽었지만 책 제목을 나열하는 것은 이쯤에서 그만두고, 『서재 결혼시키기』가 얼마나 재미있었는지 한번 음미해보자.

『서재 결혼시키기』는 앤과 남편 조지가 처녀, 총각 시절부터 즐겨 있던 책을 결혼 후 5년이나 별도로 관리하다 결국 한 곳으로 모으기로 한 후, 정리하면서 발생하는 에피소드를 그린 책이다. 책을 좋아하는 남녀가 결혼했을 경우 필연적으로 벌어질 수밖에 없는 이야기여서 생동감이 넘쳐난다. 특히 서재를 정리하다 의견 차이로 이혼의 위기에 직면하게 되자 긴장감이 넘친다.

결론은 작가 이름순. 결국 조지는 굴복하고 말았는데, 진심으로 내 논리에 감복했다기보다는 가정의 평화를 위해서였다. 그러나 내 셰익스피어 책들을 한 책꽂이에서 다른 책꽂이로 옮기는 것을 보고 내가 "그 작품들은 꼭 연대순으로 꽂아야 돼!" 하고 소리치는 순간 그만 일이 터지고야 말았다. (중략) 조지는 나와 결혼해 살면서 이혼을 심각하게 생각한 적은 거의 없는데 그때만은 달랐다고 했다.

나는 『서재 결혼시키기』를 일요일 아침, 딸을 학원에 데려다주고 기다리면서 카페에서 읽었다. 이혼 위기 장면에서는 긴장도 했지만 재미있는 대목에서는 혼자 키득키득 웃고 말았다. 이른 시각이어서 손님은 나 혼자뿐이었는데 자꾸 웃자 주인이 눈을 흘긴 기억이 떠오른다. '뭐가 저리 재미있지?' 하는 표정이었다.

또 윤성근의 『심야책방』, 『침대 밑의 책』에도 푹 빠져 헤어 나오지 못했으며, 이현우의 『아주 사적인 독서』, 『로쟈의 인문학 서재』, 정여울의 『마음의 서재』, 『소설 읽는 시간』, 김용규의 『철학 카페에서 문학 읽기』, 유시민의 『청춘의 독서』 등에 취하곤 했다.

재미있는 책 읽기를 통해 독서를 계속하다 보니 자연스럽게 나는 한 달에 10~15권의 책을 읽을 수 있었다. 나에게 '책에 관한 책'은 일종의 '가이드 북'으로 그 후 집중적인 독서를 하는 데 있어서 나침반 역할을 했다.

휴대폰 대신 '휴대북'은 어떤가?

❀ ❀ ❀

독서 초보가 책과 '찐하고 오래가는' 연애를 하는 두 번째 비법은 독서 습관이다. 지속적인 독서를 통해 습관을 만드는 것이 중요하다. 이런 경지에 오르게 되면 아무리 바빠도, 아무리 피곤해도, 아무리 아파도 책을 읽게 된다. '너에게 포상휴가를 허하노라'에서 밝혔듯이 독서 4원칙을 잘 지켜 나가는 것이 독서를 습관화할 수 있는 지름길이다. 나에게 독서 4원칙은 너무 중요하기 때문에 다시 한 번 강조 하고 싶다. 복습하는 셈치고 다시 한 번 살펴보자.

나의 독서 4원칙은 휴대북(Book), BMW(Bus, Metro, Walking), 빌 게이츠 따라하기, 북 클럽가기다. 4원칙 중 한두 가지만 철저히 지켜도 꾸준한 독서를 할 수 있다. 독서를 습관화해서 진정한 독서인이 될 수 있다.

우리는 흔히 외출할 때 휴대폰을 집에 놓고 나왔을 경우 다시 가져온다. 그런데 만약 책을 놓고 나왔다면? 내 자랑 같아서 낯 뜨겁지만 나는 이럴 경우 다시 들어가서 그날 읽을 책을 가져온다. 잠깐 동안의 수고로 하루 동안 자투리 시간에 독서를 할 수 있기 때문이다. 책을 들고 나가지 않아 후회한 적이 얼마나 많은가.

손에 휴대폰 대신 책을 들고 있으면 자연스럽게 읽게 된다. 마치 많은 사람들이 지하철에서 손에 휴대폰을 들고 있다가 게임을 하거나, 가십 기사를 읽거나, SNS(소셜네트워크서비스)를 하는 것처럼 책을 들고 있으면 나도 모르게 책에 눈이 간다. 내 말을 못 믿겠다면 한번 해보라! 책을 손에 들고 있으면 읽게 된다. 대신 휴대폰은 가방에 넣어 두자.

지난달 초, 연구원에서 기술이전 상용화 실태조사를 위해 서울 출장 길에 올랐다. 상용화 실태조사는 연구원으로부터 기술이전을 받은 기업이 기술을 사업화에 어떻게 적용하고 있는지 현황 파악을 하는 것이었다. 그러려면 기술이전 기업을 일일이 방문할 수밖에 없다. 상용화 실태조사를 갈 때 한 권의 책을 골랐다. 바로 한병철 교수의 『투명사회』였다. 한 교수의 책은 크기가 다른 책보다 약간 작고, 두껍지 않아서 출장길에 갖고 다니기에 안성맞춤이다. 지하철에서 『투명사회』를 들고 있다가 목적지까지 가는 동안 읽었다. 들고 있으면 읽게 된다. 나는 책 휴대론자가 되어 지하철에서 다른 사람들이 휴대폰을 만지작거릴 때, 책을 읽는 '희귀종'으로 남고 싶다. 그게 내 작은 소망이다.

『투명사회』는 인간을 비밀이 없는 존재로 만들어 버리는 '투명성'의 전체주의적 본질에 대한 통찰을 담고 있다. 한 교수는 투명사회는 신뢰사회가 아니라 통제사회라고 주장한다. 투명사회는 우리를 민주주의로 이끄는 것이 아니라 만인의 만인에 대한 감시상태, '디지털 파놉티콘'으로 몰아넣는다고 밝히고 있다.

감시와 통제는 디지털 커뮤니케이션의 본질적 요소에 속한다. 디지털 파놉티콘의 독특한 점은 빅브라더와 수감자 사이의 구별이 점점 더 불분명해진다는 데 있다. 여기서는 모두가 모두를 관찰하고 감시한다. 국가의 첩보 기관만 우리를 엿보는 것이 아니다. 페이스북이나 구글 같은 기업도 마치 첩보 기관처럼 작동한다. 이들 기업은 우리의 삶을 훤히 비추어 거기서 캐낸 정보로 수익을 올린다. 회사는 직원들을 염탐한다. 은행은 잠재적인 대출 고객들을 들여다본다.

독서는 습관이다. 독서하는 데 있어 겁먹지 말고, 조급해하지 말고, 자기 자신을 믿고, 독서의 습관화를 통해 '일상 독서'를 해야 한다. 읽고, 생각하고, 글을 쓰는 것이 습관화되어야 한다. 왜냐하면 독서는 공부가 아니기 때문이다. 독서는 쾌락이며, 즐거운 책과의 연애다.

재미있게 읽으려면 함께 읽어라
※ ※ ※

자기계발서 중에 『멀리 가려면 함께 가라』라는 책이 있다. 책 제목이 마음에 든다. 언젠가 딸의 책상에서 이 책을 발견하고 한번 훑어본 기억이 난다. 이 책 제목처럼 독서도 혼자 하는 것보다 같이 읽고 의견을 나누는 것이 좋다. 나의 세 번째 '책 연애' 비법은 함께하기다. 독서모임에 가입하거나 만들어서 사람들과 사귀며 교류하는 것은 좋은 독서법이다. 힘들고 어려울 때 독서 회원들과 같이 독서여행, 탐사여행 등을 다니면 흥미를 배가시킬 수 있다. 책 읽기도 함께 하면 쉽고 재미있게 할 수 있으며, 즐길 수 있다.

내가 참여하고 있는 독서모임 '백북스'는 여러 가지 면에서 나에게 독서의 동반자가 되어 주었다. 나는 백북스에서 김운하 작가를 만나 친구이자 스승이 되어 지금 이 책을 쓸 수 있도록 책 읽기와 글쓰기를 배웠다. 독서 모임은 세렌디피티(Serendipity)의 산실이다. 백북스에는 각 분야의 전문가들이 고루 참여하고 있어 궁금증에 대해 언제든지 물어볼 수 있다. 미술이나 음악이 궁금하면 언제나 질문을 할 수 있다. 미술관에서 유명 화가인 김동유 작가의 작품을 관람하다 그의 미술기법에 대해 궁금한 적이 있었는데 가까운 독서 회원에게 바로 전화했다.

"김동유 작가의 미술 기법을 뭐라고 하죠?"

"아, 더블 이미지요? 그거 말하는 거죠?"

아! 더블 이미지(Double images). 다른 표현으로는 이중 초상화, 픽셀 모자이크 회화라고도 설명한다. 작은 이미지들을 모아 전체의 이미지를 만들어내는 기법이다. 메릴린 먼로의 얼굴로 존 F 케네디, 김일성 등의 얼굴을 그리기도 하고, 마돈나의 얼굴로 성모 마리아의 얼굴을 표현해내기도 한다.

과학도 마찬가지다. 최근 이슈가 되고 있는 인공지능(AI)은 물론 상대성이론, 양자역학, 열역학, 천문학 등 과학이 궁금하면 독서모임의 과학자에게 물어보면 된다. 더 궁금하면 관련 분야의 입문서를 소개받아 읽으면 고민 끝이다. 바로 옆에 '과학 선생'이 널려 있는 셈이다. 이 얼마나 좋은가. 철학은 어떨까. 철학이라고 해서 예외는 아니다. 백북스에는 여러 가지 소모임이 있는데 '현대과학과 철학'은 과학과 철학을 탐구하는 스터디 그룹이다. 주변에 언제든지 질문할 수 있는 사람들이 있다는 것은 큰 축복이다.

소설가 한강이 맨부커 상을 받은 것을 계기로 나는 드디어 연구원 내에 독서모임을 만들었다. 모임 이름은 '화요일에는 한강에 빠져 보자!' 모임 운영은 한시적이다. '한빠'는 매주 화요일 연구원 도서관에서 점심시간을 이용해 한 시간씩 한강 작가의 작품을 읽는 모임이다. 회원은 단 세 명. 각자 점심을 해결한 후 한강 작가의 작품을 소리 내어 읽는 강독회로 운영하고 있다. 일단 출발은 맨부커 상 수상작 『채식주의자』. 다음에는 『소년이 온다』, 『바람이 분다, 가라』 등을 함께 읽을 계획이다. 『채식주의자』는 육식에 얽힌 트라우마 때문에 채식을 고집한 여성이 나무로 변신하기를 열망하며 자기 파괴의 길을 걷는 과정을 그리고 있는데, 그 의미는 인간의 폭력성을 고발하고 거부하는 내용이라고 한다. 짧고 압축적인 문장이 오래 기억에 남는다. 압권이다.

그는 이해할 수 없었다. 약간 멍이 든 듯도 한, 연한 초록빛의, 분명한

몽고반점이었다. 그것이 태고의 것, 진화 전의 것, 혹은 광합성의 흔적 같은 것을 연상시킨다는 것을, 뜻밖에도 성적인 느낌과는 무관하며 오히려 식물적인 무엇으로 느껴진다는 것을 그는 깨달았다.

한강에 충분히 빠졌다고 느낄 때 우리는 새로운 작가를 찾아 나설 계획이다. 그러면 모임 이름도 바꿀 것이다. 누가 좋을까? 밀란 쿤데라, 어니스트 헤밍웨이, 가브리엘 가르시아 마르케스, 로맹 가리 등을 차례로 읽어도 좋을 것이다. 다만 염두에 두어야 할 것이 있다. 이 모임은 강독회로 운영하다 보니 작품의 길이를 고려하지 않을 수 없다. 베개같이 두꺼운 책은 사절이다. 짧고 함축적인 작품이 좋다.

내가 좋아하는 장소는 지하철역(?)

❀ ❀ ❀

네 번째 책과의 연애법은 책을 읽는 장소에서 찾아보자. 나만의 독서 장소를 만드는 것도 흥미진진한 방법이다. 책을 꼭 서재, 사무실, 독서실, 카페, 화장실 등에서만 읽어야 하는 것은 아니지 않는가? 이상하게 들릴 수도 있지만 나는 개인적으로 최적의 독서 장소로 지하철역을 꼽고 싶다. 나는 비교적 다양한 장소에서 책을 읽는다. 나태함을 극복하기 위해 한 달 동안 퇴근 후 독서실에서 책을 읽기도 했다.

하지만 내가 좋아하는 장소는 지하철역이다. 웬 지하철역(?). 적당한 백색소음으로 집중력을 높일 수 있고, 다른 사람들의 '저 사람은 뭐 이런데서 책을 읽지?' 하는 다소 이상한 시선을 즐길 수도 있다. 대전에서는 대전시청역, 서울에서는 선정릉역을 독서 장소로 좋아한다. 두 지하철역은 내가 자주 가는 역이다.

언젠가 대전시청역에서 조중걸의 『러브 온톨로지』를 읽었다. '사랑의 존재론'으로 번역할 수 있을 것 같은 『러브 온톨로지』는 '사랑이란 과연 존재하는가', '사랑이라고 불리는 것들은 무엇인가', '사랑의 구성요소는' 등 사랑에 대한 철학적 담론서다. 지하철역에서 다정하게 손을 잡고 지나가는 연인들을 보며 『러브 온톨로지』를 읽으니 머리에 쏙쏙 들어왔다. 읽으면서 '진정 사랑이란 무엇일까'를 고민해보기도 했다. 우리가 일상생활에서 가장 많이 언급하는 단어이면서도 정작 사랑이라는 존재의 본질과 의미에 대해서는 깊이 생각하지 못하는 현실에서 '사랑'이라는 단어를 다시 생각하게 해준다. 나는 지하철역에서 '사랑'이라는 단어를 음미했다.

책과의 찐한 연애를 위해 독서하기 좋은 나만의 아지트가 있다면 금상첨화일 것이다. 전망이 뛰어나거나 커피 맛이 좋은 카페를 알아두면 독서하는 데 도움이 된다. 나의 경우 혼자서 조용히 책을 읽고 싶을 때 가는 서너 곳의 카페가 있다. 언젠가 한번은 커피를 마시며 책을 읽기 위해 아지트로 갔다. 그런데 주인은 내가 온 걸 아는지, 모르는지 책만 읽고 있었다. 주인의 독서를 방해하지 않기 위해 구석진 자리에 앉아 책을 펼쳤다. 주인이 책에서 눈을 떼자 커피를 주문했다. 주인은 밀란 쿤데라의 『참을 수 없는 존재의 가벼움』을 읽고 있었다. 이 작품은 내가 좋아하는 소설이라 소설을 매개로 카페 주인과 친해질 수 있었다. 이후 가끔 그곳을 찾으면 밀란 쿤데라의『농담』,『불멸』등 다른 작품에 대해서도 얘기를 나누곤 했다.

짬짬이 독서하다 그만 '지각'

❀ ❀ ❀

다섯 번째는 '짬짬이 독서법' 또는 '자투리 독서법'이라고 이름 지어본다. 시간 날 때마다 조금씩 책을 읽는 것이다. 나는 보통 서울 출장이 잡히면 그날 독서 계획을 세운다. 그날 책 한 권을 읽는 것을 목표로 삼고 '오늘의 책'을 정한다. KTX를 기다리며 읽고, 기차 안에서도 읽고, 지하철을 기다리며 읽고, 지하철 안에서도 읽고, 가끔은 목적지에 도착해 시간적 여유가 있을 때도 읽는다. 그러다 보면 어느새 한 권을 읽게 된다. 언젠가 선정릉역에 위치한 한국과학창의재단에 평가회의를 가는데 시간이 25분이 남았다. 나는 자연스럽게 '오늘의 책'인 김중혁의『가짜 팔로 하는 포옹』을 꺼내 지하철역 벤치에 앉았다. 중편「보트가 가는 곳」이 왜 그렇게 재미있는지….

꿈이나 미래 같은 단어들은 한입에 먹기엔 버거운, 세상에서 가장 큰 복숭아 같다. 일단 베어 물면 달콤한 즙이 새어나오지만 시간이 지날수록 덩어리에 압도당하고 만다. 달콤하던 즙은 점점 시큼한 맛으로 변하고, 복숭아는 점점 더 커지는 것 같다.

그 순간이 영원히 기억날 것이다. 철수세미로 뇌를 박박 문질러도 그 장면만은 지워지지 않을 것이다. 남자는 정화 씨의 오른손을 잡았고, 나는 정화 씨의 몸을 붙들었다.

선정릉역 벤치에서 한창 책에 빠져 있는데 전화가 울렸다.

"어디세요? 왜 안 오세요?"

아뿔싸! 시계를 보니 평가 시간이 이미 10분이나 지났다. 담당직원은 내가 회의에 오지 않자 확인 전화를 한 것이었다. 서둘렀다.

"다 왔어요. 바로 갈게요!"

요즘 나의 또 다른 짬짬이 독서는 아침에 출근해서 근무 전까지 30분 정도를 활용하는 것이다. 예전 정여울 작가의 강연에서 스토아학파 철학자 에픽테토스의 『엥케이리디온』에 대한 얘기를 듣고 '아침 짬짬이'로 이 책을 골랐다.

매일 아침마다 30분 정도 시간을 내어 『엥케이리디온』을 읽어 나갔다. 이 책은 에픽테토스의 『담화록』으로부터 그의 제자 아리아노스가 직접 뽑아 놓은 도덕적 규칙들과 철학적 원리를 모은 아주 짤막한 요약집이어서 짬짬이 독서로는 제격이다. 자투리 시간을 활용해 읽기에 최적의 도서다. 에픽테토스는 신이 주신 의지야말로 인간이 가진 최고의 재산이니만큼 남의 것을 탐내지 말고 운명에 저항하지도 말며 신성과 자연의 의지에 따라 살아야 한다고 주장한다.

존재하는 것들 가운데 어떤 것들은 우리에게 달려 있는 것들이고 다른 어떤 것들은 우리에게 달려 있는 것들이 아니다.

우리에게 달려 있는 것들은 믿음, 충동(선택), 욕구, 혐오, 한마디로 말해서 우리 자신이 행하는 그러한 모든 일이다. 반면에 우리에게 달려 있지 않은 것들은 육체, 소유물, 평판, 지위, 한마디로 말해서 우리 자신이 행하지 않는 그러한 모든 일이다.

책과 찐하게 연애하는 나만의 방법에 대해 절반쯤 살펴봤다. 이런저런 얘기를 하다 보니 길어져 나머지는 다음으로 넘기겠다.

04

단 한 권을 읽더라도
제대로 읽자!

마치 프란츠 카프카가
"우리가 읽는 책이 우리 머리를 주먹으로 한 대 쳐서
우리를 잠에서 깨우지 않는다면 도대체 왜 우리가 그 책을 읽는 거지?
책이란 무릇 우리 안에 있는 꽁꽁 얼어버린 바다를
깨뜨려버리는 도끼가 아니면 안 되는 거야"라고 했듯이
책은 나에게 도끼가 되었다.

참새와 방앗간 = 독자와 서점?

❀ ❀ ❀

책과 사귀는 연애 노하우를 얘기하다 보니 글이 길어졌다. 독서와 관련, 할 얘기가 너무 많기 때문인 것 같다. 책과 사귀는 여섯 번째 연애법은 '책방 참새되기'다. 참새가 방앗간을 그냥 지나칠 수 없는 것처럼 적어도 '일주일에 한두 번 서점에 가자'는 것이다. 중고서점이든, 일반 서점이든.

내가 요즘 자주 가는 서점은 알라딘 중고매장 대전시청역점이다. 그 중고매장은 2016년 초에 열었는데 사람들이 편하게 책을 볼 수 있도록 진열해 놓았다. 서점에는 항상 수만 권의 책이 나를 기다린다. 서점을 찾는 것은 책과의 즐거운 연애가 아닐 수 없다. 말은 안 하지만 항상 잔잔한 미소로 반겨준다.

언젠가 알라딘 대전시청역점에서 김갑수의 『나는 왜 나여야만 할까?』와 나카자와 신이치의 『곰에서 왕으로– 국가, 그리고 야만의 탄생』을 샀다. 나는 이 외에도 요즘 내가 관심을 갖고 있는 분야인 글쓰기 코너에서 윤미화의 『깐깐한 독서본능』, 조지 오웰의 『나는 왜 쓰는가』, 김병완의 『김병완의 책 쓰기 혁명』, 윤구병의 『내 인생과 글쓰기』, 김애리의 『책은 언제나 내 편이었어』 등을 훑어 봤다. 알라딘 대전시청역점은 나에겐 '방앗간'이다. 그 주변을 지나가다 보면 그냥 지나칠 수가 없다.

그런데 참 신기하다. 오프라인 서점들이 불황이 지속되면서 폐업이 줄을 잇고 있는 가운데 알라딘 대전시청역점 근처에 새 서점이 생겼다. 일요일 아침 서점에 들러보았다. 한 시간 동안 책 구경을 하다 신동국의 『하고 싶다 명강의, 되고 싶다 명강사』를 샀다. 이 책을 산 이유는 고등학생들을 대상으로 직업체험 특강을 할 때 항상 강의 스킬이 부족하다고 느꼈기 때문이다. 그런 마당에 책을 접하니 사지 않을 수가 없었다. 편리하게도 바로 옆에 같은 이름의 카페가 있는데 서점과 카페가 서로 연결되어 있다. 카페에서 커피를 마시며 『하고 싶다 명강의, 되고 싶다 명강사』를 읽었다. 책을 읽으며 '어떻게 강의를 해야 학생들이 좋아할까', '어떻게 하면 전달을 잘 할까'를 고민했다.

전하고자 하는 메시지는 아무리 많다고 하더라도 세 개의 메시지로 압축해서 전달해야 한다. 하지만 아무리 줄이려고 해도 세 개를 초과하는 경우가 생길 수 있다. 그럴 때는 다섯 개를 넘지 말아야 한다. 그 이상은 과감하게 버리는 용기가 필요하다.

아! 그렇구나. '내가 그동안 지나치게 욕심을 냈구나!' 하는 것을 깨달았다. 나는 그동안 강의에서 다섯 개 이상의 메시지를 전하려고 했다. 강의 자료도 항상 많은 분량을 준비했다. '많다고 좋은 게 아닌데….' 모든 것이 다다익선多多益善은 아니지 않은가? 『하고 싶다 명강의, 되고 싶다 명강사』를 읽고 나니 다음부터 강의를 잘 할 것 같은 근거 없는 자신이 생겼다.

그런데 최근 나에게 '멋진 방앗간'이 하나 더 생겼다. 바로 교보문고 대전점이다. 대전점은 2007년 철수했다 9년 만에 다시 열었다. 특이한 것은 매장 가운데에 카페가 있으며, 창가에 독서 테이블을 놓았다는 것이다. 창밖을 바라보며 커피를 마시거나 독서와 글쓰기를 할 수 있다. 목재가구를 사용해서 그런지 서점이 아니라 카페 같은 느낌이다. 나는 오픈 다음 날, 커피를 마시며 『나는 오십에 작가가 되기로 했다』 원고를 다듬었다. 나는 아마도 교보문고 대전점의 참새가 될 것 같다.

세상에서 하나뿐인 리스트를 만들자

🌸 🌸 🌸

일곱 번째로는 나만의 독서 리스트를 만들어보자는 것이다. 꾸준히 책을 읽다 보면 정말 시간가는 줄 모르게 재미있는 책이 있다. 그런 책들을 모으면 세상에서 하나뿐인 나만의 독서 리스트가 만들어진다.

최근 2년 만에 고등학교 친구를 만났다. 그 친구와 이런저런 이야기를 나누다 독서얘기가 나와서 나의 책 읽기와 글쓰기에 대해 들려줬다. 그랬더니 그 친구는 재미있게 읽은 책 리스트를 보내달라고 하는 것이 아닌가. 본인도 독서를 좀 해야겠단다. 좀 도와달란다. 내가 읽은 책 중에서 고민을 거듭한 끝에 20권을 골랐다. 처음 독서를 하는 사람들을 위해 어렵지 않게 독서에 흥미를 끌 만한 책으로 선택했다. 리스트에는 『철학 카페에서 문학 읽기』, 『읽지 않은 책에 대해 말하는 법』, 『사라진 책들의 도서관』, 『심야책방』, 『카프카의 서재』, 『만리장성과 책들』, 『왜 책을 읽는가』 등을 포함했다.

이처럼 독서 초보에게 재미있는 책을 골라주는 나만의 독서 리스트를 만들어 주변 지인들에게 책을 권하고, 얘기해주는 것이 책과 찐하게 오랫동안 연애할 수 있는 방법 중 하나라고 생각된다. 북 컨시어지(Book Concierge), 즉 도서 안내자가 되는 것이다. 요즘 서점의 북 컨시어지는 개인 맞춤형 큐레이션 서비스를 제공하고 있다. 다른 방법은 내가 읽고 싶은 책 리스트를 만들어가는 것이다. 신문의 북 섹션이나 다른 독서 고수들이 추천하는 책을 받아 적다 보면 '읽어야 할 책 리스트'가 만들어진다.

내 경우 이 책을 쓰면서 나이 오십에 관한 이런저런 생각을 하다가 어느 날 중고서점에서 홀거 라이너스의 『남자 나이 50』을 구매했으며, 스승인 김운하 작가와 얘기하다가 박상륭의 『죽음의 한 연구』를 사기도 했다. 『죽음의 한 연구』는 언젠가 윤성근의 『침대 밑의 책』에서 처음 알게 됐는데 이 소설을 꼭 읽어보고 싶었다. 하지만 나는 아직 『죽음의 한 연구』는 읽지 못했다. 너무 어려워서 읽기가 두려웠다. 겁이 났다.

이밖에 나의 수첩에는 글쓰기와 관련한 『오후반 책 쓰기』, 『나를 바꾸는 글쓰기』, 『헤밍웨이의 글쓰기』, 『유시민의 글쓰기 특강』, 『당신의 책을 가져라』, 『한 권으로 끝내는 책 쓰기 특강』, 『인생을 바꾸는 글쓰기』 등이 적혀 있다. 이 중에는 산 것도 있고, 살 것도 있다. 읽은 것도 있고, 읽을 것도 있다.

'중고서점에서 살 책 리스트'를 보니 『사는 게 뭐라고』를 너무 재미있게 읽은 나머지 사노 요코의 다른 책 『열심히 하지 않습니다』, 『죽는 게 뭐라고』, 『자식이 뭐라고』, 『내 안에서 나를 만드는 것들』, 『이렇게 살아도 괜찮은가』, 『우리는 매일 슬픔 한 조각을 삼킨다』 등이 빼곡히 적혀 있다. 물론 책 리스트를 작성하는 데는 개인적 선호도에 따라 다르지만 나처럼 읽은 책 중에서 '베스트 10'나 '베스트 20'을 정하거나 앞으로 읽을 리스트, 중고서점에서 저렴하게 구입할 책 리스트 등을 적어 나가다 보면 책에 대한 안목이 깊어질 수 있다.

나의 '지적 영웅'은 누구인가?

❀ ❀ ❀

책과 연애하는 여덟 번째 방법은 '지적 영웅'을 만들자는 것이다. 위대한 소설가나 철학자 중에서 나에게 큰 울림을 준 사람을 지적 영웅으로 만들어볼 것을 제안한다. 젊은 시절 연애할 때, 목숨 걸고 애인을 따라다닌 것처럼 미치도록 좋아하는 작가나 철학자 등 지적 영웅이 있다면 얼마나 행복한 일인가. 마음속의 지적 영웅을 만들면 독서를 하거나 글을 쓰는 데 있어서도 많은 도움을 받을 수 있다. 삶의 지표가 될 수도 있어 나처럼 '사추기'에 들어서 방황하는 중년이 되지 않을 수 있다.

지적 영웅이란 단어를 생각하면 떠오르는 책이 한 권 있다. 바로 조희봉의 『전작주의자의 꿈』이다. 이 책은 책을 사랑하는 평범한 직장인이 대학시절부터 10여 년에 걸쳐 수집해온 헌책들에 관한 이야기와 자신의 독서경험을 소박하게 풀어낸 책이다. 조희봉은 책을 읽는 한 방법으로 전작주의를 언급하며 다음과 같이 정의했다.

'한 작가의 모든 작품을 통해 일관되게 흐르는 흐름은 물론 심지어 작가 자신조차 알지 못했던 징후적인 흐름까지 짚어 내면서 총체적인 작품세계에 대한 통시/공시적 분석을 통해 그 작가와 그의 작품세계가 당대적으로 어떤 의미를 지니는지를 찾아내고 그러한 작가의 세계를 자신의 세계로 온전히 받아들이고자 하는 일정한 시선'을 의미한다.

『전작주의자의 꿈』에 나온 조희봉의 전작주의 대상은 이윤기와 안정효다. 그 중에서도 단연 이윤기다. 그는 이윤기의 『하늘의 문』을 읽고 그를 너무 좋아한 나머지 그의 책 전부를 섭렵해 나갔다. 결혼식 주례로 이윤기 선생님을 모실 정도로 그를 좋아했다. 그는 이윤기 광팬이었다. 그는 『전작주의자의 꿈』에서 이윤기에 대한 사랑(?)을 고백한다.

거의 창작물은 그렇게 많다고 볼 수 없지만 번역가로는, 78년부터 번역을 시작해서 무명시절까지 포함하면 200여 권, 연세대 도서관에만 100여 권이 있고 그 중 많은 책들이 이미 절판되었으니 다른 사람이라면 몰라도 헌책방 매니아인 나로서는 필생의 컬렉션 대상으로 더 말할 나위가 없었다. 그렇게 헌책방을 뒤져가며 한 권 한 권 이윤기의 책을 모르고 읽으면서 이윤기 전작주의자가 되어 갔다.

그럼 조희봉은 그렇다 치고 나의 지적 영웅은 누구인가? 솔직히 말하면 나에게는 아직 전작주의를 하거나 나의 영웅으로 할 만한 작가를 정하지 못했다. 다만 나의 지적 영웅으로 누가 좋을지에 대해서는 간헐적으로 생각해봤다.

내가 접해왔던 작가 중에 프란츠 카프카, 알베르 카뮈, 조르주 페렉, 밀란 쿤데라, 가브리엘 가르시아 마르케스, 니코스 카잔차키스, 어니스트 헤밍웨이, 로맹 가리, 보르헤스 등이 후보군으로 떠오른다. 여기에 슈테판 츠바이크, 톨스토이, 도스토예프스키와 최근 우리나라에서 전집이 출간된 일본 나쓰메 소세키 등의 이름도 스쳐간다. 나는 그 중에서 한두 명을 나의 영웅으로 삼으면 어떨까? 하고 생각에 잠긴다.

철학자 중에는 비트겐슈타인이나 쇼펜하우어, 데카르트, 헤겔, 후설, 데이비드 흄, 니체 등에서 내가 우상으로 삼을 만한 철학자가 누구인지 한번 곰곰이 생각해봐야겠다. 더 늦기 전에 작가나 철학자 중에 나의 지적 영웅을 정해야겠다. 그래야 나의 독서가로서의 삶이 풍요로워지고, 한 차원 높은 지적 향유를 즐기고, 독서가의 삶을 살아갈 수 있을 것이다.

나이 오십 이전은 '한 마리 개?'

❀ ❀ ❀

마지막으로 언급하고 싶은 것은 한 인간으로서 '개'가 되지는 않겠다는 굳은 결심이 있어야 한다. '개'가 아니라 '사람'으로 살겠다는 자신과의 굳은 약속이 있어야 지속적인 독서를 할 수 있다. '개'로 산다는 것은 다른 말로 하면 인습의 노예로 산다는 것을 의미한다. 스스로 사유하거나 답을 구하지 못하고, 타인의 말과 생각을 입만 벌려 앵무새처럼 반복하는 삶이다. '정신의 노예' 상태라고도 할 수 있다.

16세기 명나라의 사상가인 이탁오는 『분서焚書』라는 책에서 다음과 같이 썼다.

나는 어릴 적부터 성인의 가르침을 배웠지만 정작 성인의 가르침이 무엇인지는 알지 못한다. 공자를 존경했지만 공자의 어디가 존경할 만한지는 알지 못한다. 이것은 난쟁이가 사람들 틈에서 연극을 구경하면서 다른 사람들의 잘한다는 소리에 덩달아 따라 하는 장단일 뿐이다. 나이 오십 이전의 나는 한 마리 개에 불과했다. 앞에 있는 개가 자기 그림자를 보고 짖으면 같이 따라서 짖었던 것이다. 만약 누군가 내가 짖는 까닭을 묻는다면 벙어리처럼 입을 다물고 쑥스럽게 웃을 수밖에.

독서하기 이전의 나는 이탁오가 말한 것처럼 단지 한 마리 개에 불과한지도 모른다. 하지만 책과 독서는 인간이 개와 같은 짐승이 되지 않기 위해, 인간다운 자유의지를 위해 사람들이 쉽게 의존할 수 있는 가장 강력한 방법이다.

나는 꾸준한 독서를 통해 스스로 성장해가는 자신을 발견했다. 마치 프란츠 카프카가 "우리가 읽는 책이 우리 머리를 주먹으로 한 대 쳐서 우리를 잠에서 깨우지 않는다면 도대체 왜 우리가 그 책을 읽는 거지? 책이란 무릇 우리 안에 있는 꽁꽁 얼어버린 바다를 깨뜨려버리는 도끼가 아니면 안 되는 거야"라고 했듯이 책은 나에게 도끼가 되었다. 박웅현이 『책은 도끼다』고 강조했듯이 말이다. 실현 가능한 목표를 정하고 꾸준히 읽어 나가는 독서는 꼭 해볼 만하다. 한 달에 2, 3권을 읽는다는 목표를 정하고, 쉬지 않고 읽어 나가면 목표를 성취해 나간다는 측면에서 큰 기쁨을 누릴 수 있다.

분명한 것은 많은 책을 읽는 것이 중요하지 않다는 사실이다. 독서는 양보다 질이다. 읽은 권 수가 중요한 게 아니다. 누구라고 꼬집어 말하기는 싫지만 '나이 서른에 책 3천 권을 읽어봤더니 이렇더라'거나 '3년 동안 1만 권을 읽었더니 세상이 보이더라'는 얘기에 현혹되지 말아야 한다. 책을 많이 읽었다고 자랑하는 것밖에 되지 않는다. 책을 읽었다는 건지, 그냥 훑어봤다는 건지 모르겠다.

모름지기 독서란 3천 권이 아니라 100권, 아니 단 10권을 읽더라도 제대로 깊이 있게 읽고, 생각해야 한다. 더 좋은 건 읽고 느낀 것을 글로 정리하고, 다른 사람들과 의견을 나누는 과정 속에서 나의 삶의 성장은 물론 지적 도약을 추구해야 한다. 책을 통해 삶의 깊이와 사고의 넓이를 확장해 나가야 한다. 그래야만 비로소 진정한 독서를 했다고 할 수 있다.

독서방법에는 다독, 정독, 재독 등 여러 가지가 있다. 이 중에서 많이 읽으려 하지 말고 중요한 책을 정독하고 재독하는 정신 자세가 필요하다. 남에게 보이려는 허영심에서 벗어나 나의 지적 성장을 꾀하는 독서로 바뀌어야 한다.

독서에 지름길은 없다. '몇 권을 읽었느냐?'는 질문은 참으로 어리석은 물음이다. '조금 읽더라도 얼마나 깊이 읽었느냐'가 중요하다. 양적 독서보다는 질적 독서로 전환해야 한다. 그래야 책과 '인스턴트 사랑'이 아닌 '영원한 사랑'을 할 수 있다.

05

글쓰기는
지겨움과의 전쟁이다

글쓰기에는 왕도가 없다고 한다.
쓰고, 고치고, 또 쓰고, 다시 고치는
반복의 길만이 글을 잘 쓰는 비결이다.
글을 잘 쓰기 위해서는 수없는 시행착오를 거쳐야 한다.
헤밍웨이가 한 작품을 완성하기 위해
200 ∼ 400번을 고쳤다는 얘기는 언급할 필요조차 없다.

글쓰기 관련 부서는 기피 1호

✿ ✿ ✿

‘우리나라가 그토록 원하는 노벨과학상을 타려면 과학자에게 글쓰기를 가르칠 것이 아니라 작가에게 과학을 가르치는 게 낫다.’ 부끄러운 얘기지만 내가 종사하는 과학기술계에는 이런 우스갯소리가 있다. 오죽했으면 임재춘은 『한국의 이공계는 글쓰기가 두렵다』, 『한국의 직장인은 글쓰기가 두렵다』라는 제목의 책을 썼겠는가? 『한국의 이공계는 글쓰기가 두렵다』에서 그는 다음과 같이 지적했다.

글을 쓴다는 것은 전문 작가에게도 어려운 작업이다. 마치 김정호가 대동여지도를 그리기 위해 전국 방방곡곡을 발로 걸어 다니는 것과 같이 마냥 '많이 읽고, 많이 쓰고, 많이 생각하라'고 가르친다. 문제는 어디까지 해야 되는지 아무도 모르는 데 있다. 이러니 글쓰기 교육이 어려울 수밖에 없는 것이다. 특히 글쓰기에 소질도 없고 관심도 없는 이공계 출신 기술자나 과학자는 더하다. 해답은 없는 것인가?

내가 근무하는 연구원에서도 글쓰기와 관련된 홍보 부서는 대부분 사람들이 기피한다. 인사이동이 있으면 서로 홍보실에 가지 않으려고 발버둥을 친다. 왜 홍보실을 싫어할까? 바로 글쓰기 때문이다. 홍보실에서는 보도자료를 비롯해 많은 글쓰기를 해야 한다. 연구원에서 발표하는 보도자료의 경우 항상 비판적 관점을 가진 기자들에게 보내야 하기 때문에 다른 부서보다 부담이 클 수밖에 없다. 몇몇 성깔 있는 기자는 보도자료를 받고 짜증을 내기도 한다. 홍보실에서는 보도자료는 물론이고 각종 연구원 간행물 인사말, 원장님 대내외 축사 등 이루 헤아릴 수 없을 정도로 글쓰기가 많다. 그러니 글을 쓰지 않던 사람이 홍보실에 근무하는 것을 꺼리는 것은 당연한 일인지도 모른다.

『대통령의 글쓰기』, 『회장님의 글쓰기』의 저자인 강원국 전 청와대 연설비서관은 독서모임 백북스 강연에서 글쓰기에 대한 자신의 생각을 밝혔다.

글이란 원래 쓰기 싫은 것이며, 정답이 없기 때문에 더욱 고통스런 작업이다. 어떤 사람은 글쓰기가 정신적 활동이라고 하지만 나는 차라리 육체적 노동이라고 생각한다. 하지만 글쓰기를 어렵다고 생각만 할 것이 아니라 일단 해보는 것이 중요하다. 몸을 글쓰기에 맞춰야 한다.

강 작가는 글쓰기는 마치 골프 스윙과 마찬가지로 루틴(Routine, 특정한 작업을 실행하기 위한 일련의 명령)이 중요하다고 강조했다. 예를 들면 독서실이나 서재, 스터디카페에 앉아 커피를 마시면 몸이 이젠 글을 써야 할 시기라고 인식하는 것처럼 말이다. 직장인들이 글쓰기를 싫어하는 것은 인지상정인지도 모른다. 글쓰기는 글로 밥벌이를 하는 전업 작가들에게도 고통스런 작업인데 직장인들에게는 말해서 무엇하랴! 글쓰기를 싫어하는 것이 한편으론 이해가 간다. 글쓰기는 정말 고통스런 작업이다. 글을 쓴다는 창작 활동은 그야말로 무에서 유를 창조해내는 일이다. 많은 사람이 글쓰기를 최고의 산고産苦라고 말하는 이유도 여기에 있다. 다른 어떤 고통에 비할 바가 못 된다.

그래도 글을 써야 한다면 어떻게 해야 할까?

글쓰기 방법과 관련해 강원국 작가는 명료하게 설명한다. '자신이 경험한 일화'를 바탕으로 글을 쓰면 세상에서 유일한 글이 될 수 있다는 것이다. 대작가인 톨스토이, 헤밍웨이처럼 수없는 퇴고 과정을 거치고, 괴테처럼 처음에 오랜 시간을 갖고 글을 작성하는 것도 하나의 방법이 될 수 있다고 조언한다. 헤밍웨이가 말했듯 '모든 초고는 쓰레기'일 뿐이다.

좋은 글을 쓰기 위한 방법으로 그는 몇 가지를 제시했다. 자신의 경험을 쓰고, 최대한 많이 쓰고, 그 중에서 일부를 추리고, 충분한 검토

과정을 가지라고 주문한다. 그래서일까? 유시민도『유시민의 글쓰기 특강』에서 다음과 같이 언급했다.

> 글쓰기를 하려면 무엇부터 시작해야 할까? 텍스트 발췌 요약부터 시작하는 게 좋다. 글쓰기에는 비법이나 왕도가 없다. (중략) 무허가 비닐하우스에서 태어난 사람이든 은수저를 물고 태어난 재벌가 상속자든, 글쓰기를 할 때는 만인은 평등하다. 잘 쓰고 싶다면 누구나, 해야 할 만큼의 수고를 해야 하고 써야 할 만큼의 시간을 써야 한다.

그렇다. 맞는 말이다. 글쓰기 앞에서는 정말 만인이 평등하다. '만인 평등의 법칙'이 적용된다. 재능의 차이는 조금씩 있겠지만, 결국 최후의 승자는 노력하는 자다. 이게 바로 글쓰기의 진리다. 그 진리는 나 같은 사람이 몸소 체험하고 있다.

니들이 진정 글맛을 알어?

❀ ❀ ❀

글의 힘은 쎄다. 정말 대단하다. 신문이나 잡지 등에 글을 써본 사람은 그 힘을 안다. 왜 사람들이 '펜은 칼보다 강하다'고 했는지 공감이 간다. 나도 글의 힘을 경험했다. 나는 기자 생활을 13년 이상 하는 등 누구보다 글쓰기와 함께 살아왔다. 이제 실제 사례를 들어 글맛을 한번 보자.

글맛이란 무엇일까? 우선 좌절과 고통 속에서 힘들게 한편의 글을 끝냈을 때 찾아오는 말할 수 없는 뿌듯함이며, 글을 읽은 사람들의 반응으로 인한 이차적인 기쁨이라고 할 수 있다. 더구나 독창적인 표현을 통해 글의 목적을 달성했다고 느꼈을 때는 말로 형언할 수 없는 기쁨이 밀려온다. 이런 것이 글맛이 아닐까?

연구원 홍보팀장으로 근무하는 동안 담당 기자들의 성화에 못 이겨 몇 번 신문에 글을 쓰곤 했다. 2012년 초, 나는 '불타는 얼음' 가스 하이드레이트에 관한 글을 썼다.

전 지구적으로 에너지 문제가 심각해지는 가운데 그 대안으로 제시되고 있는 것이 가스 하이드레이트이다. 가스 하이드레이트는 해저나 빙하 아래서 천연가스의 주성분인 메탄과 물이 높은 압력으로 얼어붙어 생긴 덩어리다. 드라이아이스와 비슷한 얼음 형태로 불을 붙이면 활활 탄다. 그래서 붙은 이름이 '불타는 얼음'(Burning Ice)이다. 우리나라의 경우 동해 대륙붕 가운데 울릉 분지 주변에 약 8억 톤 가량이 매장돼 있다. 연간 국내 가스 사용량(2700만 톤)을 기준으로 환산해볼 때 약 30년 정도 사용할 수 있는 매장량이다. 단순하게 돈으로 환산하면 150조 원이다.

동해 대륙붕의 가스 하이드레이트는 순도가 99% 이상이어서 경제적 가치도 매우 높다. 일본이 독도를 탐내는 이유도 독도 주변지역에 가스 하이드레이트가 대량 매장되어 있기 때문이다.

'미래 에너지원' 가스 하이드레이트에 대한 글이었다. 단지 제목이 「일본이 독도 탐내는 불편한 이유」로 조금 자극적이었다. 이 글이 신문에 게재된 날 아침, 담당기자로부터 전화가 왔다.

"최 팀장님 큰일 났어요!"

"왜요?"

"가스 하이드레이트 글 때문에 서버가 다운될 지경이에요."

반응은 폭발적이었다. 알고 보니 당시 우리나라와 일본은 독도 문제로 갈등이 고조되고 있었다. 그런 상황에서 독도 주변에 미래의 에너지원인 가스 하이드레이트가 대량 매장되어 있고, 일본이 이 에너지원을 차지하기 위해 독도 영유권을 주장하는 것으로 독자들은 받아들였던 것이다.

하나만 더 예를 들어보자. 황수정이라는 배우를 아는지 모르겠다. 오래된 일이지만 2000년대 초 최고 인기를 누린 배우 중 하나다. 의학 드라마 「허준」의 예진아씨로 출연한 그녀의 인기는 하늘을 찌를 듯했다. 스타 중의 스타였다. 그런데 그만 황수정은 필로폰 투약혐의로 구속되면서 단아한 이미지에 치명타를 입었다. 그때 「황수정 사건에 가슴 쓸어내린 연구소」라는 글을 썼다.

국내의 한 연구소는 홍보 영상을 만들기 위해 모델로 당시 인기 상한가를 누리던 황수정을 점찍었다. 흔히 연구소는 딱딱하고 어렵다는 고정관념을 갖고 있는데 인기 배우를 내세워 연구소 이미지의 변화를 추진한 것이다. 하지만 황수정은 출연료가 너무 비싸 모델은 몸값(인기)이 상대적으로 낮은 임경옥으로 바뀌었다. 황수정은 당시 공공기관의 출연에도 비용이 억대를 넘었다. 하는 수 없이 모델을 변경하고 홍보 영상 제작을 마쳐 상영에 들어가려는 순간, '황수정의 필로폰 사건'이

터지고 만 것이다. 자칫 연구소는 황수정으로 홍보영상을 제작했을 경우 상영조차 하지 못하고 다시 만들어야 했을 것이다. 가슴을 쓸어내리지 않을 수 없는 사건이었다.

위와 같은 내용의 글이 실리자 폭발적인 접속이 이뤄졌다. 회사 경영진은 서버다운을 걱정하는 즐거운 비명을 지르곤 했다. 사장님은 내게 격려전화를 하기도 했다. 이처럼 어떤 글은 사람들의 폭발적인 관심을 끈다. 글쓰기의 맛을 느끼기에 충분하다. 이런 경험을 하게 되면 글쓰기를 하는 데 도움이 된다. 용기가 샘솟는다. 다음에는 어떤 글을 쓸까? 하고 고민을 하게 된다.

연구소 홍보실에서 근무할 때 이런저런 인연으로 여러 매체에 글을 썼다. 한 신문에는 2011년부터 2012년까지 정기적으로 글을 실었다. 나중에 책을 쓰기 위한 글쓰기 훈련이라고 생각하고 술을 먹고 집에 와서도 칼럼을 쓰곤 했다. '쓰지 않고 잠들면 지는 거다'가 나의 글쓰기 다짐이었다. 서민 교수가 술에 떡이 되도 칼럼을 쓰고 잠자리에 들었다고 하듯이 나도 그렇게 했다.

올해 척추관협착증 진단을 받아 진료를 받게 되었다. 이 질환은 척추관이 좁아져 신경이 압박을 받으면서 다리 등에 통증을 일으킨다. 최근에는 의학의 발달로 수술을 하지 않고 주사치료와 같은 비수술법(FIMS, 투시경하 근육신경 자극술)으로 치료를 하는데 나도 이 방법으로 치료를 받았다.

보통 이 비수술법으로 치료를 받으면 시술 후 침대에 누운 채 20분 이상 휴식을 취해야 한다. 왜냐하면 다리에 힘이 풀려 걸을 수 없기 때문이다. 언젠가 한번은 시술 후 20분 이상 휴식을 취했지만 다리가 너무 아팠다. 고통이 멈추지 않았다. 할 수 없이 10분을 더 쉬었지만 사정은 달라지지 않았다. 원래 치료가 끝나면 병원 근처 카페에서 글을 쓸 계획이었다. 마음에 쏙 드는 카페를 발견했기 때문이다. 하지만 다리가 너무 저리고 쑤셨다. 순간 천사와 악마가 번갈아가며 나를 유혹했다. '집으로 가서 쉬어? 카페로 가서 글을 써?' 갈등 끝에 카페로 들어갔다. 아메리카노 한 잔을 시켜 놓고 아픈 다리를 손으로 꾹꾹 눌러가며 나는 3시간 동안 글을 썼다. 최근 그 순간만큼 나 자신이 더 대견했던 적은 없었다.

글쓰기 지옥 훈련만이 살길?

👣 👣 👣

그럼 글을 잘 쓰려면 어떻게 해야 할까? 흔히 글쓰기에는 왕도가 없다고 한다. 쓰고, 고치고, 또 쓰고, 다시 고치는 반복의 길만이 글을 잘 쓰는 비결이다. 글을 잘 쓰기 위해서는 수없는 시행착오를 거쳐야 한다. 헤밍웨이가 한 작품을 완성하기 위해 200~400번을 고쳤다는 얘기는 언급할 필요조차 없다. 내가 읽은 책 중 글쓰기와 관련해 간단명료한 방법을 제시한 작가는 '기생충 과학자' 서민 교수다. 그는 『서민적 글쓰기』에서 글쓰기와 관련해 쉽고, 재미있으며, 솔직한 노하우를 공개했다. 서민 교수가 말하는 비법은 간단하다. 바로 글쓰기 지옥 훈련이다.

지금 어느 정도 글을 쓰게 된 비결은(책에서 자세히 설명하겠지만) 10년 간 이어진 글쓰기 지옥훈련 덕분이다. 우선 하루에 두 편 이상 글을 썼던 게 비결이었다. 워낙 그런 훈련을 많이 한 덕분에, 이제는 두 편 정도의 글감을 찾는 건 일도 아니었다.

너무 못생겨서 죽어라 공부했다. 인정받고 싶어서 유머도, 글쓰기도 공부하듯 파고들었다. 훈련하면 누구나 나만큼은 쓸 수 있다고 생각한다.

서 교수는 글쓰기의 분명한 목적을 강조한다. 그는 너무 못생겨서 사람들의 관심을 끌고 사랑받기 위한 방안으로 글쓰기와 유머를 택했다. 그리고 그 목표에 도달하기 위해 죽어라 쓰고 고쳤다. 그는 우리나라 모든 사람들 선망의 대상인 서울대 의대를 나왔는데 이것도 못생긴 탓에 죽기살기로 공부했기 때문이라고 고백한다. 서 교수는 그런 외모에도 불구하고 미인과 결혼했다. 그것도 순전히 글쓰기 덕분이란다. 서 교수는 『서민적 글쓰기』에서 '글쓰기가 배우자의 미모를 좌우한다'는 다소 황당하고 과장된 주장을 펼치기도 한다.(하지만 이 주장은 은근히 설득력이 있다.)

그럼 우리는 왜 글을 써야 할까? 글쓰기가 주는 유익한 점은 무엇일까? 김두식 교수가 『욕망해도 괜찮아』에서 책을 쓰는 동안 자신도 몰랐던 스스로에 대해 많은 것을 알게 되었다고 고백했듯이, 일단 글을 써야 내가 쓰는 주제에 대해 모른다는 사실을 알게 된다. 내가 글을 못 쓴다는 것도 자연스럽게 알게 된다. 이것이 글쓰기의 출발점이다. 사실을 정확히 아는 것은 중요하다.

글을 써봐야 본인이 생각했던 주제나 내용을 정확히 이해하고 파악할 수 있다. 글을 써가는 과정에서 내용을 자세히 파악하고, 미흡한 부분도 보완할 수 있다. 『공부할 권리』를 낸 정여울 작가는 인터뷰에서 이렇게 말했다.

자신이 문장으로 쓸 수 있고, 이야기를 만들어 누군가에게 전달할 수 있어야 '진정한 지식'이라고 강조했듯, 글을 쓰는 과정은 자신을 한 단계 도약시키는 디딤돌이다.

나는 책을 읽다 보니 읽는 것만으로는 뭔가 부족하다는 생각이 들었다. 다른 작가의 책을 읽는 것이 일차원적 행위라면 나의 생각을 정리해서 글로 옮기는 이차원적 행위가 절실했다. 근본적으로 좀 더 다른 차원의 접근이 필요했다. 그래서 시작한 것이 글쓰기요, 책 쓰기다. 지금 이 책도 그렇게 해서 시작했다.

글을 쓰는 또 다른 이유는 소위 '뜨기' 위해서다. 『왜 나는 너를 사랑하는가』, 『불안』 등을 썼고, 성인을 위한 프로그램인 '인생학교(The School of Life)'를 시작한 알랭 드 보통은 "인간의 욕망 가운데 가장 큰 것은 남이 자기를 알아주기 바라는 욕망"이라고 하지 않았던가. 내가 다른 사람들의 주목을 받을 수 있는 방법은 독자들의 사랑을 듬뿍 받을 수 있는 책을 쓰는 길밖에 없다. 대부분의 직장인들이 엄두를 못 내거나 결심했다가도 중간에 포기하는 책 쓰기를 나는 끝까지 해내고 싶다. 내가 책 쓰기로 한동안 두문분출하자 가까운 친구들이 전화를 걸어왔다. 그때마다 나는 솔직하게 말했다.

"난 지금 책을 쓰고 있어. 책을 써서 나도 뜰 거야!"

나만의 글쓰기 노하우 "공개합니다"

✿ ✿ ✿

이제 내 경험을 살려 글쓰기 노하우를 독자들에게 전격 공개한다. 글쓰기 방법에 정답은 있을 수 없지만 나의 경험을 독자들과 나누고 싶다.

첫째, 글쓰기를 위해 가장 중요한 것은 좋은 문장을 여러 차례 읽는 것이다. 읽는 것만으로 부족하다면 베껴 써도 좋다. 누구는 알퐁스 도데의 『별』을 베끼고, 또 다른 누구는 김승옥의 『무진기행』을 필사하지 않던가. 나는 본격적인 글쓰기를 시작하면서 알렉산더 페히만의 『사라진 책들의 도서관』 중 「헤밍웨이의 여행가방」이라는 글을 컴퓨터를 이용해 서너 차례 베꼈다. 헤밍웨이의 여행가방을 베낀 이유는 헤밍웨이의 아내(해들리)가 유럽여행 중 남편의 원고가 가득한 가방을 분실하는 내용이 재미있었고, 내가 쓰려는 글의 길이와 비슷했기 때문이다. 글의 흐름이나 서술 방식 등에서도 많은 도움을 받을 수 있을 걸로 생각해 자판을 두들겼다.

그리고 개인적으로 김정운 문화심리학자의 글을 많이 벤치마킹했다. 그의 책은 거의 다 읽었다. 『노는 만큼 성공한다』, 『나는 아내와의 결혼을 후회한다』, 『남자의 물건』, 『에디톨로지』, 『가끔은 격하게 외로워야 한다』 등을 읽고 '아! 대중적인 글은 이렇게 쓰는구나!' 하고 고개를 끄덕였다. 무엇보다 그는 심리학이라는 무거운 주제를 쉽고 재미있게 풀어쓰는 능력이 탁월하다. 내가 놀란 것은 위의 책 제목에서 보는 바와 같이 제목을 정하는 재능이다. 가끔 신문에 나온 그의 칼럼 제목 또한 압권이다. 제목을 보면 글을 읽고 싶은 욕구가 솟는다. 「뒤로 자빠지는 의자를 사야 한다」, 「대한민국은 시기猜忌 사회다」, 「더 자도 된다 조간은 좀 더 있어야 온다」 등등. 얼마나 멋진가! 그야말로 촌철살인이 아닐 수 없다.

둘째, 다른 사람의 글을 충분히 읽고 베꼈다면 어떤 형태로든 글을 쓸 것을 권한다. 수없는 수정을 반복하면서 나날이 향상되는 글 실력에 저절로 흡족한 미소를 짓는 날이 온다. 겁주는 것 같아 미안하지만, 그 과정은 험난하기 때문에 각오는 해두자.

나는 블로그 등에 정기적으로 글쓰기는 하지 않지만 책을 읽은 후에는 내 컴퓨터에 리뷰를 남겨 왔다. 어떤 때는 감상도 적어 뒀다. 지금 이 책을 쓰는데도 이런 자료들이 많은 참고가 됐다. 처음부터 외부에 글을 공개하기가 쑥스러울 경우 본인만의 '글쓰기 파일'을 가져보자. 참고로 내 컴퓨터에는 '파란 자전거의 리뷰', '파란 자전거의 책방', '파란 자전거의 해피독(Happy讀)'이라는 각각의 파일철이 있다. '파란 자전거'는 출퇴근 때 파란 색깔의 자전거를 타고 다닌 후 내가 파일 이름 앞에 붙인 이름이다. 파란 자전거의 책방에는 2014년 8월 헌책방 '공씨책방'을 찾은 소감이 있다.

조희봉의 『전작주의자의 꿈』에도 나오는 헌책방을 찾았다. 바로 공씨책방이다. 그런데 막상 방문하고 보니 내가 좋아하는 책은 별로 없다. 책에 관한 책이나 인문서와 관련된 책들은 많지 않았다. 아니면 책은 있는데 내가 발견하지 못한 것인가? 그럴지도 모를 일이다. '헌책방은 책을 찾는 사람과 책이 궁합이 맞아야 하는가 보다'라는 생각을 했다. 나는 공씨책방에서 이리저리 헤매다 출판평론가 표정훈의 『탐서주의자의 책』을 발견했다. 표 작가의 책은 언젠가 한 권은 읽어봐야 했기 때문에 구입했다. 책값은 단돈 5천 원. 저렴하다.

공씨책방의 강점은 이제는 점점 사라지고 있는 LP판들이 즐비하다는 점이다. 나는 헌책과 옛 음악이 만나 연애하는 곳이 공씨책방인가 하는 생각을 했다. 책과 음악은 떼려야 뗄 수 없는 불가분의 관계인가?

셋째, 나는 개인적으로 강좌를 통해 일정 기간 글쓰기에 집중 투자하는 것이 좋은 방법이라고 생각한다. 나도 글쓰기 강좌에 참여한 적이 있는데 글쓰기에 대한 두려움을 떨치고 일단 글쓰기를 시도했다는 면에서 큰 성과를 얻었다. 해봐야 내가 무엇이 부족한지 알 수 있다. 시작하려고 생각만 해서는 아무런 소득이 없다. 일단 저지르자.

글쓰기가 어려운 사람에게는 글쓰기 강좌를 강력 추천한다. 나는 2014년 가을, 『책 읽는 책』, 『즐거움의 가치사전』 등을 쓴 박민영 작가에게 '인문적 사유와 글쓰기' 강의를 들었다. 10회에 걸쳐 강의를 들으며 글쓰기의 두려움에서 벗어날 수 있었고, 어떻게 해서든 일단 글을 쓰는 것이 중요하다는 평범한 진리를 깨달았다. 무엇보다 수업 후 글쓰기를 한번 해보겠다는 강한 의지가 생긴 것은 큰 수확이었다. 당시 글쓰기 강좌는 수강생이 열다섯 명 정도였는데 출석하는 사람은 늘 열 명 남짓이었다. 수강생이 적어서 언제든지 궁금한 사항을 물어볼 수 있었다. 짧은 글이지만 작성해서 수업에 참여하면 박 작가가 첨삭해주었다.

넷째, 내가 가장 좋다고 생각하는 것은 가능하다면(물론 쉽지는 않겠지만) 작가를 스승으로 모시거나 책 두세 권을 낸 사람을 선생으로 삼는 것이다. 사정이야 여의치 않겠지만 필요하면 '개인 교수'를 받으면 지름길로 갈 수도 있다. 주변에서 찾아보면 몇 권의 책을 출간한 사람들을 쉽게 찾아 볼 수 있다. 작가를 스승으로 모시고, 집중적인 글쓰기를 하면 실력을 향상시킬 수 있다. 다른 사람들의 의견을 들으면 미처 생각하지 못했던 부분에 대해서도 좋은 코멘트를 받을 수 있다. 내 경우를 보더라도 '나도 책을 써야지!' 하는 생각은 오랫동안 했지만 실천을 하지 못하고 있었다. 그러다 김운하 작가를 스승으로 모신 후 탄력을 받아 지금의 책을 출간하기에 이르렀다.

마지막으로 독자들과 같이 공유하고자 하는 것은 인내력이다. 전문 작가도 아니고 직장인이 글을 쓴다는 것은 쉽지 않다. 정말 어려운 일이다. 굳은 결심을 하고 글을 쓰려고 하면 야근을 해야 하고, 출장을 가야 하며, 회식에도 참석해야 한다. '회식도 일'이라는 억지를 당연하게 받아들여야 하니 이를 어쩌겠는가. 술이라도 한 잔 하게 되면 글은 고사하고 곯아떨어지기 일쑤다. 불가피한 일들이 잇달아 벌어진다. 곳곳에서 생각지도 못한 장애물이 불쑥불쑥 튀어나온다.

따라서 며칠 글을 못 썼다고 해서 포기해서는 안 된다. 길게 보고 긴 호흡에서 글쓰기를 해야 한다. 급한 일을 마무리한 후 다시 시작하는 불굴의 의지를 가져야 한다. 우리는 모두 '의지의 한국인'이 아닌가? 나의 경우 항상 USB메모리 장치를 가지고 다시면서 글쓰기 의지를 다졌다. 호주머니의 USB메모리를 만지작거리면서 현재 어디까지 글쓰기를 해왔고, 앞으로 어떤 부분을 어떻게 작성할 것인지 고뇌했다. 이렇게 하면 글쓰기의 흐름을 잃지 않고 지속할 수 있는 장점이 있다.

다른 글쓰기 노하우가 많겠지만 자신에게 가장 잘 맞는 방법을 택해 서민 교수의 말처럼 일정 기간 '지옥 훈련'을 한다면 다른 사람에게 내 마음을 전할 수 있는 글쓰기가 가능하다. 조급하게 생각하지 말고 꾸준히 노력하는 자세가 필요하다. '글쓰기도 공부처럼 머리가 아니라 엉덩이로 하는 것'이라는 생각을 가져보자.

06

지금은 덕후
전성시대인가

왜 우리 사회는 '덕후 사회', '오타쿠 사회'가 됐을까?
그 이유는 다른 무엇보다 사회가 고도화되고 전문화가 되어가기 때문이다.
예전에는 제너럴리스트가 우대받았지만 사회 환경이 급변하면서
스페셜리스트가 각광받는 사회로 변했다.

하고 싶어? 그럼 당당하게 하자

✿ ✿ ✿

직장인들에게는 병이 하나 있다. 월요병이다. 주말을 보내고 월요일에 출근하려 하면 몸 이곳저곳이 아프고 쑤신다. 좀처럼 이불에서 나오기가 힘들다. 불치병이다. 나도 직장인인지라 월요병을 앓고 있다. 물론 치료될 기미는 보이지 않는다. 요즘 많이 거론되고 있는 덕후질로 밥벌이를 할 수 있다면 금상첨화일 텐데 하는 생각에 이른다. 덕후란 누구인가? 오타쿠라고도 불리는 덕후에 대해 문화비평가 김지룡 씨는 어디에선가 다음과 같이 정의했다.

오타쿠란 누구인가? 팬, 매니아, 그 다음의 단계가 오타쿠다. 무엇인가 한 분야를 너무 좋아하다 보니 그 분야에 득도 또는 완벽의 경지에 오른 사람을 말한다. 무엇을 좋아한다는 점은 팬이나 매니아와 같지만 여러 번의 질적인 도약을 거쳤다는 점에서 단순한 팬이나 매니아와는 차원이 좀 다른 사람들이다.

그럴 즈음, 연구소 명칭이 재미있는 '날카로운 상상력연구소' 김용섭 소장이 쓴 『라이프 트렌드 2016』이 눈에 들어왔다. 이 책에 덕후에 대한 얘기가 나온다는 기사를 읽고 바로 구매했다. 나는 이런 경우 일단 저지르고 본다. 나중에 설령 원하는 책이 아니라서 후회하더라도 상관없다. 『라이프 트렌드 2016』에서 덕후와 관련된 부분이 눈에 띈다. 그는 현대에는 개개인의 취향이 영향력 있는 콘텐츠가 되는 취향(Taste)과 전문가(Professional)가 결합된 '테이스테셔널(Tastessional)'이 주목받고 있다고 적었다. 이 과정에서 콘텐츠 생산자로서 덕후의 성장 가능성은 점점 커진다는 설명이다.

취향을 중시하는 사람들이 가장 꺼려하는 것이 돈만 내면 누구나 가질 수 있게 되는 것이다. 모두가 가질 수 있는 것이 되는 순간 매력적인 취향이란 가치는 무너진다. 그래서 아는 사람끼리만, 친한 사람끼리만 아는 것으로 남겨 두고 싶은 것이다. 우리는 취향에 대해 이중적 태도를 갖고 있다. 보편적 취향은 드러내고, 특별한 취향은 감춘다.
김연아, 장윤주, 소희, 가인, 김고은의 공통점은 뭘까? 바로 외꺼풀이다. 쌍꺼풀보다 외꺼풀이 더 매력적으로 느껴지는 건 희소성 때문이다.

『라이프 트렌드 2016』을 재미있게 읽었지만 아쉬운 마음은 어쩔 도리가 없다. 내가 알고 싶어 하는 덕후에 대한 자세한 정보는 없었다. 그래서 인터넷 서점에서 『덕질로 인생역전』이라는 책을 구입했다. 이 책은 '덕업일치, 좋아하는 일로 먹고사는 기적'이라는 부제를 담고 있다. 다시 말하면 덕후를 위한 자기계발서다. 이 책에는 열두 명의 청춘 덕후들이 그 직업선택 과정에서 발생기는 시행착오, 밥벌이의 희로애락을 가감 없이 털어 놓는다. 덕질과 직업의 공통분모를 찾아가는 과정을 솔직담백하게 그린다. 자신이 몰두한 덕후 분야를 직업으로 성공시킨 오타쿠의 생생한 일기를 담고 있다.

"남들은 '회사 가기 싫다!'고 울부짖지만, 나는 출근하는 게 싫었던 적이 한 번도 없다. 매일매일 재미있으니까!"

열성 팬에서 연예부 기자가 된 드라마·배우 덕후 강효진 씨의 말이다. 그는 대학을 졸업하고 1년을 백수로 보낸 후, 또 다시 '서류 광탈 100군데는 기본 스펙'이라는 강한 신념을 갖고 덕후질을 한 끝에 꿈에 그리던 덕업일치를 이뤄냈다. '의지의 덕후'가 아닐 수 없다.

"선택의 이유는 단순했다. 재밌어서, 하고 싶어서! 다른 뭐가 더 필요한가? 당당하게 하면 되지."

나는 '야한 얘기 좋아하고, 야한 얘기 잘 쓰는 애'였다. 그걸로 먹고 살 줄은 아무도 몰랐겠지. 남들의 오해를 살 수도 있고, 어른들은 눈살 찌푸릴 수도 있는 직업이지만.

솔직함과 단순함을 추구하며 섹스 칼럼니스트가 된 연애스토리 덕후인 클로이가 쓴 글이다. 젊은 사람이 어쩌면 이렇게 멋진 글을 쓸 수 있는지 부럽기 그지없다. 학창시절 '예술과 외설을 넘나들던 '마광수 교수가 클로이의 글을 보고 칭찬했다는 말이 허투루 들리지 않는다. 『하고 싶어? 그럼 당당하게 하자』 글의 제목부터가 마음에 쏙 든다.

덕업일치는 덕질(좋아하는 일)과 본업(밥벌이)이 일치하는 삶을 말한다. 개인적으로 누구나 덕업일치를 목표로 삼아 추구하는 것은 배우 바람직하고 누구나 소망하는 일이다.

'이상한 나라의 헌책방'은 덕후 플레이스

❀ ❀ ❀

2014년 내가 윤성근 작가가 운영하는 '이상한 나라의 헌책방'을 처음 찾았을 때, 나는 책방의 이상한(?) 분위기를 단박에 감지했다. 작가 루이스 캐롤이나 그의 작품 『이상한 나라의 앨리스』와 깊은 관련이 있다는 느낌이 확 왔다.

이상한 나라의 헌책방은 책방인 동시에 앨리스 자료의 보고다. 윤 작가는 대학시절부터 지금까지 거의 20년간 앨리스에 관한 자료라면 닥치는 대로 모아온 '앨리스 덕후'다. 헌책방에 진열돼 있는 앨리스 자료는 모두 비매품이다. 그 자료를 보고 '헌책방 값'으로 구입하려는 생각은 단념하기 바란다. 나도 처음 책방을 갔을 때 앨리스와 관련된 자료를 일부 전시해 놨는데 비매품이라는 팻말을 못 보고 군침을 흘렸던 적이 있었다.

윤 작가는 앨리스와 관련된 동화, 만화, 그림, 퍼즐, 레코드 판, 타로카드, 문제집으로 변신한 다양한 자료를 갖고 있다. 그는 우리나라에는 앨리스와 관련된 자료가 많지 않아 대부분 유럽이나 일본에 갔을 때 구입했다고 한다. 그는 현재 앨리스와 관련된 300여 종의 이색자료를 수집해 놓았다. 수집품 중에는 1962년 계몽사에서 출간된 '세계소년소녀문학전집 영국편─ 이상한 나라의 앨리스'(한낙원 역)도 있다. 그가 운영하는 서점 이름을 '이상한 나라의 헌책방'이라고 지은 것은 우연이 아니다.

현재는 드론의 시대다. '드론계의 스티브 잡스'로 불리는 DJI 창업자 프랭크 왕은 어린 시절부터 '드론 덕후'였다. 그는 어려서부터 드론과 함께 놀았다. 대신 공부는 뒷전이었다. 서른여섯에 '드론의 제왕'으로 불렸던 그는 완벽주의 성격 때문에 동료들과 갈등을 빚기도 했다. 같이 창업한 두 명이 회사를 떠나기도 했지만 드론에 대한 광적인 집착으로 현재의 DJI를 만들었다. 덕후 기질이 오늘날 DJI의 원동력이 된 셈이다.

그의 드론에 대한 집착은 초등학생 때 헬리콥터에 관한 만화책을 읽은 후부터 시작됐다. 그다지 우수한 학생이 아니었던 프랭크 왕은 한번 우수한 성적을 받아 부모님으로부터 원격조종 헬기를 선물 받았다. 당시 모형헬기의 가격은 중국 직장인 평균 월급의 7배에 달했다. 하지만 헬기는 조종이 어려워 툭하면 곤두박질쳤다. 이를 계기로 그는 자동 제어 헬기에 관심을 갖기 시작했다.

사범대에 진학했지만 흥미를 느끼지 못해 중퇴한 프랭크 왕은 결국 홍콩 과학기술대로 진로를 바꿔 로봇과 전자공학을 공부했다. 그가 졸업 과제로 제출한 자동 헬리콥터 조정기는 인생의 터닝 포인트가 되었다. 그가 팀장으로 있는 로봇 연구팀은 이 제품으로 2005년 홍콩 로봇 경진대회에서 1등을 차지했다. 그는 로봇 경진대회 상금과 제품 판매 수익금을 모아 중국 제조업의 메카인 선전에 DJI를 창업했다. 2006년, 그가 대학을 졸업한 직후였다.

DJI는 세계 상업용 드론 시장 점유율이 70%에 이르고 있다. 매출은 2011년 420만 달러에서 2015년에는 1억 3000만 달러로 성장했다. 올해 매출은 10억 달러에 이를 것으로 전망된다. 세계 상업용 드론의 표준기술 대부분을 DJI가 갖고 있다. 프랭크 왕이 드론계의 절대강자가 된 것은 어린 시절부터 드론에 대한 덕후적 기질 때문이 아닐까 싶다.

지난해 10월 봉사모임 '행울림'에서 대전 인근으로 1박2일 워크숍을 갔다. 일행 중 한 명이 드론을 가져왔는데 DJI 드론이었다. 나는 처음으로 드론을 빌려 조종하면서 비행을 즐겼다. 프랭크 왕이 덕후 기질로 만든 드론을 조종하는 재미가 쏠쏠했다.

미국 메이저리그의 해설자로 명성을 날리고 있는 송재우 해설위원은 어릴 때부터 베이스볼 매니아, 즉 야구 덕후였다. 그는 초등학교 5학년 때부터 야구를 너무 좋아한 나머지 AFKN에서 중계되는 야구를 즐겨 보았다. 그는 헌책방을 드나들며 한 달 용돈 5천 원을 털어 미군들이 내놓은 잡지를 사서 사전을 찾아가며 닥치는 대로 야구이론을 접했다. 영어공부를 핑계로 미국에 있는 친척에게 메이저리그 전문서적을 공수 받기도 했다. 그때나 지금이나 영어로 된 잡지나 책을 보고 있으면 부모들은 공부하는 걸로 착각한다. 고등학교 때는 독서실 간다고 하고 동대문야구장에 출근도장을 찍었다. 군대를 다녀온 후 컴퓨터공부를 위해 미국 샌프란시스코로 유학을 떠났는데 현장에서 본 메이저리그에 완전히 빠져들고 말았다. 그는 시간만 나면 야구장에서 살았다. 93년 결혼하며 떠난 신혼여행마저 야구팀이 있는 오클랜드와 LA, 샌디에이고였을 정도였다. '신혼여행도 야구장으로!' 당시 메이저리그 30개 구단의 야구장 가운데 그가 가보지 못한 곳은 5, 6곳뿐이었다고 한다.

나도 고등학교 3학년 때, 야간 자율학습 시간에 친구와 함께 한밭야구장으로 대전 팀인 OB베어스(두산베어스 전신) 경기를 보러 갔다가 담임선생님께 걸린 적이 있다. 당시에는 TV중계가 흔치 않았는데 내가 본 경기가 불행하게도(?) TV로 생중계가 되었다. 그것도 모르고 친구와 요즘으로 말하면 치맥을 즐기며 야구를 보고 있는데 그 광경이 그대로 중계된 것이다. 역시 야구광이었던 담임선생님은 TV로 야구를 보다가 야간 자율학습을 땡땡이 치고 야구장에서 치맥을 즐기는 나를 본 것이다. 다음 날 등교해서 선생님에게 몽둥이를 맞은 기억이 새롭다.

송재우 해설위원은 박찬호가 LA에서 데뷔전을 치른 경기를 본 것을 가장 감격적인 순간으로 기억하고 있다. 미국 유학시절 일요신문 통신

원을 하며 알게 된 스포츠평론가를 통해 국내 입국 후 본격적인 메이저리그 경기해설을 하게 됐다. 현재도 많은 방송에서 야구경기를 해설하는 그는 하루 5, 6시간씩 공부하는 진정한 '야구 덕후'다. 이는 좋아하니까 가능한 일이다. 그는 『꿈의 기업 메이저리그』라는 책을 쓰기도 했다.

덕후 권하는 사회?

❀ ❀ ❀

그럼 왜 우리 사회는 '덕후 사회', '오타쿠 사회'가 됐을까? 그 이유는 다른 무엇보다 사회가 고도화되고 전문화가 되어가기 때문이다. 예전에는 제너럴리스트가 우대받았지만 사회 환경이 급변하면서 스페셜리스트가 각광받는 사회로 변했다.

현대사회는 자기 자신이 만족하고 즐기는 일에 대해 다른 사람들의 눈치를 보지 않는 덕후 존중사회가 되어 가고 있다. 예전에는 덕후라고 하면 사회부적응자 이미지가 강했지만 현재는 자신의 취미를 건강하게 즐길 줄 아는 세련된 현대인으로 이미지가 변신했다. 성덕(성공한 덕후)의 잇따른 대중매체의 등장과 연예인 덕밍아웃(마니아를 뜻하는 일본말 '오타쿠'를 우리식으로 표현한 '덕후'와 자신의 정체성을 외부에 공개하는 '커밍아웃'이 합쳐져 탄생한 신조어)이 늘면서 그야말로 덕후 전성시대가 펼쳐지고 있다.

덕후 문화는 일본에서 비롯됐다는 것이 대체적인 시각이다. '덕후의 나라' 일본에서는 희귀한 것에 대해 기꺼이 대가나 값을 지불하는 문화가 형성돼 있다. 다른 나라에 비해 유독 일본은 그와 같은 성향이 강하다.

한 일본 특파원이 쓴 칼럼에 따르면 이와 같은 덕후 문화는 일본 중소 기업의 든든한 기반이 되고 있다. 2012년 기준으로 일본 전체 기업 가운데 중소기업은 99.7%에 달한다. 고용 비중도 69.7%이다. 수많은 중소기업들이 갖가지 상품을 만들고 이 상품들은 일본 내수시장에서 생명력을 발휘하며 살아남는다. 일본이 잃어버린 20년 속에서도 버텨낼 수 있었던 이유다.

그럼 나는 어떤 덕후일까? 아니면 어떤 분야에서 덕후가 되고 싶을까? 나는 책 읽기와 글쓰기를 좋아한다. 그리고 학생들을 비롯한 사람들과 강의를 하면서 얘기를 나누는 것에 큰 기쁨을 얻는다. 나의 이런 덕후 기질을 바탕으로 이 책을 썼는지도 모른다.

요즘 나는 나에게 맞는 '덕후 작가'는 누구일까 생각해본다. 헤밍웨이일까? 밀란 쿤데라인가? 아니면 부코스키일까? 조르주 페렉, 로맹 가리는 또 어떤가? 같은 맥락에서 나의 '덕후 철학자' 후보도 한번 떠올려본다. 비트겐슈타인은 어떨까? 쇼펜하우어나 에픽테토스를 좋아하는 건 아닐까? 수상록을 쓴 몽테뉴가 자꾸 생각나는 건 왜일까? 그것도 아니면 공자인가? 도올 김용옥인가?

이 같은 개인적 특징을 바탕으로 향후 내가 좋아하는 콘텐츠를 만들 계획이다. 퇴직 후 노년에는 덕후 기질로 일을 찾아 노년을 즐기는 프로그램을 짜고 싶다. 백세 시대인 오늘날 젊은층보다 노년층에게서 덕후 기질이 더 필요하지 않을까 하는 생각도 해본다.